時與光

徐訏文集

小說卷

目次

導言　徬徨覺醒：徐訏的文學道路／陳智德　005
時與光　017
前奏　019
第一部　傳記裡的青春　029
第二部　舞蹈家的拐杖　137
第三部　巫女的晶櫬　289
尾聲　423
「時與光」重版後記（一九七九年）／徐訏　427

導言　徬徨覺醒：徐訏的文學道路

陳智德

「個人的苦悶不安，徬徨無依之感，正如在大海狂濤中的小舟。」[1]

——徐訏〈新個性主義文藝與大眾文藝〉

在二十世紀四、五十年代之交，度過戰亂，再處身國共內戰意識形態對立夾縫之間的作家，應自覺到一個時代的轉折在等候著，尤其在當時主流的左翼文壇以外，被視為「自由主義作家」或「小資產階級作家」的一群，包括沈從文、蕭乾、梁實秋、張愛玲、徐訏等等，一整代人在政治旋渦以至個人處境的去與留之間徘徊，最終作出各種自願或不由自主的抉擇。

1 徐訏〈新個性主義文藝與大眾文藝〉，收錄於《現代中國文學過眼錄》，台北：時報文化，一九九一。

一

一九四六年八月，徐訏結束接近兩年間《掃蕩報》駐美特派員的工作，從美國返回中國，直至一九五〇年中離開上海奔赴香港，在這接近四年的歲月中，他雖然沒有寫出像《鬼戀》和《風蕭蕭》這樣轟動一時的作品，卻是他整理和再版個人著作的豐收期，他首先把《風蕭蕭》交給由劉以鬯及其兄長新近創辦起來的懷正文化社出版，據劉以鬯回憶，該書出版後，「相當暢銷，不足一年，（從一九四六年十月一日到一九四七年九月一日），印了三版」[2]，其後再由懷正文化社或夜窗書屋初版或再版了《阿刺伯海的女神》（一九四六年初版）、《烟圈》（一九四六年初版）、《蛇衣集》（一九四八年初版）、《幻覺》（一九四八年初版）、《四十詩綜》（一九四八年初版）、《兄弟》（一九四七年再版）、《母親的肖像》（一九四七年再版）、《生與死》（一九四七年再版）、《春韮集》（一九四七年再版）、《一家》（一九四七年再版）、《海外的鱗爪》（一九四七年再版）、《舊神》（一九四七年再版）、《成人的童話》（一九四七年再版）、《西流集》（一九四七年再版）、潮來的時候（一九四八年再版）、《黃浦江頭的夜月》（一九四八年再版）、《吉布賽的誘惑》（一九四九再版）、《婚

[2] 劉以鬯〈憶徐訏〉，收錄於《徐訏紀念文集》，香港：香港浸會學院中國語文學會，一九八一。

事》（一九四九年再版），[3]粗略統計從一九四六年至一九四九年這三年間，徐訏在上海出版和再版的著作達三十多種，成果可算豐盛。

《風蕭蕭》早於一九四三年在重慶《掃蕩報》連載時已深受讀者歡迎，一九四六年首次結集成單行本出版，沈寂的回憶提及當時讀者對這書的期待：「這部長篇在內地早已是暢銷一時的名著，可是淪陷區的讀者還是難得一見，也是早已企盼的文學作品」[4]，當劉以鬯及其兄長創辦懷正文化社，就以《風蕭蕭》為首部出版物，十分重視這書，該社創辦時發給同業的信上，即頗為詳細地介紹《風蕭蕭》，作為重點出版物。徐訏有一段時期寄住在懷正文化社的宿舍，與社內職員及其他作家過從甚密，直至一九四八年間，國共內戰愈轉劇烈，幣值急跌，金融陷於崩潰，不單懷正文化社結束業務，其他出版社也無法生存，徐訏這階段整理和再版個人著作的工作，無法避免遭遇現實上的挫折。

然而更內在的打擊是一九四八至四九年間，主流左翼文論對被視為「自由主義作家」或「小資產階級作家」的批判，一九四八年三月，郭沫若在香港出版的《大眾文藝叢刊》第一輯發表〈斥反動文藝〉，把他心目中的「反動作家」分為「紅黃藍白黑」五種逐一批判，點名批評了沈從文、蕭乾和朱光潛。該刊同期另有邵荃麟〈對於當前文藝運動的意見——檢討·批

3 以上各書之初版及再版年份資料是據賈植芳、俞元桂主編《中國現代文學總書目》、北京圖書館編《民國時期總書目，一九一一—一九四九》。

4 沈寂〈百年人生風雨路——記徐訏〉，收錄於《徐訏先生誕辰100週年紀念文選》，上海：上海社會科學院出版社，二〇〇八。

判．和今後的方向〉一文重申對知識份子更嚴厲的要求，包括「思想改造」。雖然徐訏不像沈從文般受到即時的打擊，但也逐漸意識到主流文壇已難以容納他，如沈寂所言：「自後，上海一些左傾的報紙開始對他批評。他無動於衷，直至解放，輿論對他公開指責。稱《風蕭蕭》歌頌特務。他也不辯論，知道自己不可能再在上海逗留，上海也不會再允許他曾從事一輩子的寫作，就捨別妻女，離開上海到香港。」[5] 一九四九年五月二十七日，解放軍攻克上海，中共成立新的上海市人民政府，徐訏仍留在上海，差不多一年後，終於不得不結束這階段的工作，在不自願的情況下離開，從此一去不返。

二

一九五〇年的五、六月間，徐訏離開上海來到香港。由於內地政局的變化，其時香港聚集了大批從內地到港的作家，他們最初都以香港為暫居地，但隨著兩岸局勢進一步變化，他們大部份最終定居香港。另一方面，美蘇兩大陣營冷戰局勢下的意識形態對壘，造就五十年代香港文化刊物興盛的局面，內地作家亦得以繼續在香港發表作品。徐訏的寫作以小說和新詩為主，來港後亦寫作了大量雜文和文藝評論，五十年代中期，他以「東方既白」為筆名，在香港《祖

5 沈寂〈百年人生風雨路——記徐訏〉，收錄於《徐訏先生誕辰100週年紀念文選》，上海：上海社會科學院出版社，二〇〇八。

國月刊》及台灣《自由中國》等雜誌發表〈從毛澤東的沁園春說起〉、〈新個性主義文藝與大眾文藝〉、〈在陰黯矛盾中演變的大陸文藝〉等評論文章，部份收錄於《在文藝思想與文化政策中》、《回到個人主義與自由主義》及《現代中國文學過眼錄》等書中。

徐訏在這系列文章中，回顧也提出左翼文論的不足，特別對左翼文論的「黨性」提出質疑，也不同意左翼文論要求知識份子作思想改造。這系列文章在某程度上，可說回應了一九四八、四九年間中國大陸左翼文論的泛政治化觀點，更重要的，是徐訏在多篇文章中，以自由主義文藝的觀念為基礎，提出「新個性主義文藝」作為他所期許的文學理念，他說：「新個性主義文藝必須在文藝絕對自由中提倡，要作家看重自己的工作，對自己的人格尊嚴有覺醒而不願為任何力量做奴隸的意識中生長。」[6]徐訏文藝生命的本質是小說家、詩人，理論鋪陳本不是他強項，然而經歷時代的洗禮，他也竭力整理各種思想，最終仍見頗為完整而具體地，提出獨立的文學理念，尤其把這系列文章放諸冷戰時期左右翼意識形態對立、作家的獨立尊嚴飽受侵蝕的時代，更見徐訏提出的「新個性主義文藝」所倡導的獨立、自主和覺醒的可貴，以及其得來不易。

《現代中國文學過眼錄》一書除了選錄五十年代中期發表的文藝評論，包括《在文藝思想與文化政策中》和《回到個人主義與自由主義》二書中的文章，也收錄一輯相信是他七十年代

[6] 徐訏〈新個性主義文藝與大眾文藝〉，收錄於《現代中國文學過眼錄》，台北：時報文化，一九九一。

寫成的回顧五四運動以來新文學發展的文章，集中在思想方面提出討論，題為「現代中國文學的課題」，多篇文章的論述重心，正如王宏志所論，是「否定政治對文學的干預」[7]，而當中表面上是「非政治」的文學史論述，「實質上具備了非常重大的政治意義：它們否定了大陸的文學史論述」[8]，徐訏所針對的是五十年代至文革期間中國大陸所出版的文學史當中的泛政治論述，動輒以「反動」、「唯心」、「毒草」、「逆流」等字眼來形容不符合政治要求的作家；所以王宏志最後提出《現代中國文學過眼錄》一書的「非政治論述」，實際上「包括了多麼強烈的政治含義」。這政治含義，其實也就是徐訏對時代主潮的回應，以「新個性主義文藝」所倡導的獨立、自主和覺醒，抗衡時代主潮對作家的矮化和宰制。

《現代中國文學過眼錄》一書顯出徐訏獨立的知識份子品格，然而正由於徐訏對政治和文藝的清醒，使他不願附和於任何潮流和風尚，難免於孤寂苦悶，亦使我們從另一角度了解徐訏文學作品中常常流露的落寞之情，並不僅是一種文人性質的愁思，而更由於他的清醒和拒絕附和。一九五七年，徐訏在香港《祖國月刊》發表〈自由主義與文藝的自由〉一文，除了文藝評論上的觀點，文中亦表達了一點個人感受：「個人的苦悶不安，徬徨無依之感，正如在大海狂

7 王宏志〈心造的幻影——談徐訏的《現代中國文學的課題》〉，收錄於《歷史的偶然：從香港看中國現代文學史》，香港：牛津大學出版社，一九九七。

8 同前註。

濤中的小舟。」[9]放諸五十年代的文化環境而觀，這不單是一種「個人的苦悶」，更是五十年代一輩南來香港者的集體處境，一種時代的苦悶。

三

徐訏到香港後繼續創作，從五十至七十年代末，他在香港的《星島日報》、《星島週報》、《祖國月刊》、《今日世界》、《文藝新潮》、《熱風》、《筆端》、《七藝》、《新生晚報》、《明報月刊》等刊物發表大量作品，包括新詩、小說、散文隨筆和評論，並先後結集為單行本，著者如《江湖行》、《盲戀》、《時與光》、《悲慘的世紀》等。香港時期的徐訏也有多部小說改編為電影，包括《風蕭蕭》（屠光啟導演、編劇，香港：邵氏公司，一九五四）、《傳統》（唐煌導演、徐訏編劇，香港：亞洲影業有限公司，一九五五）、《痴心井》（唐煌導演、王植波編劇，香港：邵氏公司，一九五五）、《鬼戀》（屠光啟導演、編劇，香港：麗都影片公司，一九五六）、《盲戀》（易文導演、徐訏編劇，香港：新華影業公司，一九五六）、《後門》（李翰祥導演、王月汀編劇，香港：邵氏公司，一九六〇）、《江湖行》（張曾澤導演、倪匡編劇，香港：邵氏公司，一九七三）、《人約黃昏》（改編自《鬼戀》，

[9] 徐訏〈自由主義與文藝的自由〉，收錄於《個人的覺醒與民主自由》，台北：傳記文學出版社，一九七九。

陳逸飛導演、王仲儒編劇，香港：思遠影業公司，一九九六）等。

徐訏早期作品富浪漫傳奇色彩，善於刻劃人物心理，如〈鬼戀〉、〈吉布賽的誘惑〉、〈精神病患者的悲歌〉等，五十年代以後的香港時期作品，部份延續上海時期風格，如《江湖行》、《後門》、《盲戀》，貫徹他早年的風格，另一部份作品則表達歷經離散的南來者的鄉愁和文化差異，如小說《過客》、詩集《時間的去處》和《原野的呼聲》等。

從徐訏香港時期的作品不難讀出，徐訏的苦悶除了性格上的孤高，更在於內地文化特質的堅守，拒絕被「香港化」。在《鳥語》、《過客》和《癡心井》等小說的南來者角色眼中，香港不單是一塊異質的土地，也是一片理想的墓場、一切失意的觸媒。一九五〇年的《鳥語》以「失語」道出一個流落香港的上海文化人的「雙重失落」，而在《癡心井》的終末則提出香港作為上海的重像，形似卻已毫無意義。徐訏拒絕被「香港化」的心志更具體見於一九五八年的《過客》，自我關閉的王逸心以選擇性的「失語」保存他的上海性，一種不見容於當世的孤高，既使他與現實格格不入，卻是他保存自我不失的唯一途徑。[10]

徐訏寫於一九五三年的〈原野的理想〉一詩，寫青年時代對理想的追尋，以及五十年代從上海「流落」到香港後的理想幻滅之感：

10 參陳智德《解體我城：香港文學1950-2005》，香港：花千樹出版有限公司，二〇〇九。

多年來我各處漂泊，
唯願把血汗化為愛情，
遍灑在貧瘠的大地，
孕育出燦爛的生命。

但如今我流落在污穢的鬧市，
陽光裡飛揚著灰塵，
垃圾混合著純潔的泥土，
花不再鮮豔，草不再青。

海水裡漂浮著死屍，
山谷中蕩漾著酒肉的臭腥，
潺潺的溪流都是怨艾，
多少的鳥語也不帶歡欣。

茶座上是庸俗的笑語，
市上傳聞著漲落的黃金，

戲院裡都是低級的影片，
街頭擁擠著廉價的愛情。

此地已無原野的理想，
醉城裡我為何獨醒，
三更後萬家的燈火已滅，
何人在留意月兒的光明。

「原野的理想」代表過去在內地的文化價值，在作者如今流落的「污穢的鬧市」中完全落空，面對的不單是現實上的困局，更是觀念上的困局。這首詩不單純是一種個人抒情，更哀悼一代人的理想失落，筆調沉重。〈原野的理想〉一詩寫於一九五三年，其時徐訏從上海到香港三年，由於上海和香港的文化差距，使他無法適應，但正如同時代大量從內地到香港的人一樣，他從暫居而最終定居香港，終生未再踏足家鄉。

四

司馬長風在《中國新文學史》中指徐訏的詩「與新月派極為接近」，並以此而得到司馬長風的正面評價，[11] 徐訏早年的詩歌，包括結集為《四十詩綜》的五部詩集，形式大多是四句一節，隔句押韻，一九五八年出版的《時間的去處》，收錄他移居香港後的詩作，形式上變化不大，仍然大多是四句一節，隔句押韻，大概延續新月派的格律化形式，使徐訏能與消逝的歲月多一分聯繫，該形式與他所懷念的故鄉，同樣作為記憶的一部份，而不忍割捨。

在形式以外，《時間的去處》更可觀的，是詩集中〈原野的理想〉、〈記憶裡的過去〉、〈時間的去處〉等詩流露對香港的厭倦、對理想的幻滅、對時局的憤怒，很能代表五十年代一輩南來者的心境，當中的關鍵在於徐訏寫出時空錯置的矛盾。對現實疏離，形同放棄，皆因被投放於錯誤的時空，卻造就出《時間的去處》這樣近乎形而上地談論著厭倦和幻滅的詩集。

六七十年代以後，徐訏的詩歌形式部份仍舊，卻有更多轉用自由詩的形式，不再四句一節，隔句押韻，這是否表示他從懷鄉的情結走出？相比他早年作品，徐訏六七十年代以後的詩作更精細地表現哲思，如《原野的理想》中的〈久坐〉、〈等待〉和〈觀望中的迷失〉、〈變

[11] 司馬長風《中國新文學史（下卷）》，香港：昭明出版社，一九七八。

幻中的蛻變〉等詩，嘗試思考超越的課題，亦由此引向詩歌本身所造就的超越。另一種哲思，則思考社會和時局的幻變，《原野的理想》中的〈小島〉、〈擁擠著的群像〉以及一九七九年以「任子楚」為筆名發表的〈無題的問句〉，時而抽離、時而質問，以至向自我的內在挖掘，尋求回應外在世界的方向，尋求時代的真象，因清醒而絕望，卻不放棄掙扎，最終引向的也是詩歌本身所造就的超越。

最後，我想再次引用徐訏在《現代中國文學過眼錄》中的一段：「新個性主義文藝必須在文藝絕對自由中提倡，要作家看重自己的工作，對自己的人格尊嚴有覺醒而不願為任何力量做奴隸的意識中生長。」[12]時代的轉折教徐訏身不由己地流離，歷經苦思、掙扎和持續的創作，最終以倡導獨立自主和覺醒的呼聲，回應也抗衡時代主潮對作家的矮化和宰制，可說從時代的轉折中尋回自主的位置，其所達致的超越，與〈變幻中的蛻變〉、〈小島〉、〈無題的問句〉等詩歌的高度同等。

＊陳智德：筆名陳滅，一九六九年香港出生，台灣東海大學中文系畢業，香港嶺南大學哲學碩士及博士，現任香港教育學院文學及文化學系助理教授，著有《解體我城：香港文學1950-2005》、《地文誌——追憶香港地方與文學》、《抗世詩話》以及詩集《市場，去死吧》、《低保真》等。

12 徐訏〈新個性主義文藝與大眾文藝〉，收錄於《現代中國文學過眼錄》，台北：時報文化，一九九一。

時與光

前奏

一瞬間，我什麼都不知道。

等我知覺恢復時，我發現我已離開了痛苦。我似乎擺脫了一切束縛，在一種虛無的幻景中飄蕩，我看不見一樣東西，聽不到一絲聲響。於是我在混沌中重新甦醒，像從悶窒的船艙走上了甲板，呼吸到新鮮的空氣一樣，我慢慢地又看見了光，看見了色，我又聽到了聲音。我感到我有了新的生命，它融化在宇宙裡，我逐漸發覺一切我看到的光與色都是瑰麗燦爛的圖案，一切我聽到的聲音都是愉快卓越的音樂，我的生命就好像融化在裡面，我已經捨棄了眼睛與耳朵的感官，而是用一個整個的直覺在感受一切的莊美。

這時候，我意識到我已經死過，我的確把我痛苦肉體遺留在塵世裡，而現在，我只是一個孤獨的靈魂，在神奇的色彩與音樂中飄蕩——飄蕩，是的，我沒有意志支配我的方向與途徑，似乎空間只是空間，並沒有人定的方向與途徑，我只是愉快地聽憑這瑰麗的色彩與奇妙的音樂的帶領。

「又是一個新歸來的靈魂嗎？」

我驚奇了！這是從哪裡來的聲音呢？這聲音是慈悲的，是莊嚴的，它感動了我，我沒有考慮地回答：

「是的。」

「你何以不留戀那豐富的人世呢？」

我想冰山在這傷感的慈悲的聲音裡也該融化，我終於感到我自己靈魂的空虛。我說：

「在大宇宙的懷裡，人世還有什麼可值得我留戀嗎？」

「但是人世也是宇宙一角。」這慈悲的聲音又說：「你相信過什麼宗教嗎？」

像是慈愛的手指在理我蓬亂的頭髮一般，有光在撫摸我粗糙的靈魂。

「沒有，」我顫抖地說：「命運註定我沒有，我是一個沒有依靠的孩子。」

「可憐的孩子！」這慈悲的聲音好像滲透了我的靈魂，我像得到安慰一般的愉快地哭了。

他又說：「那麼你可有哲學上的信仰嗎？」

「我什麼都沒有。」

「那麼你真是個可憐的孩子了。」慈祥的聲音顫抖地說：「但在這豐富的人世中，你憑什麼養活你自己呢？」

「憑我的，不，憑我天賦的愛。」

「你愛過？」這慈祥的聲音忽然像帶了笑，我似乎看到全宇宙的花都開了，他又說：「那麼你一定也恨過？」

「是的。」我勇敢地回答，「但是，恨是暫時的，一切愛以外的情感都是暫時的，只有愛是永久的。」

「那麼在愛中你享受了人生的幸福？」
「沒有。」我說。
「你的愛曾經對這人世有什麼貢獻嗎？」
「沒有。」
「那麼你活在人世上做什麼呢？」
「我流浪，我歌唱。」
「是讚美宇宙，還是讚美人世呢？」
「我只吐露我對人世的感覺，」我說：「我還抒寫我自己的夢。」
「那麼是不是因為你吐盡了你對人世的感覺，就失去了生命的。」
「不，」我說：「我還沒有實現美麗的夢，就失去了生命。」
「那麼你在夢裡做什麼呢？」這慈祥的聲音又笑了。
突然，我在一種奇怪的光芒中看到了自己，我看到了我靈魂的淺狹與污穢。
「如今，」這慈祥的聲音忽然說：「你該寫你自己的靈魂。」
是的！於是我重新用我透明的靈魂擷取宇宙的光芒，在雲彩上寫我短短的生命中的淺狹與污穢，寫我偶然機遇裡的愛與我寂寞靈魂裡的斑痕。

第一部　傳記裡的青春

一

假如你一個人到了一個新的城市，住進旅館，打開你的行李，放好你的什物，洗一個澡，坐在沙發上，翻閱你機場上或車站上買來的報紙，看到世界的一切都是依舊，而當地消息突然兩樣，裡面所記載著位址與人物，你都覺得陌生，這時候你是多麼需要一個當地的朋友呢！假如他可以到機場或車站接你，陪你到旅館，請你吃當地的菜，為你安排遊程，這將是多麼不同！而你現在一個人也不認識，你渴望可以交一個朋友。我相信在任何遙遠的世界中，都可以有我們談得投機的朋友，但是你沒有機會碰到，碰到了你也會交臂失去，沒有一個場合可以使你請陌生的人多談幾句。你可以在火車輪船上交到同你一樣孤獨的旅客，但很難在你新進的城市中交到當地的朋友。你在路上看到一對一對甜笑蜜語的情侶，你只能羨慕；你在飯館中，看到一桌兩桌三五成群、有說有笑的青年，你只能妒忌。這時候你會想到你的舊地，在舊地你也是這樣的不落寞呀！

如今我就是這樣一個人，到一個新的城市，在旅館裡，坐在沙發上，翻開電話簿，一串串都是陌生的路名，陌生的人名，假如其中有一個熟人是多好呢！電話就在旁邊的小桌上，我可以馬上打去。

但是，我怎麼翻閱也沒有。這因為我在香港，香港是我只經過一次而從未逗留過的城市。天氣很熱，香港只有冬天是我們的春天，而現在正是夏天般的春天。房中有冷氣圍著我浴後的身軀，我計畫如何一個人到街上去闖一個飯館，飯後再去闖一些店鋪，買了一些東西，我再去闖一個戲院，看完戲，坐著街車回來洗澡睡覺，這是唯一消磨時間的方法。

正在我這樣打算著的時候，忽然我的電話鈴響了。

這可能是旅館辦事室打來的，我想；一面我拿起電話。

「哈囉，」對方是一個男人的聲音，他沒有等我回答，非常焦急而熱烈地說他一大串的話：「眉娜，你怎麼這樣走了？我們總要談一個結果，是不是？你知道我愛你，你不願我一直跟著你，也不要這樣，是不是？我決不勉強你，眉娜，但你必須同我單獨見一次……」

「哈囉，」我的聲音打斷了他的話，我說：「我不是什麼眉娜。」

「那麼請你叫陸眉娜說話。」

「這裡並沒有陸眉娜。」

「你撒謊。」

「我不知道陸眉娜，我為什麼要撒謊？」

「那麼我可以來看看嗎？希望你不離開你的房間。」

「我花了錢，為什麼要離開我的房間？」

「那麼你不要走，你等著。」

「你的意思是說你要來看我，是嗎？」

「自然！」

「歡迎，歡迎。」

對方突然掛上了電話。

在我寂寞的世界中，這個際遇是有趣的慰藉。我猜想他大概是一個不到三十歲的青年，愛上一個叫陸眉娜的女子，她當然是美麗的，該是二十歲，或者還猜得太大，他們間有許多千篇一律而又時時不同的浪漫史，突然女的別有所戀，或者男的還有別的少女，起了誤會，女的同別人好了，他找到了她的居處——紅鄉飯店二百四十號，他打電話來……

但是他為什麼要打電話，不直接跑來呢？他從哪裡打聽到她會住在紅鄉飯店二百四十號？陸眉娜，陸眉娜，好一個陌生而又熟稔的名字，假如我真是陸眉娜的情人，陸眉娜就在這裡，這個電話的意義又是怎麼樣呢？陸眉娜會單獨見他嗎？見了他會重回到他的地方去嗎？

假如我也有一個情人叫陸眉娜，而不是他的陸眉娜，那麼這個電話會引起什麼樣的故事呢？我將疑心我的陸眉娜嗎？我將叫我的陸眉娜聽那個電話嗎？我將請那個男人來認認我的陸眉娜嗎？假如他來了，看到了我的陸眉娜，我的陸眉娜雖不是他的陸眉娜，但可能容貌與性格有點相像，正如人名可以偶然相同一樣，他們倆竟一見傾心，我的陸眉娜離開我，到他那裡去代替他的陸眉娜。我也打聽陸眉娜的位址，打一個電話去，又碰到另外一個陸眉娜！

然而這些只是小說家的想像，我不過在一個陌生的世界中，陌生的旅館裡，身邊沒有陸眉娜所代表的女性，而現在在期待一個來尋陸眉娜的男子。

有人敲門，不知怎麼，我驟然想到來客是不是會帶著兇器。我鎮定了一下，門敲得更響，我還是坐在那裡，說：

「進來！」

門緩緩地開了，慢慢地閃進一個出我意外的人物，是一個無比鮮豔的女子。

一瞬間，她燦爛的光彩已經使我目眩，我想她一定走錯了地方。但是她竟望著我說：

「對不起，剛才是不是有人打電話問到陸眉娜？」

我點點頭。

她的手輕輕地把門掩上，她說：

「我可以同你談幾句話嗎？」

「自然可以，」我還是坐著，我說：「請坐。」

她緩緩地像雲一般地駛過來。這時候，我才看清楚她是什麼樣的一個女人：她穿一件無領無袖的潔白襯衫，繫一條寬大的黑裙，腰際束著很寬的鮮紅色的腰帶。她的裸露的兩臂與頸項，透明一樣的閃耀著膩潤的肌膚，像寶石所雕成的。她的左臂上，飾著一隻紅瑪瑙的鐲子，一串奪目的紅色的項圈，束在袒露的頸項。她披著長長的頭髮，兩耳垂著紅寶石的耳墜。

她在看我，與其說是我看到，毋寧說是我感到，她的眼睛像一個沸騰的海，似乎冒著火焰，她使我受到灼熱。

她坐下了，露出一雙露趾的鑲錦的黑緞便鞋，我看到她腳趾上鮮紅的蔻丹。

「你像是剛剛到香港？」她說，她的聲音很低，但帶著一種銀響的展延聲。

「一個陌生的旅客。」

「你沒有親友在香港嗎？」

「一個孤獨的旅客。」

「我常常覺得一個陌生孤獨的旅客，同新生的孩子一樣，他總是最天真與純潔的。」

「希望我給你這樣的印象。」

她笑了。

這時候我看到她的臉，我馬上發現她是一個混血的女孩。她有一個稍闊的嘴唇。但笑容中竟含著不可思議的神祕，配合她粒粒如珠的前齒，我無法想像同這樣的嘴唇接吻以後的後果。她的鼻子是挺秀的，同她面頰上兩顆玲瓏可愛的笑渦，佈置得非常巧妙，像是禁果一樣的在誘人探嘗。她睫毛掩蓋著那不可抑壓的眼睛的光芒，這是一對海一般深奧而又火一般的閃耀的眼睛。

這不是一種使人終身企慕的美麗，而是一種永遠無法擺脫的誘惑。她收斂了她的笑聲，突然說：

「那個電話怎麼說？」

「他不相信，他要尋的人是陸……」

「陸眉娜。」她提醒我說。

「啊，陸眉娜，他不相信陸眉娜不在這裡，他要到這裡來。」

「他要到這裡來？」她吃驚似的站起來。

「你就是陸眉娜？」我問。

但是她沒有理我，她急速地說：

「那麼我去了。」她匆匆地走到門口，忽然又折回身軀，她說：「你可以陪我一同出去走走嗎？」

「我？」我說：「這當然是一個陌生旅客的光榮。但是你應當先等我換換衣服。」

她躊躇了一會，忽然露出俏皮的笑容說：

「我在那面一個藍河咖啡館樓上等你。」

「但是我是一個陌生的旅客，我不知道路徑。」

「啊，就是出門右轉走過去不遠的轉角地方一家咖啡館，找不到，你可以問人。」

「你一定等我，」我說：「假如他來了，我可要，啊，也許要晚一點到那面。」

「我知道。」她說著，用眼睛對我一瞟，拉開門，一閃身就出去了。

而我的眼前還閃蕩著大而媚的眼球的轉動，這配合著她掀動著的翩翩修長濃郁的頭髮，好像混合成一種熱情的舞蹈，變成了留在我感覺上的餘象。

二

我開始對於我的際遇奇怪起來，我設想陸眉娜與那個打電話來的男人的關係，是不是他追求的陸眉娜躲避著他呢？還是他們相愛很久，陸眉娜另有所愛呢？這個男人是什麼人？是一個真正愛上陸眉娜，被陸眉娜戲弄了呢？還是他有對不起陸眉娜的地方，而她要離開他呢？

我一面換衣裳，一面想著這些問題，我有很大的欲望想會見這個男子。但在我陌生無聊的旅次中，這樣偶然的能陪陸眉娜這樣的女子作宴遊，這是多麼羅曼蒂克的事情！而我如果會見這個打電話的男子，他一定會纏繞我，使我耽誤了時間的。

我很快地收拾好，但正預備出門的時候，有人敲門了，這當然就是那個打電話的男子了。於是我安詳地坐在沙發上，抽起了一支菸，手裡拿著一份報紙，我說：

「進來。」

進來的是一個三十歲左右的青年，高高的個子，開朗的面容，頭髮很濃，鬍子刮得很乾淨，穿一身挺直整齊講究的西裝，但沒有打領帶。他一看見我是一個陌生人，愣了一會，他的深邃的眼睛閃著猶疑的光芒，他望望周圍，急遽地想退出去說：

「對不起，對不起。」可是他的態度竟引起了我的好奇，我說：

「你是不是要尋你的陸眉娜，先生。」

他站住了。

「請坐，請坐。」我說。

「你認識陸眉娜？」

「我也是在找陸眉娜！」

「你？」他驚奇地說，微開著他薄薄的嘴唇，露出潔白的前齒，走過來。他是一個瀟灑漂亮的男子，不知怎麼，我相信他受過很好的教育，而我已開始喜歡了他。我仍舊坐著，他說：

「剛才電話是你接的？」

「不錯，」我說著指我旁邊的沙發說：「請坐，請坐。」

他坐了下來，非常不安。我遞給他菸，他拿了一支，眼睛注視著我，一面用他自己的打火機點煙。

我看他抽起了菸，我自己也抽了一支。於是他很快地問：

「你說你也在找陸眉娜？」

「不錯，」我說：「但是我不知道我所尋的陸眉娜是不是你所找的？」

「你在哪裡認識了陸眉娜？」

「我不認識她。」

「你倒是一個有趣的人。」他緊張的表情鬆弛下來，他說：「那麼你尋的是一個還不認識的人。」

「但是陸眉娜正代表了我所想尋的女性名字。」

「你喜歡這個名字？」他笑了。但突然他拋了香菸，站起來，他說：「對不起，先生，我要……」

「你要去找陸眉娜？」我問他，但我回答我自己的問題，我搖搖頭說：「你找不到她。」

「謝謝你，但是我一定要去尋找。」

「你能不能坐下來，先想一想她的去處再找呢？」我說：「或者你先打個電話去？」

他似乎覺得我的話是對的，他坐了下來。我說：

「我也在找陸眉娜，但是我很安詳。你應當鎮定，分析陸眉娜離開你的理由，再分析你需要她的理由。找到一個陸眉娜是不難的，但保留你的陸眉娜就難了。」

他不響，但似乎對我的話很有感觸。我說：

「你應該休息一下，喝一杯酒。」

他不響，我按了電鈴。

「威士忌嗎？」我問他。

他點點頭，我說：

「我相信，你的陸眉娜同我的陸眉娜是一樣的。」

「究竟你知道陸眉娜嗎？」他突然說：「你應當告訴我。」

「我不知道她。」

「你不知道她，為什麼要招待我，同我談這些古怪的話？」

有人敲門，我說：

「進來。」

不消說，進來的是侍者，我吩咐他拿兩杯威士忌。於是那位陌生的來客忽然歎了一口氣，站了起來，兩手插在口袋裡，走向窗口去。我說：

「你不能安詳地坐一會，讓我幫你解決你的問題嗎？」

「你為什麼想幫我解決我的問題？」

「這因為我也許也有許多問題要請你為我解決。」

他不響，侍者端著酒進來，那位陌生的來客拿了一杯走回來，我也拿了一杯，舉起杯子說：

「祝你的陸眉娜！」

「祝你的陸眉娜！」他也說。

「這就對了，」我說：「現在讓我們像朋友一樣彼此談談。」

他坐了下來。我於是低聲地問：

「如果你一進來的時候看到你的陸眉娜同我在一起，你將怎麼樣呢？」

他盯我一眼，忽然說：

「你以為陸眉娜是一個什麼樣的人？」

「我想你的陸眉娜同我的是不同的，」我安詳地說：「她該是二十三歲，眼睛有海一般深，閃耀著誘人的火焰，稍闊的嘴唇，每一笑容透露她粒粒如珠的前齒，濃郁的長髮，翩翩如雲，她應當愛黑色與紅色，她的動作……」

「你認識她？」他打斷我的話，詫異地問。

「那麼我的想像是不錯的了。」我說：「我剛剛從飛機下來，你是我第一個讓我單獨見到的人。」

「你以前沒有來過？」

「這是第一次。」

「從歐洲來？」他眼睛看到了我行李箱上的簽條，他說。

「也可以那麼說。」我說。

「你預備這裡久待嗎？」

「誰能夠知道。」我說：「也許我計畫久待，而馬上就要離開；也許我計畫就走，而我竟一生待在這裡。我一生的計畫從未實現，所以我也不再計畫。」

「你是一個虛無主義者。」

「我是一個偶然主義者。」我說：「因為人生本來是偶然的，偶然的生，偶然的死。」

「而我們還都在尋求陸眉娜。」他忽然笑著說。

「我想這也只能在偶然中碰到。」

「你倒是一個很有趣的人。」他站起來說：「我要走了，希望以後還可以碰到你。」

「希望你有興趣來看我。」我說著順手拿剛抽出來放在幾上的名片遞給他一張說：「這是我的名字，你可以叫我鄭。」

他接了我的名片，也遞給我一張。他說：

「我叫尤旁都，你可以叫我旁都。」

於是，他同我緊緊地握手，很誠懇地說：

「謝謝你，再見。」

「再見。」我說。

三

在旁都去後三分鐘，我搭電梯下來，幸虧大廳裡進出的人多，我看見旁都在櫃前，他該是在查詢我的底細，我則沒有被他看見。

我想他要知道的不過是我究竟是哪一天到的，從哪裡來的，還有，是的，他一定還要問有沒有人來看過我。但是陸眉娜來的時候並沒有經過通報，她又不是為我來，一定不會先到櫃上去問。我相信這是旁都無從獲悉的。

我一面順著右面行人道走，一面這樣想著。這時候太陽已經西斜，有風，亞熱帶的天氣，在太陽下去後就可涼快許多，所以行人也多在這時候增加起來。我在人叢中注意每一家鋪子的招牌，穿過了三條馬路，我就看到藍河咖啡館，不知怎麼，我的心竟跳了起來。

我很快地走過去，從一個藍色的門進去。這是一家並不大的咖啡店，佈置倒還雅潔，樓下客座不多，但也滿了八成。我順著一個狹小的樓梯走到樓上，在前面靠窗的座位上，我馬上看到陸眉娜長髮的背影。

我走過去，輕輕地在她旁邊拉開椅子說：「對不起，要你等了。」

她看我一眼，我坐了下去，她笑著說：

「你一定碰見他了。」

我點點頭，一面對在我旁邊的侍者要了飲料。於是我抽了一支菸，對陸眉娜說：

「是一個非常可愛的人，是不？」

「你們談了許多話？」

「我只想知道為什麼你要躲避這樣一個男子。」

「他很好。」她很平淡地說：「但是他太意識著自己的優點了。」

「這是自信，」我說：「你以為一個男子有一點自信不好嗎？」

「他有很強的佔有慾。」

「這是人類的本性。」

「啊，你可是得了他的酬報，來為他說服我嗎？」

「如果我不幫他說話，」我說：「我不是要被你誤會我想取他的地位而代之嗎？」

「你倒是很有趣。」她說：「你到這裡多久了？」

「剛剛到，在你們打電話來前兩個鐘頭。」

「你在這裡沒有什麼朋友？」

「我是一個陌生的旅客。」我說：「一個人也不認識，除了你還有他，我是說旁都。」

「那麼我倒希望你伴我去參加薩第美娜太太的園遊會。」

「那麼，我明天也許就成了香港社交的紅星了。」我笑說著。

「你不願意？」

「現在就起身，」我說：「我想凡是你吩咐我的事，我不會不願意的。」

「謝謝你。」她低著視線笑著說：「那麼先到我家裡吃飯去，我為你洗塵。」

「讓我請你吃飯不好嗎？」

「我請你。」她說：「因為我總要回家去換衣服的。」

「我先陪你回家，換了衣服再出來吃飯，不好嗎？」我說著付了賬，她低著頭很快就到了下面，我看到許多人在注意她，我也就很快地跟著下樓去了。

我正要叫車的時候，她說：

「我有車子。」

我跟她走到對面的橫路上，她在一輛紅色的跑車邊用鑰匙開了車門，我繞過去坐在她的旁邊，她就把車子從許多車子的空隙中開出來。

車子從一條熱鬧的街道又到一條熱鬧的街道，她說：

「你喜歡香港嗎？」

「我想香港應該是世界最美麗的城市，」我說：「因為它有最美麗的陸眉娜。」

「但是香港的氣候一定不是你所喜歡的。熱天太多。」

「我並不怕我是在火焰旁邊。」我笑了，說：「因為我是個已成了死灰的人。」

「啊，」她忽然改變了語氣：「原來你是個失戀過的人。」

「也許，」我說：「因此我到這陌生的地方來流浪了。」

「你從內地來。」
「我從歐洲來。」
「是一個西班牙女人使你失戀了？」
「是一個中國女子。」
「她在歐洲？」
「在中國。」
「你在歐洲，她在中國，你們戀愛。」
「我們相愛，我們約好，但是我離她兩年，她變節了！」
「好天真！」
「這怎麼講？」
「人是空間的動物！」
「你的話也許是對的。」我說。
「你沒有在歐洲愛別個姑娘？」
「我一知道她變心，馬上想另外找一個愛人。我同許多人來往，但竟尋不到愛。我旅行了許多地方，卻不能自慰，我想回國，但到了這裡，我又不想回去了。我就想在這裡待一陣，我甚至想打聽這裡天主教的修道院，我想去做修士。」

我的話是嚴肅的，但是陸眉娜笑了，她笑得很放縱，她的熱情的嘴唇露著粒粒如珠的前齒，使我感到一種奇怪的誘惑。

「你為什麼這樣笑我？」

「我覺得你太愛空想了。」她說：「你對於愛情是空想的，所以你失敗；對於人生也是空想的，你也要失敗。」

「我已經否定愛情，也否定人生了，老實說。」我說。

「你太不實際。」她說：「你愛一個女孩子，不同她在一起，自己到歐洲去，彼此懷著相思，消耗著青春，不求實際的幸福，把美景推到將來，這當然只是一種空想。要是這不是否定愛情，那麼就是太固執愛情。」

「我是說我現在否定愛情否定人生，所以我要出家。」

「你從否定人生去接近宗教，這是笑話。真正的僧侶，是有了宗教信仰而後才否定人生的。」

「也許你是對的。」我說。

車子駛到半山的住宅區了，兩旁是白色灰色紅色的建築，斜陽照在那裡映著萬種的層次。

我沉默地望著車窗外的世界。

「你是一個可憐的孩子。」她忽然說。

「我告訴你這些，難道是為了求你對我說這句話嗎？」

「你沒有嘗到愛情，就想否定愛情，你沒有嘗到人生，就想否定人生，」她說：「這是最可憐最懦弱的孩子的心情。」

車子在一所大廈前停下來。這是一所公寓，四周有寬敞的園地，園中鋪滿草地，裡面有幾株高大的樹木，有許多孩子在那裡玩耍。我們從一條水泥路穿過花園，走進了那龐大的建築，電梯送我們到第六層。

那是六十四號A，陸眉娜按了電鈴，一個大眼濃眉圓臉的女傭來開門。我們走到裡面，陸眉娜一直帶我到一間很大的客廳，那間房子很大，似乎就是整個建築的末端，三面是落地的玻璃窗，有幾扇開著，我看到外面很寬闊的陽臺。房內有很舒適的沙發與坐椅一類的佈置，一架很大的鋼琴放在窗前，琴上有高大的花瓶，插著紅花，此外是散亂著許多琴譜，一切的佈置並不落俗，但稍稍有點雜亂。

陸眉娜招待我坐下，她開了冷氣說：

「你決定在這裡吃飯好了，這裡沒有別人。」

「再說好不好。」我說。

傭人拿上一杯橘子水，我喝了一口，我說著：

「現在我可以問你幾句一直想問你的話嗎？」

「什麼？」

「我很奇怪今天的電話，旁都怎會打來的，而且你又怎知道他要來？」

「這不是很簡單的問題嗎？」她說著忽然站起來，拿了一疊照相簿給我，又說：「你先坐一會，像自己的家裡一樣，我去換換衣服。」

她波動著黑裙走過去，忽然又回過頭來說：

「你喝酒嗎？自己倒。」

這時我看到放在矮桌上的酒具，我說：

「不要客氣。」

陸眉娜像雲一般的在門口消失，現在房中只有我一個人。我先翻閱她給我的照相簿，都是一些社交的場合，海濱的風光，旅行的記錄。她在一切的人群中都是一個特出的人物，不同的光影，在各種的服裝中，透露她無可比擬的鮮豔與明朗，而她的男伴，在照相中幾乎是包括了一切的年齡、各種的職業以及不同的國籍；旁都在她照相簿中的地位實在占得很少；特別使我注意的是她的許多舞蹈的照片。

原來她是一個舞蹈家，我想，怪不得她的表情與動作都有舞蹈的美麗。

我看完了照相簿，又看到鋼琴上放著一張照相，不知怎樣，我竟期望而且猜想那應當是旁都。我很快地走過去，但發現那是陸眉娜自己。在照相簿中，陸眉娜除了舞蹈的照相外，幾乎沒有一張是她單獨的照相，而這是一張很正式的半身照相，照得很好，光影中充分表現出她的豔媚與灼熱，尤其她的眼睛與嘴唇似乎含蓄著她隨時可以透露的神祕。

於是我看到一隻高高花瓶中的花束，是一種紅色的沒有花蕊的熱帶花卉，開得很大，但很緊實，花瓣像是透明的，沒有什麼香味，我不認識那是什麼花。最後我看到那零亂的樂譜，裡面很雜亂，似乎中西新舊都混在一起。隨便翻翻，我忽然看到一隻手抄的小歌，曲子很俏皮，我就在鋼琴上試奏這只小曲。這是一個很幽詳緩慢的調子，有點日本曲調的風味。正在我試奏的當兒，忽然有人應和著唱起來，她唱：

你收斂飛動的睫毛，
像飛禽收斂它的翅膀。
你靈活的眼睛，
疲倦的時節，
像雲雀沒入了穹蒼。

這當然是陸眉娜，她的歌聲是顫抖的，夾著鼻音，有一種內在的展延聲，非常甜潤。
我又奏了一遍，她又應和著，一面冉冉地出來。
她已經換好了衣裳，她穿的是白綢金紋的短袖旗袍，露著潔淨圓潤的兩臂，左腕上戴著一個象牙的手鐲，上面精緻地雕刻著松鼠與葡萄，她沒有穿襪子，健美的腿像是雕刻家的作品，她穿一雙白色的高跟鞋。

她在我面前，真是奇妙得像是一個仙子，我忽然有無限的欲望想接觸她的兩臂，但是這並不是有什麼不潔的念頭，這只像我們看到精細的雕刻、奇異的玉琢，想用手去撫摸它一樣，對於一切我們眼睛看到而認為稀奇不現實的東西，我們有用觸覺來證實的欲望。這一瞬間的陸眉娜，在我竟已不是一個現實的存在了。

她臉上浮著笑容，那細小的稚齒與她纖薄紅潤的嘴唇，那閃動著深有含蓄的鑽石光芒般的眼睛，每一樣似乎都使我有碰它接觸它聞它的欲望，我不敢與她的視線相接，我站起來，我說：

「神奇的陸眉娜！」

一瞬間，我想到她進去時叫我自動斟倒的酒，我斟倒了兩杯，一杯給她，我舉起杯子說：

「祝你永生！」我為她乾了杯。

「祝你！」她乾了杯，於是放了酒杯，走出到陽臺，她說：「讓我們在陽臺上坐一會吧，現在這裡很涼快。」

她一面說著，一面走出去，我也就跟著出去。

那是一個寬敞的陽臺，下面就是圍著整個建築的花園，遠望是海景。陽臺上放著籐桌籐椅，桌上放著雜誌與菸灰缸一些雜物，我拉開一把籐椅讓她坐下，她說：

「現在讓我多知道你一些。回頭見到薩第美娜太太，不能說我連你名字都不知道。」

「那麼能不能讓我先知道那個簡單的問題呢？」

「什麼？」

「就是我始終不懂旁都怎麼打電話到我的地方，而你又怎麼知道他打電話來？」

「這當然是我叫他打的。」

「你叫他打的？」

「他一定要問我到哪裡去，我就隨便告訴他紅鄉飯店幾號房間。」

「你說他不會到薩第美娜太太的園遊會嗎？」

「他自然要去參加的。」她說：「他要我同他一同去，但是我拒絕了。我說我已經約好了同別人同去，他又逼我告訴他是誰，我說到那面就會碰見的。」

「那為什麼要把這個光榮給我這個陌生的旅客呢？」

「因為陌生的旅客是最純潔與天真的。沒有人猜得到我會同你去。」

「但是旁都認識我，他一定會同我招呼。我同他說我不認識你，那麼我應當怎麼同他說呢？」

「你只說我在他走後到你的地方去，就叫你陪我來參加園遊會好了。」

「這是一件多麼奇怪的事情！」我自語地說。

「現在讓我先知道你的名字。」

「我叫鄭乃頓，你就叫我乃頓好了。」

「那麼你是從歐洲來的？」

「是的。」

「預備在這裡待多久呢？」

「誰知道！」我說：「你能知道你在這裡可以待多久嗎？」

「為什麼不？」她眼睛閃出逼人光芒說：「你以為我們的意志連這點自由都沒有麼？」

「我不相信自己，也不相信任何人對於『將來』可以有什麼預定，即使是我們神奇的陸眉娜。」我微笑著說。

「你是宿命論者。」

「不，」我說：「我是偶然論者，我就是一個偶然的旅客。」

「但是我永遠自己把握著自己的命運，」她說：「當然在可能範圍內。」

「你不相信你會同別人一樣死嗎？」

「但可能範圍之內，我可以晚老晚死。」她說：「比方說我現在至少可以知道我在兩個月裡面，一定可以待在這裡。」

「那麼，譬如從今天算起，今天是二十三日，你可以同我約定兩個月以後的今天仍舊讓我同你坐在這裡談話嗎？」

「自然可以。」

「這已經是很自信的口氣。」我笑著說：「一個一直勝利的人常常以為自己有權力支配一切的；但是我以為任何微小的力量都可以摧毀你的權力。」

「你可以同我打賭嗎？」她忽然自信地笑著說。

「賭妳在兩個月以後今天這個時間，」我說著，看看手錶又說：「五點鐘的時候，讓我在這裡碰見妳嗎？」

她點點頭，露出好像已經勝利的微笑。

「如果在兩個月以後，這個時間我在這裡找不到妳。怎麼樣呢？」

「隨便你賭什麼！」她笑著說：「這樣好了，如果你在這裡找到了我，我可以問你討一樣東西。」

「只要是我有的，或者是我經濟能力所及而買得到的東西。」我說：「那麼，我找不到妳，我也可以問妳要一樣東西。」

「自然。」

「好。」我說：「那麼大家一言為定。但是我是沒有把握的，我也許不到一禮拜就離開這裡，如果我不來找妳，那只好說是命運。」

「也好，我希望你會恢復自信。」她伸手來同我握手，眼睛直逼著我的視線，我驟然感覺到一種奇怪的顫慄，她竟具有這樣一種魔力，隨時可使我的神經有這不可思議的震動。

等她收回她的手後，我懷著說不出的自卑感起來，我覺得我是多麼不配做她到園遊會的伴侶呢！我想到我的服裝，我穿的是一套敝舊的灰色的衣服，這時候我驟覺得我應該回去換一身禮服的必要。但是她直率地說：

「這樣不是很好嗎？」

「你知道，假如我可以穿著正式的服裝伴你去參加園遊會，那就更是我永遠值得記憶的光榮。」我說著站了起來。

「只要為你的舒服與愉快，千萬不要為我的緣故，我是不拘習俗的禮儀與小節的。」

「那麼我馬上就回來。」我已經從陽臺跨進了房間，但是她站起來跟著我，又說：

「你可以坐我的車子去，我叫司機送你。」接著她叫女傭去告訴司機。於是我就同那個女傭一同出來，陸眉娜忽然說：

「我給你一個半鐘頭的時間。」

「希望我可以操縱命運像妳一樣。」我說。

「我等你來吃飯。」

「吃飯還早，是不是？」我說著已到了門口，她跟著過來說：

「這也要等命運來支配嗎？」她笑著。

「我只希望一切可以聽妳支配。」我說著關上了門。

「回頭見。」她說。這句話同她的笑容似乎一直伴我到了旅館。

四

「陌生的朋友：假如我還可以打擾你的話，我請你做我們的賓客。在卜公碼頭坐小艇到『貴婦號』遊輪上，今晚我期待你。你在十二點鐘來不是太早，一點鐘來也不算太晚。旁都。」

我到紅鄉飯店，櫃上就給我這樣一個字條。這使我非常不解，為什麼旁都又來看我，而約我去參加他的會敘？是不是他知道陸眉娜到我的地方來過，所以要來找我呢？還是因為他一次兩次來窺伺陸眉娜不遇，而想同我談談呢？或者是他要我幫他的忙，去找陸眉娜？

我一面在房內換衣服，一面想著這些問題；但是我不能解答，也不求解答，我似乎只是停滯在好奇的界限。好奇心的本身似乎就是值得我陶醉的境界，我有點不安，但也有點快樂；我急於想把這字條給陸眉娜看，我竟有一種非常想討她歡喜的心理。

我很快地換好衣服，把字條納入袋裡，急忙地趕到陸眉娜的地方，這一次我方才注意到她所住的路名與門牌，那是干德路一號，三號，五號，七號，九號，十一號，十三號，十五號，啊！十七號，車子停了。我下車，我給司機一點錢，就很快地到了六十四號A。

應門的就是剛才帶我上車的女傭，我想起陸眉娜是叫她銀莎的。她沒有很痛快地讓我進去，門開了一半，交我一張字條。

這使我很吃了一驚，我讀了字條，心裡開始奇怪起來。這字條當然是陸眉娜寫的，她說她先到淺水灣花園飯店去等我，叫我馬上就去；更奇怪的是叫我從公寓後門穿到茄克路去坐街車。

這自然不難照辦，我雖不知道路，叫一輛街車就行了。但她為什麼忽然要變更計畫？是不是當我找到那面，她又會有什麼變化呢？我懷著這些問題下樓，從後面到了茄克路，搭上一輛街車，一逕駛到淺水灣花園飯店，那不過是一刻鐘的工夫。

花園飯店是濱海的一個精緻白色的建築，在很大的廳堂中，有五人的樂隊在奏著流行的樂曲，好些人在跳舞，生意很好，四周桌座上都坐滿了人；我走了一周，竟沒有看到陸眉娜；這時候我才從窗口發現外面的花園，那花園就在海邊，雖是不大，但佈置得很曲折，放著許多的盆栽的果木，映掩著桌座，果木上掛著彩色的小燈。我從廳後穿出去，發現林下參差的桌座上也有些客人，走下石階，馬上看到陸眉娜一個人坐在右面一個角落裡。她雖然面向裡面，但她銀白色的服裝在翠綠的樹陰下閃著光，很容易讓我認出。我走過去到她的旁邊，她很敏感地覺察到是我，對我笑了一笑，我就拉開椅子坐了下去。她說：

「這裡是不是比在家裡好！」

「這不是比較好壞的事。」我說：「但是你為什麼忽然要變更計畫了呢？」

「不知怎麼，我忽然感到旁都也許會來找我，我越想越不安，所以想到這裡來等你了。」

「我不懂。」我說：「既然我們要在園遊會碰見旁都的，為什麼現在你不想碰見他呢？」

「我不想伴他一道去。」她說：「在園遊會，他自然也伴著別人。」

「這是很奇怪的。你不想同旁都一同去而要同我一同去。」

「你是陌生的旅客。」

「因為我的天真與幼稚嗎？」

「也許是的。」她笑了，眼睛燃起一種初醒的情熱。

侍者拿著菜單過來，我們點好了菜。那時太陽已經西沉，天空碧藍，金黃的雲彩冉冉駛過，有海鳥在海面飛翔，清風徐來，裡面的音樂時濃時淡地傳到園中。

「當我一路來的時候，」我說：「我真怕妳會不在這裡。」

「這怎麼會？」

「我時時都覺得，並且害怕一切的計畫是沒有用，只是由偶然的機會來決定的。」

「你現在相信我了？」她說：「像我相信你一定會來的一樣。」

「不，」我說：「如果妳可以有自由意志來決定一切的，那麼我該在妳家裡吃飯是不是？」

「但這個改變，還是我自己的選擇，是不是？」

「這不是妳的選擇，這只是一個偶然的因素支配了妳。」

「如果像你這樣的想法，」她說：「那麼人生是多麼渺茫，幾乎沒有一秒鐘的未來可以由我們估計的。」

「這大概是一種最沒有自信力的人的想法。」

「你一直就是這樣想嗎？」

「自從一個非常有信仰而可靠的女人負了我，」我說：「我對任何的約會，對任何的計畫都擔心與害怕起來。」

「是熱牛奶燙了嘴，冷開水都怕喝了嗎？」她笑著說：「這因為你太相信人，而沒有相信自己。」

「妳以為自己是可靠的嗎？」我說：「妳有沒有對一個認為很可愛的人，而突然覺得他不可愛了呢？妳有沒有安排好一件事而突然不喜歡呢？譬如妳規定了我在你家裡吃飯而忽然改變了意思，細想起來，決定的是妳自己嗎？」

「自然是我自己。」她笑著說。

「而我是不相信的，我現在很擔憂，妳突然會覺得我伴你到園遊會去是不合適的。」我說。

「你常常有這樣突然的變化嗎？」她說：「這其實也是一種精神上的病態。」

「也許是的，」我說：「因此我很想找一個地方安靜地養養身體。」

「這先要你放棄遐想，」她說：「如果你要遐想，那麼還是不要靜養，你應當熱烈地玩，縱情地笑，瘋狂地鬨鬧。」

「但是這是多麼需要興致呢？」我說。

天已經暗下來，園中林木間的紅綠彩燈亮了，侍者拿上了菜，在吃飯的時候，開始感到一種安詳與自由，好像陸眉娜早是我的熟友了。

在這寂寞的旅程中，我的空虛的心靈很容易被人吸奪的，尤其在陸眉娜這種美麗的外貌與伶俐的心靈面前。我告訴她我是用什麼樣至情在歐洲期望我的愛人，在兩年的時間內，我是怎麼樣計畫著與我的愛人過什麼樣美麗的一生。而她在最後一月中同我決絕，不留我一個位址與半點餘情。陸眉娜聽了我的哀豔故事非常同情，但突然放下了刀叉，她說：

「我不喜歡這空氣了，讓我們到裡面去跳一隻舞吧！」

我站起來，伴她繞過餐座到內廳去，音樂是輕柔的華爾滋。等我帶她一到舞池，我的感覺就完全不同了，陸眉娜的身體好像逐漸帶引了我從過去的憧憬回到了現在，我切實地感到了一種自我的現在的生命。在我的生命中我常常懷念過去而遐想將來，而從未確切地感到現在——只感到現在。如今，陸眉娜使我發覺現在，而陸眉娜從此在我生命中就永遠象徵了現在。

我們舞了兩曲以後，我說：

「能不能再等一個音樂呢，眉娜？」

她笑著點點頭。

我們又舞了兩曲。我說：

「假如我可以永遠同你跳這些音樂。」

「好一個陌生的靈魂。」

「這怎麼講？」

「你不是平常的孩子。」她笑著說，音樂又響了起來。

我們沉默地繼續跳舞。此後，在幾支悠長悠長的舞樂中，我們一句話都沒有說，一直安詳地跳舞。但突然。在第五次音樂尚未告終的時候，陸眉娜拉著我說：

「讓我們去吃飯吧！」

我很奇怪，我以為我有什麼觸犯了她。但等我們走回餐桌，她問我說：

「你知道我這裡有許多熟人嗎？」

「妳沒有招呼他們。」

「在這樣的場合，我向來是不招呼人的。」她說：「但是我發覺有人要來請我跳舞了，所以我想回座了。」

「這是為什麼？」

「因為這裡我是主人，我要招呼我偶然的朋友。」

「因為妳要盡主人的責任，所以才不斷地為妳偶然的客人的興致而跳舞嗎？」我感到一種黯淡的陰影說。

「為什麼你要這樣過敏呢？」她說：「如果不是我的興致，我沒有理由要請一個偶然的朋友，是不是？」

「謝謝妳。」我說。

桌上的菜早已冷了，天也完全黑了，天空閃著點點的星星，樹上的彩色小燈閃亮著，我開亮了放在桌上的檯燈。

已經九點多了，我們很快地吃了另一道菜。十點鐘的時候，我們離開了花園飯店。

五

在車上，陸眉娜開始對我談到薩第美娜太太。

薩第美娜太太的父親是歸化英籍的美國人，他娶了個有爵位並有財產的英國太太，但沒有子女，後來那位英國太太患風癱，一直住在英倫。薩第美娜太太的父親則到各地經商，到香港後，與一個中國名妓同居，生了薩第美娜太太。過了兩年，在英倫的英國太太死了，薩第美娜太太同她母親就回英倫住了一個時期，以後她們定居香港。那時薩第美娜太太年輕美貌，父親又有錢，所以在香港成為有名的閨秀，出入交際場所，時時到世界各地旅行，贏得無數青年的傾倒，最後她嫁給一個印度富商，才移居英倫。丈夫死後，經過第二次大戰，財產毀於炮火，她又回到香港，住在她父親遺留給她的別墅裡。這別墅在深水灣。現在自己老了，她的女兒又在英國讀書，她一個人住在那裡，房子大，人少，自然更覺寂寞。她把房子分租給獨身的朋友住，她有時也喜歡招待朋友到她那裡去玩。

車子慢慢地駛進僻靜的山區，四周是綠色的樹林，一所一所的房子都隱在叢綠的裡面，透露著灰色、紅色的輪廓與閃動的燈光，於是車子轉彎了，往斜坡上駛去，路狹了許多。在右面，我望見了海，沒有許久，左邊出現了短牆。陸眉娜告訴我這裡叫深水灣，這就是薩第美娜太太的別墅了。

從鐵門進去，轉一個彎，我就看到好些汽車停著，我們的汽車也就停在那面。於是我伴著陸眉娜下車。前面一條寬闊的路直通那所古舊龐大的建築，但是陸眉娜沒有帶我進去，她從建築的外面繞到前面，前面展開的就是寬大的園林，零落的路燈沒有使林園通明，使我仍未忘忽天上星月的燦爛。園中散著籐桌籐椅，一律鋪著黃色的檯布，客人們三三五五地站著坐著，一見到陸眉娜都過來招呼，陸眉娜一一同我介紹，大家似乎都奇怪我這個不速之客，最後陸眉娜帶我去見薩第美娜太太。

薩第美娜太太已經是六十多歲的人了，中等身材，背微屈，胸部低陷，腰肚凸起著，兩腿很細，頭髮花白，面孔上掛滿了皺紋。她很熱誠地同我握手，談了幾句應酬話。我注意到她聲音的節奏、手的動作與眼睛的表情，都很有風度。但是在顫動的面頰上的鬆弛肌肉上，我覺得她已是十二分地衰老了。有人來同她招呼，她請我們各自盡情歡樂，於是我們就離開她。

那時我看到左面草地上亮起一圈紅綠的燈光，小臺上響起音樂，我發現那是一個露天的舞池。許多人都同陸眉娜招呼談話，對這陌生的環境我突然感到一種寂寞，我找到一個機會，就拉著陸眉娜去跳舞去。

但是這次與陸眉娜去跳舞竟與花園飯店同舞的感覺完全不同。在花園飯店，我好像同她融在一起，我沒有感到她明顯的存在，但在這裡，我感到她給我一種壓力——是挑逗、是威脅，也是誘惑。在花園飯店，我只是感覺；在這裡，我則是在注意，我注意她的頭髮、她的頸項、她的透明的蛇一般的手臂，我感到非常不安與不自然，於是我說：

「妳說一個陌生的旅客像新生孩子一樣的天真而幼稚，那麼妳一定可以想到一個新生的孩子初到這個輝煌的世界裡的羞窘。」

「你羞窘了？」

「妳不覺得我在妳的身邊，像是妳游泳時候掛在你頸上的石塊嗎？」

「不，」她笑著說：「我想不舒服的是你，你一定覺得我像是一隻太大的氣球，本來是你拉著它的，倒像是它拉著你。」

「我覺得我像戴了一顆太大的鑽石，」我說：「隨時都有人來看問，而我竟沒有地方放它。」

「只要你當它是石子，你就自由了。」

「那麼，如果妳肯原諒我，就當我是你的車夫或僕人，讓我一個人待在那裡，到臨走時找我好不好？」

「你同別人交際交際也好，」她說：「我想旁都也就要來了。」

「旁都？」我說，一時間竟忘了旁都。

在我去換衣服的時候，我收到旁都的字條，我本預備一會到陸眉娜的家裡，就給她看的，但是她改到花園飯店，我在輾轉不安的情緒中，在陌生的環境裡，在她玄美的風致前，再經過我們諧和的同舞，我根本沒有再想起這件事，如今陸眉娜一提起，我就想到尚在我袋裡的旁都的字條。我說：

「我真是糊塗，我竟忘記告訴你旁都有一個字條給我。」
「什麼時候給你的？」
「我在回去換衣服時收到的。」我說：「他約我十二點前到『貴婦號』遊艇上去。」
「你預備去嗎？」
「我正想同你商量，聽你的吩咐。」
「自然去，」她說：「我同你一起去，你等著我好了。」
我沒有再說什麼，舞後，陸眉娜又馬上同人招呼。接著就有一個很年輕的男子請她跳舞，我就借此退出來。我從草地上走過來，許多人三三兩兩地在一起，雖然有些是陸眉娜為我介紹過的，但是他們不曾招呼我，我也有自由不同他們招呼，這使我覺得非常自在與愉快，我有閒適的心情來注意周遭。
如今我看到這個建築的正面正是一個平臺，面對著園林，就成一個很好的舞臺了。有一架龐大的鋼琴放在上面，上面光線很暗，但我注意到兩旁裝在樹上的燈光。
園中的桌座都已坐滿了人，三三兩兩，男男女女，都有說有笑地在吸煙喝酒，白衣的侍者端著酒在各處聽人取用。我走到較遠的一個角落裡，後面光線暗，找了一個座位坐下，我抽一支菸，靜靜地看這個五光十色的世界——那些不同國籍的仕女、莊麗的太太、漂亮的小姐，以及燦爛的服裝與豐富的言語。

但是突然，我看到了旁都。他伴同一個修長文雅的女子，在草地上向著舞池方面走去。他一路都在同人招呼，我的座處光線很暗，他當然沒有看見我，我也就沒有理他。我想他到那面一定會碰見陸眉娜，不知是什麼一個場面，如果我還和陸眉娜在一起，那一定是很尷尬的。現在從旁觀的立場來看旁都與陸眉娜，覺得那倒是一種很有趣的喜劇。

在最近一個人的生活中，我有一種新的體念，覺得一個頂幸福的境界就是：從大自然的風景中，對著山，對著水，對著飛鳥與游魚，能跳到裡面去充其中一分子。而在熱鬧紛紜的社會裡，可跳出來做一個旁觀與欣賞的角色。但這似乎是很不容易達到的境界。

在我非常孤獨陌生的旅店中，碰到了意外的電話，接觸了離奇的人物，走進光怪陸離的社會，我一直被吸引，被驚訝，被誘惑，被攜帶，我都混在裡面，而現在一瞬間，也許是暫時的，我居然跳到了在一個有距離的角度，對整個場合有所觀照，而不對個別事物有所愛戀，我感到非常愉快與安詳。

我一個人這樣遐想著，不知隔了多少時候，忽然有一個人驚醒我似的說：

「你怎麼一個人坐在這裡？」

我吃了一驚，舉目看時，是薩第美娜太太。我說：

「謝謝妳，我這樣很好。」

「怎麼也沒有飲料？」她說著招呼端著酒盤的侍者。她拿了兩杯，放在桌上，我為她拉開椅子，她坐了下來。

「你怎麼不去跳舞？」

「我這樣很好，」我說：「我常常願意在熱鬧場合中這樣坐著的。」

「是個多麼寂寞的人。」她說。

「妳討厭這樣寂寞的人嗎？」我問。

「我討厭？」她露著和藹的笑容說：「你知道，我這裡有幾個房間租給朋友嗎？——也是兩個寂寞的人，我希望你願意碰見他們。」

這時候，平臺上的燈光突然亮了，園右的舞樂停止下來，許多人走過來，一些穿著短袖長裙的少女們走到臺上去，掌聲響了起來。

「你住在旅館裡？」薩第美娜太太問。

「是的。」

「如果你高興到這裡來住，」她說：「我歡迎你。」

「妳喜歡陌生的人住在你的家裡嗎？」

「我喜歡寂寞的人住在我的家裡。」

「但是聽陸眉娜說，妳分租房子是為解除你的寂寞的，那麼似乎應當租給愛熱鬧的人才對。」

「只有寂寞的人才可以做寂寞的人的伴侶。」

「可是，」我笑著說：「妳當然喜歡熱鬧的。」

「我只是喜歡熱鬧的場合就是。」她忽然黯淡地說：「我相信你在這裡沒有什麼朋友。」

「沒有。」我說。她看了我一眼，忽然很爽快地說：

「你知道我是不十分喜歡許多我不認識的人來拜訪我的房客的。」

「我倒真正是一個人。」我笑著說：「我在這裡也沒有什麼目的，不會有什麼應酬。」

「那麼你要逗留在這裡幹什麼呢？」

「我只是一個過路的客人，但如果這裡可以治療我破碎的心靈，」我說：「我也許會多待些時候。」

「你喜歡看書與聽音樂嗎？」

「我現在應該說只喜歡這兩樣了。」

「那好極了。」她說：「我希望你明天立刻搬來。」

「真的？」

「自然，你用不著客氣。」她說：「你可以付我錢，隨你的預算所允許的就是。」

臺上正是一個合唱，我們靜默了一會，等歌聲停了，掌聲起來，我隨著大家鼓掌，薩第美娜太太忽然說：

「跟我到房子裡去看看好嗎？」

「當然我願意去。」我很熱心地說。

「看看你明天的房間。讓我介紹你住在這裡的兩個寂寞的朋友。」她站起來，一面走一面說。

六

我伴著她繞到建築的右邊，從一個石階走上去，走進一扇高大的木門，有一個年紀很老的穿著灰衣的印度僕人，坐在門內吸印度的水煙，薩第美娜太太同他招呼了一下。她帶我走到裡面，這是一個黯淡的長廊，很冷靜。我們一直走過去，沒有碰到一個人，於是就看到一條寬闊的樓梯。薩第美娜太太帶我上樓，上面也是走廊，但光線更顯黯淡。我跟著她走到西首的角上，她在一個門口停下來，開門進去，她開亮電燈說：

「我可以把這間房間租給你。」

這是一間前面有很大窗戶的房間，窗上掛著講究的窗簾，房內佈置著精緻的家具，窗口大概對著花園的左首。牆上掛著一張非常神聖的聖母的畫像，薩第美娜太太指右面的門，告訴我裡面是浴室。我開門進去，開亮燈，我看到一切都像旅館一樣的齊備，我問：

「常常有人住嗎？」

「這是一間客房，以前是預備週末招待親友來住的。」她說。

「但是我用不著這樣講究的房間。」我笑著說。

「希望你會喜歡它。」她說。

我們回到走廊，她告訴我說：這房子以前曾經非常熱鬧，幾乎每星期都有敘會，整個住在香港與經過香港的聞人都是這裡的賓客，那時候她父親經常在歐美經商，她母親像是一個有名的沙龍主人，她年輕貌美，多少世家公子對她傾倒，來香港的各國要人，都以結識她們母女為榮。

「啊，那時候，日子不知道怎樣過的。現在，我們把房子都關起來，三樓放著雜物，二樓也只用四間。」她說著，我們已走到了另一個門前，她告訴我說：「這是圖書室。」

她開門進去，裡面有燈亮著，那是一盞綠色燈罩的腳燈，在很遠的靠窗的角裡，燈光下一隻沙發上坐著一個人在抽菸。房子很大，四壁是圖書，因為沒有亮著別的燈，所以只看到一些龐大長桌與高背椅的輪廓。薩第美娜太太也沒有開燈，她一進去就望著那面燈光說：

「啊！他在這裡。」

坐在那面的人站了起來，手裡仍舊拿著書同他的菸斗。他轉過身子，等薩第美娜太太同我走了過去。她說：

「對不起打擾你，讓我介紹你一個新朋友——他明天就要搬到這裡來——鄭先生，這位是多賽雷先生。」

隔著沙發，我同多賽雷握手。他似乎已經四十多歲了。衣服非常整飭，有點禿頂，眼睛碧藍，蓄著神祕疲倦的光芒。他一面同我握手，一面嘴角牽動著寂寞的笑容，好像羞澀似的低聲地說：

「非常愉快——認識你。」

我同薩第美娜太太走出來，她輕輕地掩上門，開始告訴我多賽雷是英國人，是一個對於中國文藝語言極有研究的人，大戰時，曾在炮兵隊服務，戰後忽然覺得人生非常空虛，到東方來研究東方哲學了。他不愛交際，不喜歡熱鬧，是一個非常寂寞的人。

「現在我帶你去看看我們的音樂室。」薩第美娜太太又說：「她大概會在音樂室裡的。」

「誰？」

「她叫林明默。」她說：「是另外一個住在這裡的寂寞的孩子。」

她走進了另外一扇門，開亮了燈，那是一間很小的房間，放著一組沙發，同三四支花瓶，上面安置著花卉；這是音樂室的套間。薩第美娜太太輕輕地推開右面的門，我馬上聽到裡面的音樂，薩第美娜太太在門口站了一會兒，我就站在外面。

這該是巴哈的樂曲，我想。薩第美娜太太輕輕地走了進去，她招了手，我也跟著走進去。原來音樂室是一個像教堂一樣的大廳，四壁架著世界音樂家的塑像與畫像，前面像是一個祭壇，垂著紫色的臺幕，臺腳右邊挖成精緻的櫃子，有一扇門開著，我看到裡面一層一層地放著唱片。在那角上，放著一組很大的擴音機，旁邊有一盞古怪的腳燈，一把有很高靠背的椅子，坐著一個全身黑衣的女子，我看過去正是她的側面，在特殊的燈光下，她像是一個陳列在美術館的銅像。

她上身靠在椅背上，伸著長長的腿，腳擱在一隻矮凳上，黑色的衣裙垂在地下，地上鋪著紫色的地毯。

幾列坐椅的後面是三組沙發，薩第美娜太太輕輕地坐在最後的沙發上，我也就坐在她的旁邊。從這個角度看坐在那面的女子，我整個地看到了她的側影所呈露的無限諧和的線條，在紫色的地毯上她像是一個坐著紫雲升天的仙子。她仰著面孔，閉著眼睛，頭靠在椅背上，兩手互支在胸前，她的頭髮、睫毛、鼻子與嘴唇的輪廓像是希臘神話裡所想像的美麗女神的造像，寧靜如星，飄逸如雲，模糊如霧；樂曲充滿著濃厚的宗教氣氛，好像正是為這個情境而寫的，在音樂與她的存在之間，正如雲與霧的存在一樣，完全成了一個整體。

我不敢有半點聲響。但我的視線沒有離開過那個塑像，她的臉部在燈光下很清楚，在她對音樂反應中，臉上似乎透露著變動的光芒。這是一支宗教的樂曲，在虔誠莊嚴的音響中，她臉上的表情像許多變化的光亮中純化起來，逐漸地變成了純潔無邪而又含蓄著崇高性感的美麗，也許這音樂是她心靈的呼聲，我一時已無法將她與音樂分開。

我陶醉在沙發上，逐漸地忘忽了我自己不過是一個偶然的客人，忘忽了自己的存在。直到一曲音樂終了，薩第美娜太太叫醒了我，我才輕輕地離座，我茫然跟她從後面出來。

在外面，薩第美娜太太一面走一面同我說：

「你不覺得她是一個寂寞的旅人嗎？」

「她該是一個寂寞的仙子。」我微喟著說。

「她是我偶然的客人。」她的「偶然」兩個字使我很有古怪的感覺。我不覺驚異地問：

「偶然的客人？」

「怎麼啦？」她問，一面推進一間房間，開亮了燈。這是一間不大的談話室，但是佈置得非常精緻，牆壁是黃底棕花錦緞所綴成的。幾張沙發也是黃、藍色錦緞的面子，安放得非常恰當。壁上面掛著一張沈周的工筆的山水畫，被裝在紅木鏡框裡，另外一面掛著篆文寫的一個橫幅，是「偶然室」三個字。我很奇怪這個室名，我本來想問薩第美娜太太，但看來她的中文程度很有限，所以就沒有提起。但是她倒說了：

「這是一間密談的房間，以前親友們常常把它當作求婚的房間，許多在這裡交遊往還的年輕男女都愛在這裡求婚。在當初，一個小姐如果允從一個男子走進這間房間，就好像預備接受這個男子的求婚了。我們叫這房間為『偶然室』，所以小姐們是不輕易走進這裡的。」她忽然坐下來又說：「現在讓我也坐一會。告訴我，剛才我說她是我偶然的客人，你為什麼覺得很驚奇呢？」

「因為我正說過我是一個偶然的客人，而你也說她是你偶然的客人，這不是很有趣的一種巧合。」

「你是陸眉娜偶然的客人。」

「在香港，也是你的偶然的客人。」

「啊！那麼我們不都可以說是這個世界偶然的客人。」

「也許你的話是對的。」我說：「但是我到這裡，碰見陸眉娜，碰見你，碰見那位音樂室裡的小姐，實在太突兀了。」

「她叫林明默。」薩第美娜太太說：「是一個很不平常的女孩子。」

「她是一個仙女。」我說。

但是薩第美娜太太對於我對林明默的崇仰似乎不以為然，她說：

「你以為陸眉娜與她，誰更美麗呢？」

「陸眉娜是人間的，而她是仙子。」我說。

「可惜你沒有看過年輕時候的我。」薩第美娜太太似真似假地說。忽然，她又像非常感慨、惋惜地說：「而我的照相，一切過去的照相都留在英國，在戰爭時毀了！」

我沒有說什麼，而我的腦子裡還是浮蕩著巴哈的樂曲與林明默的浮雕。彼此沉默著，她站起來，同我一同走到走廊，她說：

「三層樓都鎖著，現在沒有人用這些房子。」她一面往樓下走，一面說：「讓我們到下面去吧。」

我們倆一同出來，到了下面，薩第美娜太太問：

「你明天搬來嗎？」

我點點頭。她告歉一下，就走開去同別人去招呼。我一個人走向園中，腦中擺脫不了林明默的印象，我不懂，為什麼像她這樣年齡的女孩子，竟喜歡一個人在那裡聽這種莊嚴的音樂？而下面正舉行熱鬧的舞會，歡聚著燦爛的賓客⋯⋯

園中，賓客都聚在平臺前面，我看到平臺上的陸眉娜，她在表演舞蹈。她已經換了服裝，披著一塊大幅金色的面紗，裡面映著白色綴花貼身的背心；灰色金花的博大的長裙，腰際束著寬闊的鮮紅腰帶。她隨著緩慢的音樂調子，舒展她全身的線條，她裸露的棕色的手臂，像瑪瑙琢成一樣的透明光滑，在金紗中時伸時縮，像蛇一般的迂迴蠕動，她無比明亮的眼睛與纏綿的長髮，像潮水浮著明月，蕩漾著散佈著夢幻與誘惑到觀眾面前。她時而進，時而退，時而旋轉，極自然地運用她的身軀的每一部分。她的長裙與她披在身上的龐大的金紗，時而飄在空中，時而貼在身上，時而隨著她的趾端波動，時而隨著她的指端起伏，不但沒有給她拘束，反而烘托了她動作的韻律與誇張了肉體的活力。這舞蹈整個的韻律是緩慢的，但在一章一節之間，它有急速節奏的結尾，她身子一停，整個的衣袂都戛然停止。在最後的一節中，有一段很快很急的旋律，她旋轉得像風，但是她的衣袂則旋轉得像一朵花，時開時合；使她閃動的金紗像雲片雨絲，時散時聚；她修長的頭髮，飄動如煙，但在她戛然停止之時，衣袂平落如花，金紗如飛鳥斂翼；頭髮輕垂，一絲不亂，這都是極有訓練的技術。她在觀眾的掌聲中向大家行禮，她退身進內，一時間我似乎覺得做她今夜的遊伴，是一件非常光榮的事情。她的舞蹈使我平靜的心境起了波動。但是這不是一種有崇高的理想可以喚起莊嚴情感的舞蹈，而是一種把肉慾的美化作了精神的誘惑的舞蹈。

無意之中，我一個人背著平臺，走到剛才我坐過的林中的座位上去，在這陰暗的方向中，我看到了天際的星月。奇怪，我竟馬上想起了林明默。我耳中響起了巴哈的樂曲，眼中浮起了她坐在那裡的浮雕，從她垂在地上的衣裙到她眼睫與額上頭髮的輪廓。我回望那建築上的窗戶，我設想音樂室的位置。她是不是還在那裡，獨自在聽這種莊嚴的音樂呢？

多麼寂寞的孩子！但是是什麼使這樣一個年輕的心靈變成這樣的寂寞呢？還是上天特別給她一個寂寞的靈魂？

就當我在一株樹下，回望樓窗的瞬間，忽然有人招呼我了，我吃了一驚。

「想不到你也在這裡，鄭。」

是旁都，他旁邊是那個修長文雅的女子，橢圓臉，大眼睛，小嘴巴，她有細削的身材、幽靜的風致；我馬上發現她左頰上一點含蓄著幻想的黑痣。旁都為我介紹：

「美麗的尤美達，我的妹妹；不速之客，鄭先生。」

旁都就邀我在附近的桌座坐下，他開始說：

「你真是幸運，一個陌生的旅客，第一天就做了神妙的陸眉娜的遊伴，參加了這裡最高貴的交際。」

我看他臉上有諷刺的微笑，可是妒忌？我想。我說：

「陸眉娜在你離開了紅鄉飯店後，給了我伴她的光榮。」

「我所知道的，是你接到她打聽我的電話，而你用古怪的話叫她派車子來接你的。」

「也許是的。」我說。

「我在六七點鐘時候，看你一個人跳上她的車子。」

「你是不是知道我在這以前我已經會見過她了？」

「我不希望你對我故弄玄虛。」他說。

「你難道怪我嗎？」

「但是我不喜歡玩世不恭的人。」

「你怎麼不相信她也就是我的陸眉娜呢？」我笑著說。

「你不過是她一顆新奇的棋子。」

旁都的話顯然有點挑釁的意思，我覺得這場合很尷尬，也很可笑。我笑了，我的笑容使旁都感到自己失去矜持，他說：

「你以為我是一個可笑的人物嗎？」

「我覺得你是一個可愛的人物。」我說：「我知道一個人在戀愛中，對什麼都會非常認真，我相信這認真就是失敗的根源。」

旁都忽然不響了，他在沉思。我在送過來的飲料中拿了三杯雪梨酒，我遞給尤美達與旁都。不知怎麼，我忽然接觸了尤美達淡遠的眼光，我相信她應當有一個淡泊的沒有虛榮心的個性，我對她笑著說：

「妳相信我是一個玩世的人嗎？」

「這因為你沒有在戀愛，我相信愛情的確會使笨人聰明，而使聰明人愚笨。」她笑著說。

她左頰上的黑痣在笑容中似乎更使人不能忘忽。

「妳是說旁都本來是一個聰明人而現在變笨了嗎？」

「他是一個英雄，他好像要征服一切他所要的。」她對旁都說：

「我說得對嗎？」

「我可不喜歡英雄，」我說：「我相信自然，因此有時候只好相信命運。」

「我知道你是一個失戀過的人。」旁都忽然說。

「你沒有失戀過？」我問。

「沒有。」他驕傲地說。

「那麼你還不懂得愛情。」我說。

有風，從舞池那面傳來很響的舞樂，旁都忽然站起來說：

「尤美達，讓我們去跳舞吧！」他忽然拿起剩餘的酒杯同我們碰杯說：「現在對不起，十二點我在『貴婦號』等你們。」

「我一定來。」我說。

我看他們從陰暗走向紅綠燈光中去，從冷靜的角落走向熱鬧中去，我又開始看到了天際的星月，那閃耀的點點光亮都是我熟識的，我從小就愛注意它們，在我年事變化之中，它們始終如一地讓我看到原來的面目，而我所處的環境與地域是多麼不同呢！在這熱鬧的園遊會暗淡的角落裡，我感悟到我當時的經驗是我昨天、昨夜，甚至在旅館中接電話以前，甚至旁都到我房間以後都未曾夢想到的。

人生中有多少計畫，嚴密而詳盡，謹慎而小心，以為一定可以實現的，而突然變了。又有多少像今天一樣的預料不到的事情會突然出現。那麼人生也許就只好隨命運擺佈推動，但相信機緣的人則易於流於逢場作戲，尋不到人生的價值；相信命運的人則常會隨波逐流，找不出人生的意義……

在我這樣遐想之中，突然我耳中響起巴哈的樂曲，一種奇怪的宗教情感令我想到林明默，從她垂在地上的衣裙到她眼睫與額上頭髮的浮雕，我遙望前面建築的窗戶，設想音樂室的位置。她是否還在那裡？還在諦聽這莊嚴的樂曲呢？

但就在我的視線從這建築望到天庭，我發覺有一個奇怪的影子像雲彩一樣的從草地上馳來，在陰暗的燈光中，她似乎閃耀著寶石般的光亮，我從夢幻中驚醒過來，我感到這是陸眉娜。但是陸眉娜怎麼會是一個人呢？

她竟是一個人。

「好不容易找你，你怎麼坐在這裡？」她說。

她使我意識到了「現在」。

七

汽車在一個碼頭上停下來，在我們面前的是一隻輝煌的輪艇，我們從點綴著燈光的階梯上去，有人接我們到一個裝置著冷氣擠滿了音樂與人聲的大廳，大廳是近代的奢侈的裝置。電燈隱藏在裝置中，廳中塗著柔和的光亮，而四周則點著長長的蠟燭，發著眩暈的光芒。

「陸眉娜！」廳中的人都簇擁上來，我不待陸眉娜為我介紹，就從旁邊溜開去。大廳的四周裝著沙發，兩兩三三坐著人；在船首窗口邊，我馬上看到了旁都與尤美達，艙內有冷氣，窗是關著的，他們坐在大玻璃窗前面，面對著海，海裡浮動著燈光。

我招呼了旁都與尤美達。

「啊！你們來了。」旁都說：「陸眉娜呢？」

「她在那邊。」我說。

但旁都並沒有去招呼陸眉娜，他招呼我坐在尤美達的旁邊，遞給我一支菸，我說：

「如今我相信此間真有幸福的人群。」

「你的話是指我們了？」旁都說。

「自然。」

「但是，」旁都說：「我所知道的這一群男女中沒有一個人自己認為是幸福的。」

「你真是相信有所謂幸福的人生嗎？」尤美達對我笑，沒有一次她的笑不提示我她左頰的黑痣。我說：

「難道妳也有什麼不滿意嗎？」

「我應當說沒有。」她說：「但如果我這樣說的時候，我的生活也就空虛得沒有了。」

「妳是說人生應當永遠有所追求嗎？」

「你不以為是如此？」

「也許是的。」我說：「但是勝利只是另一追求的開始，失敗則遺留了痛苦。」

「所以我是不相信人生有所謂幸福的。」

尤美達的話很使我驚奇，像她這樣年齡的女孩子，說這樣的話似乎過早，這使我對於她的人生經驗有了奇怪的猜測。

後面有些騷動，船開了，廳內的冷氣已止，長燭也一一移去，四周的玻璃窗忽然打開，海風從四周吹來，空氣似乎清新了許多。

於是樂隊在廳中出現了，在廳尾放著鋼琴的角落，響起悠揚的華爾滋。旁都站起來去跳舞了，他當然是找陸眉娜去的，我請尤美達共舞。

在音樂中，跳舞的韻律永遠是生命的韻律的流露。尤美達的自然、安詳，與陸眉娜是多麼不同！陸眉娜的韻律像海中的波濤，尤美達的韻律則如河中的清流，她沒有使我感到不安與緊張，使我感到一種奇怪的閃耀，她只是使我體會她、意識她。然而我有一種奇怪的感覺，使我對於她左頰上的黑痣有過敏的幻想，我與她的面頰是多麼接近呀！

只有在一曲音樂以後，我才注意到舞池中的人群，我也看到旁都與陸眉娜在共舞，我看不出陸眉娜有不喜歡旁都的地方，而他們倆在一起，在外形上又是多麼調和呢。但是女人的心理是奇怪的，我們無法探究她們心理的曲折。

我跟著舞樂又繼續和尤美達共舞，三曲音樂後，旁都遞給我們兩杯酒，我與尤美達走到了甲板。我馬上看到寬闊的天庭與冥渺的海，岸上燦爛如錦的燈光已經遙遠，海上的船隻各有圖案般點點的光亮，藍天是斑爛的星星與待滿的圓月，海水映照著淡淡的閃耀。潮濕的風使我感到了我們雖是人類社會的分子，但是我們並沒有遠離宇宙。

甲板上放著藤几與帆布椅子，尤美達在椅上坐下了，裡面又響起音樂，我邀尤美達共舞。

「你不覺得在這裡坐一會很有意思嗎？」她問。

「當然，」我說：「妳不討厭同一個陌生的旅客單獨坐在星光海風的裡面嗎？」

「倒是因為你是陌生的，」她說：「我可以知道一點陌生的事情。」

「謝謝妳！」我說。

她於是靠在帆布椅上，望著海天的星星，似乎在想些什麼。我說：

「我覺得我真不懂女孩子的心理，陸眉娜對你哥哥並不壞，為什麼今天要這樣躲避你的哥哥呢？」

「我也不懂男人的心理，」她說：「但我知道旁都完全是一種英雄型的人物，他要征服人，佔據人，他要陸眉娜斷絕一切其他的朋友。他並不想結婚，但是他為了要佔有陸眉娜，就不惜對她求婚。你覺得我哥哥真是在愛陸眉娜嗎？」

「但是對於愛情的解釋，似乎各國各地各人都不同的。」我說：「我不知道你所說的是指哪一種解釋？」

「我覺得真正的愛情只有一種，」她很認真地說：「這所以我們讀莎士比亞，讀荷馬，甚至讀各國的神話，都有共鳴。」

「如果妳所說的是這種愛情，那實在只是理想的愛。理想的愛是千載難逢的事，整個歷史與多少的傳記裡留給我們的並沒有幾個，而且我們碰到了也不會知道，我們也很容易因為某一種喜悅，就以為這就是偉大的愛情了。」我說：「像你哥哥這樣好勝的活潑的個性，又有錢，愛情也許是一種遊戲。碰到陸眉娜，正如碰到打球與下棋的對手，所以發生了興趣。」

「但是我倒覺得他們是很合適的一對。」她笑了。

「可是陸眉娜，我看她並不想放棄她燦爛的生活而去做一個男人的俘虜。」我說。

這時船已駛出港口外，人間的燈光遠離；天邊的星月更顯燦爛，海風柔和而快爽，使我覺得這夜晚的可貴。

忽然，有一朵透明的彩雲掩去了月亮。奇怪，我又記起了在巴哈音樂中的林明默，她的形象似乎在雲端浮了起來。

但這時艙裡傳來一首耳熟的歌曲，我馬上聽到有人唱了起來：

你收了飛動的睫毛，
像飛禽收斂翅膀，
你靈活的眼睛，
疲倦的時節，
像雲雀沒入了穹蒼。

那歌聲是顫抖的，微微夾著鼻音，這是陸眉娜，陸眉娜的聲音似乎很有一種使人想看見她的魔力。

我邀尤美達去跳舞，但就在她整衣裳站起來的時候，陸眉娜從裡面出來，一見我就說：

「這難道也是偶然的節目嗎？」

她沒有等我回答，就同尤美達去說話了。後面跟出來的是旁都，他說：

「你們沒有去跳舞？」

「沒有，」我說：「在這裡，望著神奇的天空與海，能夠同尤美達談話，不是很好嗎？」

裡面的音樂很響，我正想邀尤美達跳舞的時候，陸眉娜忽然對我說：

「你也該請我去跳舞了吧？」

「妳不討厭我陌生的舞步嗎？」我說，伴她到了裡面。

在音樂的波浪中，陸眉娜有萬種誘人的旖旎，使我意識到現在的慰藉，似乎生命的可貴就在這一剎那，這一剎那以外的一切，有誰知道？這竟與我幾個月以來在各種計畫的失敗後的意念完全相符合，而為什麼陸眉娜自己竟相信人生是可以計畫與把握的呢？

音樂停止的一忽兒，我就加入整個的人群，我們飲酒歡呼。一切不熟的都熟，一切不同的就同，有一點相同的都可以在一起，今天在一起都是朋友，明天走開了就可以是路人。人是空間的動物，人也是時間的動物，人與人之間彼此可以瞭解的也許只限於此地，此時此點，離開了此時此點似乎就是苛求。

這也許就是狂歡的真義，而我在那一天也獲得了狂歡。

我們於四更時分返岸，同尤美達與旁都以及一大群朋友道別，我伴陸眉娜上車。街上清淨如夢，殘燈都是疲倦的光芒，但是陸眉娜則是新鮮的。她告訴我旁都是聖林電影公司的老闆，今天的聚會是聖林電影公司的紀念日，船上的賓客大都是電影界的人物。她又告訴我旁都自己就是很成功的導演，也寫劇本；他最近還為陸眉娜寫了一個劇本，叫她去演，但是她拒絕了。

「你不喜歡電影？」

「啊！」她說：「這劇本我不喜歡，其次他無非想由此來佔有我。」

「但是妳並沒有不同他來往。」

「這不同。」她說：「如果我同他簽了合同，我不是變成必須按他所定的時間去拍戲嗎？」

我沒有說什麼。忽然她問我：

「參加今天這樣的聚會你覺得快活嗎？」

「妳呢？」

「當然，享受青春。」

「這就是你的人生？」我問。

「是的，朋友，」她露出像熱帶紅花般的笑容說：「在你是陌生的嗎？」

「然而人是時間的動物。」我說：「你不相信旁都在愛你嗎？」

「他想征服我，」她說：「而我想征服男人。」

「憑妳的美麗與青春？」我說：「但是這兩者是永久的嗎？」

「惟其是暫時性的，所以更可珍貴。」她說。

她是新鮮的，即使是四更的深夜，她還像是鮮紅的晨曦，似乎在她的面前天色永遠是光明的，時節永遠是春天的；她的大而媚的眼睛裡含蓄著無盡的光亮，像是初點起的燭光；她的面頰如初熟的葡萄，蘊藏著難以抑制的生長。她還沒有經過風，經過霜，生命在她是容易的，物質的欲望在呼喚之中就可以滿足，心靈還沒有應填的空虛。愛情與黃金，俯拾即是，沒有一樣值得珍惜。

她下車，她叫車子送我回旅館，我送她經過寬廣的花園。她說：

「那麼你大概預備住多久呢？」

「一切是偶然的，」我說：「我隨緣而安。」

我伴她到電梯，她說：

「再會，謝謝妳。」

「謝謝你。」她走進了電梯，忽然說：

「不要忘記兩個月以後的今天。」

「昨天，兩個月以後的昨天。」我笑了笑。望著她誘人的光芒在電梯門中消逝，我轉回到汽車。

街上非常清靜，兩旁建築的窗口都是黯的，僅有閃亮的路燈照著濃郁的街樹，我驟然想到薩第美娜太太園中的燈光，我不知道她的音樂室窗口是否還映著寂寞的光亮？

八

一個人既然無法支配自己的命運，就只好一切聽自然的支配。然而奇怪的是在偶然的支配中，無形中造成了一個你以為可以支配自己的個性，這個性雖可說是你自己的，但竟也是一種偶然的支配。

當我發現最可靠的約會不可靠的時候，最可信的人不可信的時候，最精密與最可期望的計畫可以突然消失的時候，我墮入無法自解與無法自慰的境地。我悲哀，我傷心，我將我一切交給沒有計畫的命運。但我仍有一種主觀的選擇，預備在一個陌生的世界上投奔一個陌生的歸宿，而一切出現的，則都不是我預先所能夠想到的。

如今我又有主觀的選擇與決定了，在這五更時分孤獨的旅店中，我洗了一個清涼的冷水澡，望著窗外發白的天光，我開始對於遷入薩第美娜太太家裡的計畫有了奇怪的彷徨。第一，當然是我的經濟情形。那裡的生活，無論她如何說隨便付一點錢，總不能完全不付，我雖可希望有點工作，但這不一定是可能的，而工作的收入不一定可維持住在她那裡的開銷。第二，就是我在這個陌生的地方，對於自己的命運起了奇怪的懷疑。我在香港，原是只想逗留一兩星期的，現在一下飛機，就碰到這許多意外的際遇。我想我在內地既無值得留戀的事物，在這裡多待幾個月原也沒有什麼。如果有工作，長待在這裡也未始不是一個辦法，那麼薩第美娜太太要我搬去住，也正是一種因緣。但是我在回國途中，就這樣待下來，究竟也太突兀了，雖說我像是一葉小草，任憑水浪沖流，也總想自己找出一個自慰的意義。

我坐在沙發上左思右想，一直到天已經亮了，我還是沒有決定。我已經非常疲倦，我開始就寢。

但是一個人的主觀竟不單是偶然的人生所決定，而也為偶然的夢境所左右。

我入睡不久，似乎就被音樂所喚醒，我還意識著我是睡在旅店的床上，我還以為是隔房無線電開得太響的關係，我正想打電話叫旅館為我交涉，但是我突然為這音樂吸引住了。這像是我們在教堂裡常聽到的合唱，它們從遙遠遙遠喚呼，一個聲音疊著一個聲音，先是慢慢地靠近了我，又慢慢地遠揚；似乎這聲音所到的地方，就有新的聲音參加進去，這聲音越來越龐大，不知不覺我也應和起來，到它接近我時，我也就跟著它，慢慢地融化在這個聲音裡，一步一步地像朝聖一樣跟著前去。於是我抬起頭來，前面似乎都是參天的大樹，一條寬廣的大路，一直伸展到沒有止境，在前面的天庭中我看見了圓月與燦爛的星辰，這些星斗似乎都已經重新安排成一種我所不熟識的圖案，好像整個天庭的星斗都移植在這天庭的一角。我沒有看見人，我只聽見潮一樣的合唱；我也沒有看見自己，但我意識著我也在唱。我望著燦爛的星斗，似乎我一步一步都在向那一角天庭接近，而我不知道此去的路程。我自己走了許久，唱了許久，但我並不知道疲乏，渾圓的月兒與燦爛的星斗還是在遙遠的天邊，而我竟輕信我在向它接近。這樣不知道走了多少辰光，突然我發覺與我們潮一般的合唱中，似乎每一個的聲音都化為氣氛，這氣氛有各種顏色，圍繞著我們的四周；這些顏色是複雜的，白的如乳，綠的如草，紅的如花，藍的如海……這一切衝激攪和，奔騰飛揚，慢慢地我看它混成一色，起初是一種暗淡的紫色，於是這紫色濃了起來，透露了光，閃耀閃耀……凝聚在參天的樹林上，紫霧紫煙變成了一條直達那群燦爛的星斗所據的天庭的大道。一霎時，似乎合唱聲的音響亮起來，我感覺到我愉快驕傲與無法矜持的興奮，我引吭高歌，昂步前進……突然，在這聲潮中間忽然響起了一種鈴聲，我心裡感覺到這一定是伴奏的樂器所發的，但怎麼會這樣刺耳？它越來越響，越來越響，幾乎掩蓋了我們龐大的合唱……

我終於被吵醒了，是電話的鈴聲。我略事振作，發覺四周還是旅館的房間，窗簾的後面有刺目的陽光，鈴聲還在響，我拿起了電話。

「喂！」是女人的聲音。

「誰？」我說。

「你猜是誰？」

我猜是誰呢？是李舜輝？是劉燈曉……啊，這不是在內地，是卡里娜？是莫佳娃？是……啊，這不是在歐洲。

我拿起燈桌上的冷開水，喝了三口。我開始覺得清醒許多，我說：

「只要讓我再聽一句你的聲音，我就知道我是誰的情人了。」

「我應當告訴你我是一個偶然的旅客的情人嗎？」

「那麼你是陸眉娜。」我說。我馬上想到這是香港。我在這裡只認識兩個人，男的是旁都，女的是陸眉娜。此外再沒有別人了。我說：「你早！有什麼吩咐嗎？」

「薩第美娜太太打電話來，說你答應她今天搬去的。她問你怎麼還沒有給她消息。」

「啊，啊……」我說：「我下午打電話去。」

「下午？」她說：「現在幾點鐘了？」

我看錶，怎麼，已是兩點半了。我說：

「好好，我就打電話去。」

「她說她下午也許不會在家，請你搬去就是了。」她說：「昨天我怎麼沒有聽你說起。」

「昨天我還沒有決定。」我說：「甚至現在我也還不敢說決定。」

「現在還沒決定。」她說：「但是她說你已經說定了的。」

「無論如何，謝謝妳打電話給我。」我說：「我就會決定的。」

「你真是一個偶然的陌生人。」她說：「決定了可以打電話給我嗎？」

「這難道也是妳想知道的消息嗎？」

「自然。」她說：「像我想知道一瓣落葉偶然的去處一樣。我的電話是八五一八六七。」

「謝謝你。」我一面用鉛筆記下了電話號碼，我說：「我可以用這個號碼作為別種用處嗎？」

「別種用處？」

「比方說，不是告訴你我有什麼決定，而是請你吃飯呢？」

「當然可以。」她笑了，我想像得出她像熱帶紅花一般的笑容。

「比方說，我現在約妳晚飯。」

「那麼你還沒有用到這個號碼。」

陸眉娜的電話掛了。

我馬上掛了電話，撥八五一八六七的號碼。

「喂！」

「如今我可以說今天晚上請你吃晚飯嗎？」

「你是誰？」

「我，」我說：「當然是偶爾的陌生旅客。」

「啊！你是鄭先生是嗎？」她笑。我吃驚了。這笑聲提醒我的竟不是熱帶的紅花。我馬上想像到明朗面頰上的那點富於幻想的黑痣。她難道是尤美達？

「你請我一個人？」

「太冒昧嗎？」

「太偶然一點。」

「也許是的。」我說：「我希望你可以在八點鐘到淺水灣花園飯店。」這是唯一到過的飯館。

「好的。」她說：「我八點一刻到達那邊。」

她的電話掛上了，我又開始糊塗起來。究竟這電話是陸眉娜的，還是尤美達的，或者竟是別人？是陸眉娜故意開玩笑告訴我尤美達的電話呢，還是尤美達在陸眉娜地方來接這個電話？而究竟我所約吃飯的人是陸眉娜還是尤美達，或者甚至是別人，這變成很大的疑團。我躺在床上思索很久，我開始查我房裡的電話簿，但是電話簿裡面竟沒有陸眉娜和尤美達的名字。於是我想到旁都，旁都是尤美達的哥哥，他們的電話簿號碼應當是一個。我於是從皮夾裡撿出旁都的名片，名片上印著他的電話號碼，有三個，但沒有一個是八五一八六七。那麼，這已經是沒有法子，只有等下午才能夠水落石出了。這時我忽然想到了薩第美娜太太，我從電話簿很容易地就查到她的電話。

我撥了電話，一瞬間我決定明天搬到她家去，我覺得無論如何我不妨先去住一兩星期，好在這也是隨時可搬走的地方。

「我請薩第美娜太太說話。」我說：「我是鄭，我就是約好今天搬來的人。」

「啊，鄭先生。」對方說：「她出去了，她關照過你定於今天搬來的。」

「我決定明天，明天是星期日，上午十一點鐘我搬來。」我說：「今天來不及，請你轉告她好不好，謝謝你。」

我掛上電話以後，開始計畫搬到薩第美娜太太的家裡去。我究竟打算住多久？可以住多久？我又想到在旅行社我還有一箱子書，是我在歐洲動身前交輪船運來的，不知到了沒有？我打電話到旅行社，說行李還沒有到，於是我告訴他薩第美娜太太的地址，叫他一到就直接為我運去。

於是，一切的不決定在事情越近的時候就什麼都決定了。反正人生是渺茫的，誰能夠計較以後的事情？我起床，洗澡，精神似乎開始鬆弛下來。我一個人出門，買了兩份報紙到一個有冷氣的小飯館吃點東西，我又看了一部電影，於是我到花園飯店去等候我所約的朋友，而我竟還不知道約的是陸眉娜還是尤美達！

九

園中的夜晚是美麗的，我坐在昨夜陸眉娜等我的地方，有輕輕的風吹起颯颯的樹葉，同裡面流露出來的音樂，這像是未受犯擾的天地。藍天上已開始有熠熠的星斗，我忽然想到我日間的夢，一瞬間我竟希望奇跡，假使我所約的人竟是林明默呢？

從裡面望去，我隱約地看到舞池中的人群。在這陌生的地方，我知道我不認識一個人，也不會被人認識，我開始感到我的孤獨。我喝了我桌上的甜酒，頭上忽然有一陣鳥叫，我看到星星明顯起來，林間的燈光也閃亮了。就在那時候，忽然陸眉娜像明月一般的在門口出現了。她穿一件淺花的旗袍，披著銀亮的短襖，兩手鎖在膝前，拿一隻銀色的錢袋，但最矚目的是她碎鑽組成的長垂兩耳的耳環，她的頭髮束成一個髻，鬢邊綴著誘人的大花。她似乎很快地就看見我，露著熱帶紅花般的笑容來招呼我，用舞蹈般的步伐走到園中。

「陸眉娜！」我迎上去說。

她沒有說什麼，隨我到了座上，侍者拿上菜單，但是陸眉娜只要了一杯酒，她說不吃飯，於是她說：

「你一個人？」

「我不是告訴你我是一個陌生的旅客？」我說：「除了旁都，就只認識你。」

「但這是昨天，」她露出紅花般的笑容說：「在昨夜的交際中，你難道沒有認識其他的朋友？」

「那麼你告訴我的電話是……」我問。

「你不知道是誰？就約她來這裡吃飯？」

「妳怎麼知道我用了妳的電話？」我說：「難道我一個人不能夠來吃飯嗎？」

「但是你在期待，」她俏皮地說：「所以你也沒有點你的飯菜。」

「我期待的當然是妳。」我說。

「但是你約的不是我。」她說。忽然她眼睛斜了一下，向著門外望了一望說：「你請的朋友來了。」

我抬頭，果然看到了尤美達從內廳走到花園來了。她似乎還沒有看到我們，非常安詳地向四周觀望。我站起來揚揚手，於是她冉冉地走了過來。她穿著藍白花紋的衣裙，非常素雅文靜，我為她拉開凳子，她坐下來說：

「對不起，我晚了一點。」我看到她引人幻想的黑痣。

陸眉娜這時忽然站起來，她說：

「如今我可以走了，是不？」

「怎樣？」尤美達說。

「他請的只是妳，」陸眉娜說：「並沒有請我。」

「妳以為我有資格單獨請尤美達吃飯嗎？」

「但是尤美達沒有給你失望，是不？」陸眉娜拿起手皮包說。

「妳還有應酬？」尤美達問陸眉娜。

「就在裡面。」陸眉娜說著就同我握手。我坐下，望她輕盈地駛向廳內。

如今在暗淡的天光彩燈下，只有我與尤美達兩個人了。她馬上使我感到昨天我同她在甲板上的氣氛。她的自然的笑容時時提醒我她左頰上的黑痣。我們點好了菜，我說：

「妳沒有覺得我是太冒昧了嗎？」

「為什麼？」她閃著淡遠的目光說：「我們都覺得你是一個有趣的人。」

「我們？」

「我同我哥哥。」

「旁都以為我是什麼樣一個人呢？」

「旁都以為你是一個十足的懷疑主義者。」她說：「他說你自從喝熱牛奶燙了嘴，對冷開水也不敢試了。」

「這是說我因為失戀了，所以什麼都不相信了嗎？」

尤美達笑了笑，但忽然嚴肅地說：

「如果真是這樣的話，那麼你的偶然主義不過是你懦弱與懶惰的解嘲。」

「也許是的，」我說：「與其說是我懷疑世界，不如說我失去了自信。」

「那麼你真是一個可憐的人，」她說：「我覺得沒有自信的人是沒有生命力的。」

「也許是的。」我說。

「你願意告訴我你是怎麼樣失戀的嗎？」

「這是不值得談的，所謂戀愛與失戀的滋味，是只有當事人能瞭解的，而往往在當局者以為很離奇的情感的變化，在別人看來是簡單而可笑的。」

「我以為男人應當有失戀的經驗，否則不會瞭解愛情。」

「那麼女人呢？」

「女人？」她笑了，她瓷白的稚齒，似乎把她左上頰的黑痣更襯托得幻美了，她說：「女人一有失戀的經驗，就不會再有愛情。」

「這是很新奇的理論。」我說。

菜上來了，我談到我明天搬到薩第美娜太太的家裡去。

「那麼你在這裡預備長住些時候了？」

「一切只好聽偶然的支配。」我說：「我不過是一個隨風飄蕩的種子，那裡可以生根開花，就在那裡住下了。」

「但是你要聽偶然支配的？」

「偶然的支配也可以說是必然的呼喚。」我說：「立志強求則不是我所能做的。」

「那麼你沒有信仰，」她說：「有信仰的人就有意志克服一切困難。」

「我覺得意志是一切衝突的泉源。」

「但是人類文化的進步，就依賴他們有信仰，從信仰才能產生力量，即使這信仰是消極的、無抵抗的。」

「但是一切力量都變成暴力。」

「那麼你是說自信也是暴力了。」

「當然也可能的。」

尤美達想了想，忽然說：

「你的理論是最懶惰與懦弱的哲學，但即使是佛學，也主張用意志克服一切官能的物欲。」

用菜的時候，我們沉默了許久。我邀尤美達到裡面去跳舞。我自然看到陸眉娜，她永遠是綠葉叢中的紅花，鮮豔奪目的令人注意。她的一桌大概有六個男人，四個女人。我很想發現旁都，沒有；又想到尋一些我昨夜在園遊會及「貴婦號」船上見過的仕女，也沒有。我們在三支音樂後就回到園中，隔了兩道菜的時間，再回到裡面，陸眉娜已經不在了。以後也沒有再看見她。

現在我知道八五一八六七的電話是尤美達辦公室的電話。她是一個作家，也是一個畫家。她是南洋大陸出版社香港代表，也是文藝通訊社的主持人。她還主編一個雜誌。她的興趣似乎非常廣泛，她寫電影劇本，寫小說，也寫散文與詩，她出過詩集，自己作插圖。於是我告訴她我過去也寫過許多詩歌、小說與劇作，不過自從我到了歐洲，我想研究心理學，所以我放棄了寫作的生涯，我們談到了文藝上的喜惡，藝術上的愛憎。

我們在柔和的夜色中談話，在喧冶的音樂中跳舞，望著星月與藍天，我們用葡萄酒彼此祝福。尤美達是聰明的、伶俐的。她似乎可以適應多種的環境。她的談話自然而誠懇，舉動態度不落俗，這些都使我對她起了真切的友情。我現在已不感陌生，也沒有覺得威脅。她對我似乎毫不見外，也沒有猜疑，並不意識著自己是女性而對男子有特別禮儀上的要求。這一切都使我從顧忌與束縛中解放出來，在我茫然迷路，無依無歸，對一切都不敢熱戀的情境中，這種女性的溫存就變成沒有條件的撫慰。她似乎喚起了我天真的情緒，使我對她傾訴了我離奇的際遇，可憐的跋涉，失意與流浪，愛的破裂與夢的幻滅。

但是，就在舞罷曲終燈明的時節，她的笑容所提醒我的黑痣上的幻想，使我感到我對她天真的自訴是多麼不世故啊！而任何女性的靈魂都有她最偉大的一角，那就是天生的母性。而只有聰慧的女性，她會在夫婦間，在親屬中，甚至在對老年的父母與陌生的朋友上，透露她母性的寬容與溫存。她始終用同情的眼光來接受你，即使是可笑的無知的行為。尤美達使我對她打開我緊鎖的胸懷，就在她示我母性的溫存。

在深沉的夜裡我送她回家，燈影車聲的街上是冷落的，我說：

「我希望我還可以打電話給妳，尤美達。」

「我希望你會想到我。」她說。

就在我重新上車，抽一支菸的當兒，我是多麼悔恨自己對她傾訴的種種呢！這是沒有理由的一種悔恨，只有一個男人對一個女人保持撒謊的距離時候，男人的情感才不會為女人所操縱，而我多麼怕我的情感重新落在女人的手裡呢！

回到市區的旅館，走進我的房間，窗口滿是月光，一瞬間我竟不想馬上就開亮房燈。我走到陽臺，四周平靜的建築都已入睡，清澈的天空鑲著繁星與明月，在輕駛漫遊的雲層中閃動。在這沒有一點聲音的時節，才是產生最高貴的音樂的機會。這莊嚴的宇宙所引起我心頭的想像，竟是宗教的歌頌與將來的期待。一瞬間我意識到乘著紫雲上升的林明默。我懷著一種自卑的畏懼的心靈轉回房內，我開亮了房中所有的燈光。

十

在我一切對林明默奇怪的感覺，不是在音樂的想像裡，就是在平靜的天空中，好像她的存在不是在現實世界，而是在縹緲的自然裡面。一個人的思想與情緒，在某一條路上進行，往往就忽略了可能的捷徑，這正如一個人遠望星月的變動，而無法兼顧近在咫尺的樹枝的搖曳。人可以非常聰明地計畫將來，但很容易在前面的一步失足。人可以在回憶中把過去的事情看得很清楚，而對於現在的事情則非常模糊。而我竟一點沒有想到林明默第二天就是我的鄰居，就會與我同桌吃飯而坐在我旁邊的。

就在我搬到薩第美娜太太的家裡，午飯的飯桌上，在那講究的古典的飯廳中，薩第美娜太太為我介紹林明默的時候，我驚惶得完全像是在夢中一樣了！

沒有可能在我生命中碰見過她，但如果真有輪迴的話，那我將相信我們在前世一定是熟識的，如今，我只能從我過去所做的夢中、所讀的神話中來探索我究竟什麼時候培養了這樣一個印象，使我覺得她只是我心靈的幻覺。

她很自然地同我招呼。此後就不再說什麼了。這吃飯的氣氛是莊嚴的，桌上是鮮豔的花、發亮的餐具，旁邊站著潔白衣服的侍女，薩第美娜太太穿著很正式的衣服坐在主位，多賽雷坐在她的左手，林明默坐在她的右手，我就坐在林明默的下手。薩第美娜太太領導著我的談話，她有很好的風度與談吐，時時顧到我們三個人的氣氛，大概因為我是新來的客人，所以她對我有許多問句，她似乎想引我多發言論來點綴這莊嚴的氣氛。她提到了各地的文化風俗習慣以及宗教與神話，但是我的心神竟已為我旁邊的林明默所奪，我只能心不在焉作似是而非的答話，可以說實際上許多話我並沒有聽清楚。我不時用我的感覺去探索林明默，我雖然曾在進餐廳的時候有面對面的正式介紹，但是我竟記不清她的美麗在什麼地方，她是憑什麼使我感到她的存在，或者只是我心靈的幻覺呢？多賽雷也不是很愛說話的人，但是有很合乎禮儀的態度，時時牽動他嘴角的笑容。他用低沉的聲音，說出幽默的精闢的一句兩句來同我們交際。林明默似乎不必用言語，一個簡單的聲音，一個表情，一個小小的動作，甚至輕輕地使用一個小聲響，就完成了她交際與應酬上的禮儀。只有我，我失去了一切交際中的經驗與禮貌上的修養。我也會同別人，甚至同陸眉娜同尤美達有友情的招呼，但是對林明默，好幾次我都有機會問她一句或者是提及她一點，而我竟心跳神顫，一點也不能很自然地去交際。

　　飯畢用茶的時候，大家還坐了一會兒，於是一一告退。林明默用一種似笑非笑的表情向我們招呼，我從她的後影發現她穿的是潔白的衣裳。多賽雷同我一同出來，我們有一些較親切的交談。

　　下午我午睡，理物洗澡，一直在我的房間裡面。我的心神始終未解除我對林明默奇怪的感覺。於是在吃茶的時候，我又碰見了他們。這是在飯廳左面的一間較小房內，色調比較輕朗。在淡黃色皮質沙發上，我們圍坐著桃木的圓桌，旁邊是法國式長窗。窗外有紫薇開著花，碧綠的草地上鋪著明暗的陽光，輕輕的風拂著錦紗的窗簾，偶然有鳥聲在前面掠過。

就在這樣的環境中，我第一次看到了林明默，但這還是一個無法描寫的現象，似乎她是躲在雲層裡的月亮，映在霧中的山峰，或者是沉在水底的游魚，一切輪廓是模糊的、變幻的，不可捉摸也無法接近。我雖然癡呆依舊，然而依賴薩第美娜太太與多賽雷的自然而明快的態度，我掩飾癡呆於陌生，偽裝羞澀於疲乏，使我恍惚的心靈比較不太浮蕩。

於是，我們又在晚飯的時候聚在一起，在華麗燦爛的燈光下，那間古典的餐廳似更顯肅穆。他們都換上了很莊麗的晚服，我的衣裳不夠整飭，進去又晚，使我生了一種莫名其妙白卑的心理。我想這大概是薩第美娜太太的守舊的習慣，她追懷著過去的繁華，想保守著舊時的空氣。她現在把房子出租，也許就為要有幾個客人來點綴這一天四次的吃飯與吃茶。人生有許多奇怪的負擔，房子本是給人住的，美麗的房子也許是人生的點綴，但最後還是用人去點綴房子。衣服本是給人穿的，美麗的衣服是人的點綴，但有時人也不免去點綴衣服。

然而形式或許也是人類精神生活的一種要求，在這樣美麗的空氣中，我們似乎更有精神作悠閒的談話。飯後的茶上來，林明默也比較不大緘默，但我竟沒有敢同她談一句話。最後，我想到那夜音樂室裡的音樂，我對薩第美娜太太提議去聽音樂，這沒有使他們反對，我們四個人就到音樂室去。

這間教堂似的樂廳，我雖已是第二次涉足，但回想到第一次竟如夢中一樣，今夜我方才在透亮的燈光下有周到的巡禮。在大家選擇樂曲的時候，我竟有奇怪的勇氣對著林明默談話了，我說：

「我希望可以重新聽到我在園遊會晚上你所選的那些樂曲。」這是我對林明默的第一句談話。她沒有回答，用一個似笑非笑的表情，使我知道她沒有反對。

我們奏了巴哈，奏了貝多芬，奏了莫札特，還奏了柴可夫斯基。足足一個多鐘頭，我們熄滅了明亮的頂燈。在幽暗的燈光下，讓我們神遊在音樂的境界中，不知怎麼，我竟奇怪地感到這些音樂都在解釋林明默，我好像接近了她而且瞭解了她。在停止音樂，開亮了燈以後，大家走出音樂室，彼此道了晚安，我心中有著說不出的一種愉快，但同時帶著淡淡的哀愁。到我自己的房內，我一開燈就看到了左面牆上聖母的畫像，我站在前面。我毫無意義地說出：「我在愛她。」

在床上。我讀一本我新近買來的印度的神話，因昨夜的晚睡，今天一天搬家理物的疲倦，沒有看幾頁就入睡了。

忽然我眼前出現五彩繽紛的雲彩，雲彩流動飄浮旋轉，五光十色，使我眼花繚亂了許久。我閉上眼睛休息，再睜開眼時，我發現原來我並不是抬著頭在仰觀天空，而是低著頭在俯視池水，池水似乎很清，但是很深，沉在水底的確是五彩繽紛大小不一的游魚。我看著看著，想到了我怎樣會把游魚看成雲彩。於是又抬頭試試，我發覺天空上果然有五彩繽紛的雲彩，而這些雲彩，細看時竟是游魚，在池水旋流之中，這些游魚又有些像是雲彩，那麼當然是池水返照了天空的雲彩。到底是天空返照池水呢，還是池水返映天空？我仰首低頭好幾次，還是無法回答這個問題，我心裡感到非常煩悶與惆悵。正在這個時候，忽然我聽到了一個熟識的聲音在我耳邊說：

「你真傻，天空永遠返照著池水，池水也永遠返照著天空。」

「那麼，」我似乎並沒覺得奇怪，也沒有看說話的人，我說：「那麼這些五彩繽紛的到底是雲彩還是游魚呢？」

「這還不是隨人自己去解釋的。」

我似乎認識這個聲音，我吃了一驚，我猛然抬起頭來，不錯，她是我失去的愛人，她露著我熟識的笑容在我旁邊，但穿一件色調很濃烈的衣裳。我說：

「愛，你在這裡……」

「我在任何地方。」她說著，突然跳入池中，並無撲通聲音，也沒有濺起水花。我想叫，但她像雲彩融入天空一般的，慢慢地沒入了水中，我看她臉上仍浮著笑容。於是我看到了模糊的水流，水流中我看到她幻化成五彩的顏色。我忽然懷疑我的頭是仰著還是俯著。我發現我是仰著的，那麼我看到是天空，而她是向天空跳去的。我俯視池水，池裡五彩的色流同天空一樣，它淡了，遠了，忽然變成金黃的光線，凝成了一點。是一粒星，一粒明亮的星。我很快地抬頭，不錯，竟是一粒星，星在天空之中。忽然，我想到怎麼我竟傻在這裡，她不是投入池中了嗎？我怎麼不去救她？我馬上脫去上衣，看準那粒星，往水裡跳去……我感到水冷徹骨。

我驚醒了，原是窗口有風進來，吹拂著我沒有蓋被的身體，對準我窗口的正是那一粒明星，這粒星竟藏著我失去愛人的笑容。我蓋上了毯子，側睡著，一直望著那粒星，我再在裡面尋找我要認識的笑容，但是我看到的竟不屬於我失去的愛人，而是屬於林明默的。我突然發現這顆星所代表的正是這兩個靈魂，或者說這兩個靈魂正是同屬於那一顆星的。我這種感覺馬上使我命定地承認了我在愛林明默了。

我失去的愛人是遙遠的。三四年前，就在我到歐洲去的前些時候，我們偶然的會面，突然的相愛，我幾乎不想出國了。但是她鼓勵我，她發誓等待我，於是我負著非常痛苦的離情到了歐洲。我深居簡出，做工讀書，我將一切的努力與刻苦完全獻給她，她也負著非常的相思與自制，在黯淡的生活中等我。如是者兩年多，我預備回國，我把所有節約下來的錢，買一切可以獻給她的禮物，預備補償我們這痛苦的歲月，謀取真正理想的幸福。然而，就在我動身的前一月，她忽然有電報給我，說她已經變心了。我打了許多電報想挽回這變化，但再無回音。我受了這個刺激，病臥在醫院裡兩個月。從醫院出來，我的人生觀完全變了。我放蕩，我流浪，我不想回國，我不想努力，我頹唐不振，我開始玩世，我想出家……最後，我無目的地回國了，於是我就偶然地流落在這陌生的地方，我不想再去愛人，也不想再受人愛，想到了「愛」，我馬上會戰慄，我害怕並且傷心。人生都是偶然的機緣，隨緣觸機，碰在一起，玩玩笑笑，用生命與靈魂賭嚴肅的愛情，這是多麼危險呢！

然而現在，我的命運擺在我面前，並不能隨緣觸機，聽其自然。我必須自拔，並且逃避。我計畫怎麼能避免我陷入深淵。我開始後悔我搬到薩第美娜太太的家裡來了。

我醒了許久，方才重新入睡；起來已是早餐的時間，我下樓。這真是不可避免的命運，我在樓梯上就碰到林明默。

「早！」她用特有的目光對我說。

「早！」我說。於是再沒有說話。我們走進了飯廳，我馬上就後悔，為什麼我們連說一句「今天天氣……」都不會說呢？

早餐很快地就散了，我開始知道林明默在什麼地方工作，她將於傍晚方才回來。

十一

就在那天上午，旅行社有電話來，說是我的書籍已經運到，馬上就可為我送來。這是一件很小的事情，但在我的心情中，這變成很大的因素，我本來隨時都可以離開那裡，但是因此就變成了我拖延的藉口。但不管怎樣，我既已搬來，至少要住一個月，而實際上當我一見到林明默以後，我的下意識的拖延已經不是我意志所能戰勝，隨便一點什麼，都可以被我據為藉口的。而一個人是多麼容易製造托詞與解釋，使自己的弱點可以懶惰地因循下去。

日子就是這樣地過去，一星期以後，我發現我整個的心神已完全被林明默所佔有，我等她，我想她，我每天期望晚餐的時刻，每夜等待早餐的時刻。我在黃昏的時候在門外散步，希冀可以看她回來，但是見了她，我竟不敢對她說話，也不敢對她注視。有時候我也預備了一些話語，但沒有一句在見她的時候可以應用。單獨見面的時候，不過是二句招呼，再沒有第二句話可以表示。在餐座上，我除了癡呆地偷望她以外，我更沒有一句別的話可以在薩第美娜太太與多賽雷面前說了。

但是女子有本能的好奇的敏感，我雖然絲毫沒有透露我心底的感覺，她可是似乎已經知道我愛她了。她對薩第美娜太太與多賽雷有很自然的應酬，對我，她竟好像有這種情感上的歪曲。求一個像薩第美娜太太或多賽雷般同她自然地交接，這已經是不可能了。我所能做的是儘量壓抑自己去等她，想她。但是我並沒有想到搬走，我發現的則是我需要一件可以集中我心力的工作。

假如我沒有碰到林明默，我想薩第美娜太太家庭的空氣與環境對我是多麼有益啊！我可以靜靜地在那間圖書室裡讀書，我可以在那間音樂室裡聽音樂，我可以同尤美達或陸眉娜或者其他的別人交遊，我至少可以有短期的愉快而幸福的生活，而現在我竟陷於非常痛苦而無法表白的單戀裡面。

就在那時候，我忽然收到了尤美達寄給我的畫報與她的詩集。我已經久久沒有想到她，她的郵件使我想到我還有這個朋友。她的詩集有很好的裝飾，她的詩跳躍著一種很輕盈而淡泊的情感，她自繪的插畫有很好的構圖，雖不能表現她詩中的意境，但作為詩集的點綴則是非常收效的。我寫了一封信對她致謝。

我不知道尤美達的詩情和我的心情有什麼相同的地方，在這些日子當中，我蘊蓄在心中的情感一時竟有迫切的表現的需要。我已經足足三年多不寫文藝的東西，一瞬間我竟又回到了這個園地，我開始寫詩。我把這些詩，寄幾首給尤美達。尤美達馬上有回信來，她問我是否可以作發表之用，我答應了她，這使我們以後一直有信箚往還，她常常鼓勵我。於是我又重新寫散文與小說，這些工作的著手，使我比較有些寄託，同時逐漸有點收入，於是我大部分的時間就專注在寫作上面。

我當時的經濟生活，如果不浪費，在薩第美娜太太地方居住，大概可以支持半年。

但是事情的發展完全意外的，我的重新寫作延誤我的計畫，而我的單戀使我忘去了我的出世的空想。戀愛的鼓勵永遠是入世的，它要求我努力與進取。

而在意外的發展中竟出現了一件偶然的事情。

那是在那莊嚴的飯廳裡，午飯之後，多賽雷已經走了。薩第美娜太太忽然對我說：

「昨天我讀了你一篇小說，還讀了幾首你的詩。」

「啊！」我說：「這是尤美達鼓勵我作的。」

「我一直不知你是一個出色的作家。」

「不敢當。」我說。

「你是研究文學的？」

「不，」我說：「我是讀心理學的，但是大學出來以後，命運支配我寫了不少文藝作品，後來有機會到歐洲再研究心理學，我仍舊想放棄寫作。這次尤美達鼓勵我，我又沒有事做，所以又重新寫作起來。」

「我覺得你走這條路是對的。」薩第美娜太太忽然肯定地說：「你很有天賦。」

「你的意思是要我放棄對心理學的興趣嗎？」我笑著說：「不瞞你說，我現在想接近的倒是佛學與其他宗教的教義。」

「我想一切你對於心理學與哲學宗教的研究，於寫作不是沒有用的。」

「也許。」我說。

她沒有回答，彼此靜默了一會，她忽然問：

「你在這裡預備待多久？」

「誰知道。」我笑著說：「一切還不是聽命運的支配。」

「你沒有什麼別的計畫？」

「計畫也沒有用，人常常因情境與心理的變化不照自己所計畫的去做，或者無法照所計畫的去做的。」我說：「比方我當初計畫在這裡只作一星期的居留，現在則很想多待一個時期了，我希望冬天可以回國去，但這也很難說，尤其是在國內並無什麼值得我戀念的。」

「到冬天也還有好幾個月。」她說：「你有什麼別的計畫嗎？」

「沒有，完全沒有。」我笑著說：「實在我流浪太久，能在你這樣清靜的房子裡休息，對於我倒是很好的。」

「這很好。」她說：「不過，如果你有興趣的話，我希望你會高興同我合作做點事情。」

「合作做點事情？」我問，「假如我可以幫妳什麼，那當然是我所願意的。」

「你知道，」她忽然笑著說：「我的生活是一部極其美麗曲折的史詩，我經歷過非常燦爛的日子，飽看了各種人生；我年輕時候是最美麗的女子，風靡過整個的社會，我認識許多中西的要人……總之，你知道……但是我現在老了，我什麼都沒有。現在我住在這裡，沒有人再關念我，注意我。幾年來，我一直想寫一本自傳，我手頭有許多材料，但是沒有寫作的習慣，也沒有這個精力，所以總是沒有認真地做，現在我希望你幫我做這件事情。」

「這當然是很有興趣的事。」我說：「但是我想我是一個純粹中國北方鄉村裡的人，對於你生長的社會一切不夠熟稔，你覺得會合適做這件工作嗎？」

「就因為你來自中國北方才合適。」她鬆弛的面頰笑起皺紋，用有神的眼光望著我說：「許多在這裡生長的青年，因為我同他們的父親都有關係，親族都有點往還，很難叫他們擔任這個工作，而且你知道，一本自傳總要非常忠實才好。」

「只要妳以為我勝任。」

「你一定勝任的。」她又看我一眼。我在她滿面皺紋的面頰上，想尋出自稱當年最美麗的風姿。她又說：「我給你材料，我講給你聽，你寫好了給我看。」

「好的。」我說：「我想這是很有興趣的工作。」

「那麼工作是工作。」她說：「我可以給你三十五鎊的週薪，除了供給你住宿以外。至於版權，那是屬於我的。」

「這些我都可以同意。」我說。

「既是我的自傳，出版時應當說明是我所口述，而由你動筆寫的。」她又說。

「這更無所謂。」我說。

「那麼一切都說定了，假如你喜歡有一個合約……」

「這用不著，我想。」我說。

「那麼我們哪一天開始工作呢？」

「隨便，」我說：「明天或後天。」

「就後天起，」她說：「每天上午兩小時，我們在我的書房裡，一同工作。下午你去整理。」

「好，好。」我說：「不過我們最好試一兩次看，如果你滿意，我們寫下去，不滿意妳隨時可以告訴我。」

「我一定會滿意的。」她說著站了起來。我望著她微屈的背部，凸起的腰身，乾細的兩腿，想到她自稱當年之美名，感到一種無從想像的難過。她忽然又說：「我想你會喜歡我的書房。」

是的，我是喜歡她的書房的。她的書房就在飯廳的上面，是一間寬敞精緻的房間。一張很大的桃木雕花寫字檯放在當中，右邊是一隻打字機的檯子，上面放了新置的打字機，背面是法國式的長窗，前面是三張紫皮的沙發。我相信這房間久已荒廢，只是虛設著充作陳設而已，如今重新派上正式的用處，而每天有人按時去工作，這在薩第美娜太太該是很快樂的事情吧！

十二

第三天起，我就坐在寫字檯前，薩第美娜太太則坐在沙發上，很有精神地說她的家庭與她記憶所及的童年，說得非常有聲有色。她父親是一個非常有魄力的商人，花錢如水，全世界都有朋友。她母親是名門後裔，自幼被拐綁至香港，淪為妓女。她母親本來對中國詩詞很有家學淵源，又會繪畫，到香港後，又學習英語，是一個非常聰明的女人，所以很為她父親許多朋友所稱頌。她談這些都很有條理，但一談到她個人童年的生活，許多神奇的聰明與出眾的美就引起了她像夢幻似的情感。她的聲音有時輕有時重，她有時在沙發前走來走去，像是對許多人演講，有時坐在沙發上，喃喃私語，像是一個人夢囈。我忽然覺得她所占的地位好像是一個舞臺，而我的寫字檯像是一個包廂。我記錄她一切重要的關鍵與事實，預備到下午一個人再去鋪敘。她每天幾乎不停地講了兩個鐘點，於是她好像在夢幻中醒來。她撿出關於她父母的照相信箚及其他檔案給我看，但照相都是些父親時代所往還的有地位的朋友們，那些照相的確給我許多想像上的幫助。但是她忽然說：

「可惜，可惜我無法給你看我的照片，從小到大，我自己的相片少說也有一千多張，完全在英倫轟炸時毀了！」接著她沉默了，坐在沙發上，她眼睛望著感傷的空虛。幾天以後，我發現她最愛想到她的照相，而也似最怕想到她的照相。據她所說倫敦被轟炸，她損失很大，但是她所懷念而感傷的竟只是她的照相。一提起照相，她就要說：

「我無法告訴你，也無法讓人知道我童年時代是多麼活潑可愛，我少女時代是多麼美麗，唉！我失去了照相，可以說是我的歷史都完全毀了。」

開始聽到這些感慨，我只好擱起我的工作，對她作禮貌上的勸慰，但次數一多我只好一聲不響，聽她自然。她眼睛望著虛空在捉摸她的過去。而我，則望著她。我想從她的感覺中探尋她過去的形象，但是我竟無法在她歪曲的老態中對她有超凡的美麗的想像。這是她的悲哀，而竟也是我的悲哀。

慢慢我發現她的真正興趣實在就在傾訴與發洩，這種傾訴與發洩是她一種享受。多少老年人都愛講他們過去光榮的事件，但有什麼人在什麼場合會傾聽她同情她這種囉嗦的敘述呢？而現在她聘請了我，專門地而又必須專心地來聽她的回憶，這當然是她可感到快樂的。我對於她這種傾訴有的雖不見得覺得有趣，但當我在整理的時候，則發現裡面竟有可耕的園地，使我產生了重寫的興趣。

我的頭兩三天的稿子很使她滿意，於是我們就這樣工作著，這充實了她的生活，也充實了我的生活。我在空閒時也很能看書、寫作，我一點也不想出門。我不但與薩第美娜太太很接近，與多賽雷也很熟稔，我們在茶餘飯後總有許多時間談話。但不知怎麼，我在生活中竟時時意識著林明默。

常常我因為她有事沒有參加飯餐，我的談話也變成心不在焉，我發覺我的心靈慢慢地似乎已無法自拔地在依賴林明默了。

只要在早餐時候可以有她看我一眼，只要她對我微笑一次，只要我們在談話時她會坐在座上，我的心靈似乎會多一點光亮。在日子的推移之中，我對於她有比較多的接近，我們有時也有較自然的交談。在薩第美娜太太與多賽雷的眼中口中，林明默是一個普通的可愛的女孩子，我表面上也極力裝出與他們相同的態度，但是我心裡竟時時意識著她是一個永遠無法接近的仙子。

我不知道到底是女孩子有本能的敏感，還是我無法隱藏我的感情，幾星期以後，我突然發覺林明默已經意識到我在愛她了。她再不正眼看我，她像是避免對我說話，她對我的微笑似乎也沒有以前的自然，她莊嚴如神，她隨時隨地似乎在害怕，似乎在提防，也似乎在規避我對她的注意。

這個發現使我像嬰孩發覺失去母親的恩寵一樣，我的心完全失去重心，我精神恍惚不安，我時時想念她，我無法再坐在寫字檯旁傾聽薩第美娜太太的敘述，我夜裡失眠，我每夜立志我必須鼓足勇氣告訴林明默。我在為她痛苦，但一到見面的時候我竟勇氣全消。想了又想，於是我決定做一件不平常的事情。

有一天，早餐以後，我借了寄信的名義先出門了，我在門口不遠的地方等林明默，我的心狂跳，我的面孔發熱，我的手全是汗，一分鐘過得像是一個鐘頭，對於陽光，對於街景，對於世界的一切我都沒有感覺，我只期待一個人影從門口出來。於是我聽見了腳步聲，但是出我意外的是一個僕人，我想躲開，他已經招呼我了。我說：

「我怎麼找不到信箱？」

「我替你去寄。」他說。

「不，不，」我說：「你去忙你的，我順便去散散步。」

「那麼往那面走，前面就有信箱。」他說著走開了。

我只好朝著他所指的方向，故意四周看看，再緩緩地走去。

就在這時候，林明默忽然出現了，她駕了一輛小奧司汀，見了我把車子慢下來，她說：

「到市區去嗎？」

「我想到郵局去一趟。」

「我送你去好了。」她說。

「方便嗎？」

「順路。」她說著打開車門，我就跨進車子，我很想找些話同她談談，但是竟想不出一句合適的話。最後也只是談些氣候風景一類沒有意義的應酬話；她總像心裡有事，並不怎樣理會我。

車子在坡路中上下，我一直意識著她在我的旁邊，我的心有點抖顫，我說：

「你每天這麼早去辦公嗎？」

「是的。」她說：「這使我生活比較有規律些。」

「你覺得每個人生活應該有規律嗎？」

「你以為呢？」

「我想每樣有每樣的好處。」

「也許是的。」她心不在焉地說著，以後也不再說什麼了。

車子進了市區，很快地就到了郵局的門口。

我說了一聲謝謝跳下車子。她只是回眸點點頭，就駛車去了。

我緊張的心緒鬆弛下來，感到一種說不出的失望與空虛。

我深深地感到我在愛她。

我重新叫街車回來，到了薩第美娜太太的書房，發現她已經在那裡等我。我坐下，但是我沒有好好地聽她的敘述，我的心已隨著林明默遠去，留在我耳朵邊的是車子遠去的聲音。薩第美娜太太似乎發現了我的祕密，她走到寫字檯面前說：

「年輕人，今天你的心掛在哪裡？你似乎沒有聽我的敘述。」

我恍惚了好一會，說：

「我感到有點頭暈。」

「不，」她透露她世故的笑容說：「你有心事。」

「啊，」我勉強地笑著說：「我有什麼心事？」

「你在愛！」她低聲地說：「你在愛林明默！」

我突然愣了，我沒有發覺，一直到我眼睛一熱，我感到我有淚垂到頰上，我有微微的顫動，我竟然啜泣了。

「年輕人，你來，我同你講。」我發現薩美娜太太已回到沙發上，她叫我過去。

我想是被她的同情所感動，甚至是被她的慈愛所催眠，我像小孩子一樣地走過去，坐在她旁邊。她說：

「我早知道你對她發生興趣，但不知道你竟受了這樣深的苦難。」

我極力想不啜泣，但是我禁不住我的眼淚，我感到我的微顫。

「你是第一次見她就愛上了她了，是不是？」

我點點頭。

「但是這是不可能的。」她說：「她有愛人，在英國，他們有誓約，她在等待。這是一個不平常的女孩子，她從來不同任何男子來往，她從來不去宴遊。」

「怎麼？」我吃驚了：「你說她在期待她在歐洲的愛人。」

「怎麼，你奇怪嗎？」薩第美娜太太當然沒有瞭解我的感覺，她說：「她不像你我，都走遍了世界，無形中受了東西文化的影響。她是地道的中國女孩子，愛情在她是神聖的，是宗教，是信仰，是神祕的……」

「我不是這個意思。」我打斷了她的話說。

「我勸你不要愛她，這是徒然使你痛苦的事。你一搬來以後就不出門，我就知你在愛她了。這是不對的，你年輕，應當去交際去玩。」

我說不出什麼。

「我知道你已經把你的幸福和快樂寄託在林明默身上了。」她說著看看我，歇了一會兒，又說：「我看出你平常的眼光，同你在她面前的眼光，我知道每到黃昏你就在等她回來，天沒有亮你期待早餐的時刻，天沒有暗你期待晚餐的時刻。但是林明默所期待的是信，是她愛人寫給她的信，她對你不會有同情，不會有憐憫，女子在這時候是最驕傲與最殘忍的，她對你甚至不會有感覺，有的只是輕視與厭憎。你曾經失戀，你不應再為單戀痛苦。」

「是的，我失戀過。這也是一個同我有誓約的在內地等我的女子，她變了心。」

「你難道也期待林明默對愛人變心而傾向你嗎？」她露出世故與諷刺的笑容說。

「不，不，」我說：「我不是這個意思，我瞭解，林明默的愛情給她所期望的愛人是最美的愛情，給了我就不是最美的愛情了。」

「聰明的孩子。你是有宗教感的。」她說：「那麼你聽我話，你去玩玩去，交際交際，熱鬧熱鬧，喝些酒，跳跳舞；青年人都應學如何自己找快樂，不要等快樂來找你。快樂是不會尋人的。」

我的淚凝咽在我喉底，我有多少話都無從表白，可是薩第美娜太太又安慰我說：

「不要以為你是不幸福的，只有真正失戀過的人才會知道愛的價值，只有單戀過的人才會知道愛的意義。」

十三

我應當感激薩第美娜太太，她的話給我許多啟發，使我有重新想到我在癡戀中所從未想到的問題。當天晚上，我吃了飯就告辭先走；我回到房裡，睡在床上，熄了燈，一個人與我可憐的感情搏鬥。我回顧過去，瞻望將來，過去是因我失戀而失敗，將來可能因我的勝利而使別人失戀。過去因我遠離了愛人而失敗，如今則可能因別人與愛人分別而使我勝利。然而如果林明默的愛情可以被贏得，則我所贏得的愛情也絕不是現在給予她愛人的愛情。如果我無法贏得，則徒然留給林明默一個厭憎的印象，而我自己則留下更深的創痕。以我過去在歐洲期待我愛人的心理，再揣測現在期待林明默的男人的心理，我何忍以別人的傷心換取自己的幸福？我發覺這也許是命運對我的試煉，我曾經在我愛人變心時有隱退的情感，我發覺誓約原來都是謊話，所有的美景原是立刻可變成醜惡。

我再不相信愛，不相信誓約，不相信計畫，不相信一切人間的安排；我相信機會，我相信偶然，但這又有什麼理由說機會不會是命運，偶然不是必然呢？一切我這些日子所過的生活，我以為是偶然的，為什麼不是冥冥之中都有安排的呢？當我第一次到紅鄉飯店，旁都的電話，陸眉娜的來訪，這些在我認為偶然的事情，為什麼不能說是命運早有安排的呢？我愛林明默正在我以為自己不會再愛人的時候，這是多麼偶然，但為什麼不可以說這正是命運預先安排的呢？

突然，我看到了窗外的星，窗外的天空有無數的星辰，但我忽然想到以前所見到的一顆，我曾經把那顆星當作林明默的代表。於是我一粒一粒地辨別，我一顆一顆地觀望，但是我無法認出。

我想這該是時間的不同，它也許要在三更時候方才可以升起，在它這是必然的行程，但在以前我只是偶然的發現，這是不是可以證明一切事情只有在必然的安排中方才有偶然的際遇？但我的偶然的際遇也許是個必然的行程。那麼既然是必然的，我便只好聽其自然。如是偶然的，我也可任其巧合。

「剝，剝。」可是敲門的聲音？

我奇怪了。

「剝剝剝剝。」不錯，是誰在敲門呢？

「請進來。」我欠身望著房門說。

門開了，透進來是門外的燈光，同一個男人的影子。

我還沒有回答，但是他已經開了燈。他看我要起身就說：「你躺著。」我馬上認出他是多賽雷，他說：

「你不舒服嗎？」

「沒有，沒有。」我說著下床，披著晨衣，坐到沙發上。

「薩第美娜太太叫我來看看你。」

「她當然知道我沒有什麼病。」

「她知道，她告訴了我。」他站在我的面前說。

「她告訴你……」

「一切。」他說。

「很可笑，是不是？」我說著遞煙給他。他指指手裡的菸斗，沒有拿紙煙。我自己點上一支煙，他於是抽著菸斗，一面走一面說：

「薩第美娜太太叫我勸勸你。我以為一個人在戀愛時期，心理是不正常的，勸慰有什麼用？但是她告訴我你是失戀過的人，心裡容易冷靜，所以你如果當我是你的朋友，我們談談好不好？」他的聲音很輕緩，但非常嚴肅。突然，他又站在我面前。

「我非常感謝你來看我，並且歡迎你隨便同我談談。」我說著指旁邊的沙發請他坐下來。

他坐下來，忽然說：

「在我們日常生活中，我們雖然交換過許多思想意見，但沒有談到私人的事情，我只知道你失戀，知道到這裡是偶然的耽擱，但是你又想在這裡追求什麼？我覺得你一身都是矛盾。」

「我想誰都有矛盾，比方你……」

「我很平靜，我過去有矛盾，但現在很平靜。」他露出很神祕的笑容。

我噴一口煙，沒有說什麼。他又說：

「你覺得你到底預備長待呢？還是暫時的？總要有一個打算。」

「我打算了也沒有用。」
「比方林明默也愛你，你們結婚嗎？」
「自然。」
「那麼長待在這裡還是回去呢？」
「這當然要看情形，看如何可以使她幸福了。」我說：「你為什麼要問這些？」
「我覺得你不但沒有打算目前的生活，也沒有打算你整個的生命！」他又露著神祕的笑容說：「你究竟想做什麼樣的人——出世？入世？研究心理學？寫作？預備再流浪十年？成家立業？你似乎都沒有想到。你說什麼都是偶然，聽其自然。但是你的個性就有一個自然的趨勢，你竟不捉摸你自己個性的趨勢。」
「這有什麼不好？」
「沒有什麼不好。」他說：「但是這會使你痛苦的。你如果不出世，就應該入世，向入世方面走。你如果預備在這裡待多久，就應當作待多久的打算。」
「但是比方我計畫待五年，而事實上不可能呢？」
「人生就是一個大概，每個人讀書工作成家立業都只是根據一般的大概的壽命在生活。雖然有許多人中途夭折，但大家還是一樣地活。照你的想法，那麼人人都知道隨時可能有偶然的變化，那就每天等死好了，用不著讀書，用不著學什麼，也用不著追求什麼。你說你沒有打算，但是愛情根本是一種打算，你在企望，你在盼待，這都是你個性的趨勢，你說偶然也可以，但我認為這是必然的，是生物的必然趨勢。」

「你這些話是對我勸慰呢，還是同我辯論？」

「我的意思只是叫你用另外一個方向看看你自己。」他說：「我覺得你愛的並不是林明默，而是在你毫無重心的浮蕩空虛心靈中，想把她當作一根拐杖罷了。」

「這只是你客觀的想法。」我說：「我相信我愛林明默是真的，但是我很願意接受你的話，現在且不要談這些，我們談談別的好不好？」

多賽雷是一個我所不瞭解的人，他很少談到自己的事情，也不願同我談到我的事情，我們平常談到的都是空泛的理論與各人的趣味。今天是第一天同我談到我的情感生活，而竟也只是理論的批評。當時看我並不喜歡他談些無法使我瞭解的話，他就站了起來，忽然說：

「你搬來了似乎還沒有出過門，明天你願意同到海邊去走走嗎？」

「海邊？」

「我是說一個比較冷僻的海邊。」他吸了一口菸說：「我常常一個人帶一本書在那兒坐許多時候的。」

「那一定很有趣味。」

「你游泳嗎？」他問。

「會一點。」

「駕帆船呢？」

「沒有什麼經驗。」

「我可都有興趣。」他說著回過頭來：「那麼，你早一點睡吧。明天見。」

「明天見。」

多賽雷的背影在門口消失，他為我掩上了門。我驟然對他的獨立冷靜與神祕的個性感到了說不出的羨慕。

十四

在海灘上，我們在一個帳篷裡遠望發亮的海天，風是柔和的，海是平靜的，遊人不多，只有幾個孩子們在海灘上玩。多賽雷露著多毛的上身，躺在帆布椅上，他戴著太陽眼鏡，手裡拿著煙斗。他在讀一本關於NYAYA的書，我則穿著汗衫癡望著展開在我面前的海天，這一切在我都是新鮮的，我沒有注意什麼，也沒有想什麼。我帶幾本尤美達寄給我的雜誌，其中也有刊載我的詩文的。但是我拋在沙灘上，並沒有讀。

對這展開在面前的大自然，我發覺在各人的靈魂中所反映的都是不同的。這也許就是宇宙的神奇。我望著奔走嬉戲的孩子，望著遙遠的山岩，望著層層激蕩的海，我的心靈似乎已沒有昨夜的凝重了，我開始想到多賽雷昨夜的談話。到底我預備幹什麼？我預備做什麼樣的人呢？

是的，一切是偶然的，但是我仍舊沒有離開過打算，昨夜打算到海灘上來，今天不是根據著計畫而來了麼？當然打算了，也可能無法來，不打算也可能來，但是從打算之中，我對於今天就有一種傾向，這一種傾向也許就是一種穩定。一切因為它偶然而不打算，那麼每一秒鐘的心靈可能都是浮蕩的。我正想把這個感覺告訴多賽雷的時候，我發現他已拋去了他手裡的書，不知在什麼時候拿起了我拋在沙灘上的雜誌在翻閱，他說：

「你的詩證明你完全是一個詩人。」

「怎麼？」

「如今更證明我的話是對的，你應當恢復一點自信，不要浮蕩。」

「啊！」我說：「我正要感謝你今天帶我到海邊，使我的胸懷開朗許多。」

「我發現你沒有什麼可以猶豫，你應當走的路是很明確的。」

「是什麼呢？」

「你應當寫作。」

「但是我放棄已經多年了。」

「這正是你的過錯。」他說：「你沒有別的路可走。」

「宗教。」

「宗教不是躲避情感的處所，」他說：「而藝術則是一個寄託理想及感情的地方，而你有你的天賦。」

我沒有說什麼。半晌，他忽然說：

「你現在寫這些東西，算是偶然的呢，還是有計畫的呢？」

「這當然是偶然的。」

「但是如果你沒有過去的修養，就不會有這個偶然，是不？」

「我想是的。」

「那麼，」他說：「你的偶然也可以說有安排的。我想一個人的打算與安排不見得成功，但是有了打算與安排才不致浮蕩不安。比方你現在打算在這裡住一年兩年，雖然你說不定隨時會變，但比你隨時不安地預備變動總安定；而你雖隨時預備變動，而可能一住也是兩年，那麼這兩年你過的是什麼日子？」

我沒有回答，他吸了一口菸，又說：

「你能一個人因為不知道什麼時候死，就不必讀書，不必戀愛，不必做人麼？固然許多人剛剛大學畢業還沒有什麼貢獻就死去了，但不能因此大家都不讀書，是不？當然，七八十歲的人再為子孫計畫一切是不必的，但一個人有一個計畫與安排，哪怕將來改變，做人方才有個重心，有點意義。」

「你的話自然是對的。」我說：「但是你叫我安排什麼呢？」

「比方你計畫寫一部什麼書，你就可以專心致志去做，這就是生活重心。即使你未曾完成而有別種變化，那時你也許就有選擇了。」

我點點頭，他忽然說：

「你如果愛林明默，你就告訴她；她不愛你，你就不要再想她。否則你就忘掉她吧。快樂與幸福寄託在別人身上，那是一件可憐的事，戀愛是樂觀的人的玩意。」

「這怎麼講？」

「悲觀的人是找不出戀愛的價值的。因為肯定人生方才會肯定戀愛，你否定做人的意義，而偏偏肯定戀愛的價值，這是多麼矛盾！」他說：「我覺得你的氣質是屬於藝術的，不屬於僧侶的；你把生命看作賭博，失戀一次就想翻本，你一點不超脫，你無法看破紅塵，你偽作對人生懷疑，然而你不會出世，我覺得你必須肯定你的人生，你方才會離開你的痛苦。」

他用低沉嚴肅的口吻對我講這些，我只是諦聽著，於是他似乎怕我厭倦他的理論似的，忽然說：

「我可講一個故事給你聽，有一個很有錢的人，他以為自己是不需要錢而看輕錢，他把錢慷慨而糊塗地花去，一到老年，他窮了。這時候他才後悔他沒有留一點錢作為養老之用。」

「這是什麼意思呢？」

「這同你自己以為自己是出世一樣，實際上你是入世的，而偏沒有入世的安排。如果這個人在錢沒有花完就死了，他還以為他是真不需要錢的，偏偏他不早死。你也是一樣，你在浮蕩中過活，一年兩年過了，那時候你如有了一個生活的重心，你回看這一年兩年有什麼感覺呢？」

我覺得他的話很隱晦，但是我沒有問他。我已經被他的語氣打動了，我感到我應當重新反省自己。

太陽忽隱忽現，天邊的雲層時聚時散，海水起伏中發著光與聲，人還是在流動，多賽雷忽然提議到一個朋友的地方去吃茶。他邀我同去。

「是一個音樂家，非常有趣，你一定會喜歡他的。」他說：「我想你應當好好寫作，在這裡住下來認識一些人，有一點社會生活，那時候才有資格戀愛。現在你的戀愛是不正常的，是一種報復，是一種發洩……啊，請原諒我這樣說。」

「你說得都有理，但不是一種真正瞭解我的想法。」

「自然，瞭解一個人是不容易的，我們瞭解自己都很難，是不？」他說：「我們可以互相要求，共同瞭解。」

「我非常感激你今天給我的許多勸告，我想我會接受你許多看法與意見的。」

我們上了車，多賽雷駕車從山坡與樹林間穿越。海灘離我們遠了，但我們還可以不時望見海，我的心情雖然比較安寧，但不知怎麼，一瞬間我感到非常空虛，要填補這空虛或者就是要把人生作肯定與安排，那也就是使生活有一個重心。

但是這時候我在樹林間看到了陽光，我忽然想到這該是快到林明默回家的時候了。我為什麼又想到林明默？我自己在問自己。但我沒有說什麼，也沒有對多賽雷提及，我望著路景在我前面移動。

十五

車子在半山區一個幽靜的環境中停下來。

前面是油漆得碧綠的木柵，圍著小小的花園，園中有一株很高大的菩提樹。枝葉扶疏。下面是一個秋千架，四周種著草花，一條洋灰路伸到一所精小的洋房，房牆上爬滿了爬山虎，窗子開著，可以看到裡面黃色的窗簾。車子在柵外停下，我說：

「我不進去了。」

「怎麼？」

「我想回去。」我說：「你一個人進去吧。」

「怎麼回事？」

「我想休息。」我說：「好在以後機會正多，等你同他提起了我再去拜訪他吧！」

「也好。」多賽雷說：「那麼回頭見。」

我望著他進了木柵，在洋灰路上走向石階。我走到大路上，叫了一輛街車回家去，我沒有注意周圍，我在關念林明默。

車子到了家門，恰巧有郵差在信箱裡投信。我進門的時候，順便就拿了信箱裡的郵件，那些郵件裡面，有薩第美娜太太，有多賽雷的，有林明默的，突然我在林明默的信件中發現一封自英國寄來的信，我馬上意識到這是她情人寫來的，我分析不出是羨慕還是妒忌。

但是我竟有說不出的痛苦，我一直注視著這個信封。我有偷看它的欲望；有毀棄它的惡念；有馬上想送給林明默去討她歡心的衝動……

我拿了信件到了裡面，奇怪，她正在平臺上，我沒有看見她，但是她叫了我，我馬上發現這是因為我手上的郵件，她說：

「信？有我的嗎？」

「有，有。」我說著把郵件交給她，我就上樓了。

到了樓上，我洗澡休息，我整理我的情緒，我決心要在痛苦中自拔，我要從事寫作，要先寫個中篇。我分配我的時間，我打算把上午交給薩第美娜太太，早晨整理頭一天的材料，再到她書房裡去工作，下午休息和閱讀，夜裡則從事創作。在我這樣決定下，心情似乎比較安定了許多。

多賽雷已經回來，我有較愉快的與較自信的情緒同他在飯廳裡會面，但是飯廳裡竟沒有林明默，薩第美娜太太說：

「她不下來吃飯了，她有點不舒服。」

「不舒服？」我詫異了，我說：「我剛才還碰見他，我看她精神很煥發。」

「在哪裡？」

「她在平臺上。」

「是的，我也看見她在平臺上，我看見她手裡拿一封信，似乎在哭泣。」薩第美娜太太說：「她看見我就上樓去了，剛才她告訴月映說她不舒服，不下來吃飯，我想回頭叫他們送點飯菜上去。」

薩第美娜太太說的時候眼睛望著我，但是我避開她的視線，我心裡有奇怪的波瀾，難道林明默的情人變心了，或者有另外使她不快活的消息？否則，這封信就不是她情人寫給她的？是不是我可以效力使她快樂一點？我說：

「那麼是不是這封信使她傷心了呢？」

薩第美娜太太點點頭，她臉上浮著奇怪的表情說：

「但是她是不願意別人知道的。」

「我希望妳回頭去看看她，給她一點勸慰。」我對薩第美娜太太說：「假如有我可以效力的地方，希望妳吩咐我。」

「我不相信妳可以給她什麼幫助。」多賽雷忽然說。

飯後薩第美娜太太上樓了，多賽雷拉我到花園中散步，在樹林下，黯淡的光芒閃著我們零亂的人影。他說：

「我相信你在海灘上已肯定了你該如何安排自己，希望她的病，不影響你的安排。」

「我聽命運安排。」我說。

「我知道這時候正是你趁火打劫的時機，」他說：「但是，她的愛情的美麗就是有痛苦的掙扎，如果轉到你的身上，決不是這個愛情，而只是逢場作戲。沒有比做愛情的補缺更可憐了，我希望你珍重自己。」

我沒有回答，多賽雷所說的我早已想到，我仍舊能記起我自己的情人是怎麼失去的。趁別人的誤會而表示慷慨與勇敢，這是輕便的事情；趁火打劫的不會是完整的房屋。但是在我對林明默的單戀情感中，我想知道我做些什麼可以幫助她快樂呢？我說：

「我瞭解你所說的，相信我，我不會去趁火打劫，但幫助鄰人救火總是我們的義務。」

多賽雷不再說什麼，這時候我們看到了天上的星月，天空竟是如此之清澈，每一粒星星都表現它個別的光芒。園中靜極，只是清風來時颯颯的樹聲，而遠處隱約不斷的車聲，更陪襯了這黯淡的園林的淒寂，多賽雷忽然說：

「你願意同我一同去玩玩嗎？」

第二部　舞蹈家的拐杖

十六

世界永遠是人的世界。世界是寬闊的，但人人都為野心、愛情、欲念而拘束在小小的範圍裡面，使世界變成狹小。

遊樂不能使我解決心中的隱痛，但遊樂使我看到廣闊的世界上人人都有隱痛。我們每人的痛苦各有不同，然而痛苦還是一樣。依賴遊樂來解愁是無效的，把幸福寄託在別人的身上是痛苦的，從淒涼的園中到紙醉金迷的世界，使我悟到自己的痛苦在人群中原是滄海一粟。我隨著多賽雷到灣仔一個叫Little Foot的夜總會去。那是一個很局促的地方，多賽雷認識裡面一個歌女，是一個憔悴而清秀的女子。感傷的聲音很打動人的心弦，我聽她唱了兩首歌，多賽雷於是告訴我她的身世。她的家庭雖不富裕，但父母親非常愛護她，從小供給她學唱歌，但突然於兩天之中父母前後染上疫病，沒有一點交代便死去了。親友在她父母死後都來討債，家裡頓時破產，房屋財產都沒有了，幸虧她學過一點唱歌，就流落成為了歌女。

多賽雷說帶我來此就是要我認識那個女子，她叫蘇雅。

蘇雅中等身材，面部沒有表情，大大的眼睛閃著無神的光，瘦削的面頰抹著淡淡的胭脂，她似乎很高興看到多賽雷。她在我們檯上一刻鐘的工夫，沒有說二十句話，後來就轉到一個胖子的檯上去了，但不時還望我們。

我與多賽雷於十一點鐘回家，我有奇怪的感觸回到我的房內。房內鋪滿了月光，天色永遠是那樣的澄清。人世竟到處都是痛苦。

我有奇怪的勇氣開始寫作。

第二天早上，林明默很晚才到飯廳來，我們都對她很關心。薩第美娜太太告訴我昨天她上樓時看見林明默睡在床上，不肯告訴她什麼，只說有點不舒服，她也無法再說別的。

就在我們談話的時候，林明默進來了，她很煥發地向我們說早安，眼睛閃著疑問的光芒，好像在奇怪我們對她的注意，但在她有點異乎平常的情形。她較多流動的眼光與較響的聲音，都使我感到她是故意做作的。

日子像平常一樣地過著。

但我的生活開始有新的安排，早晨七時到九時我寫薩第美娜太太自傳的草稿，十一時到十二時在薩第美娜太太書房裡與薩第美娜太太進行寫自傳的工作，下午午睡、寫作，夜裡常與多賽雷在一起，有時候我們到Little Foot去看蘇雅。我發現多賽雷不但時時在物質方面幫助蘇雅，還在精神方面支持蘇雅。他常常談起他參觀過的紗廠，談及紗廠女童工的生活，使蘇雅想到這些悲慘的生命，而覺得自己的際遇並不最苦。他還談他自己在戰爭中的生活，無數難民的命運，在飢餓與被迫害中掙扎，於是他說：

「只有體驗到別人的痛苦，才能忘去自己的痛苦，想到大我的慘遇，才會輕視自己小我的慘遇——而人間竟有那麼多痛苦值得你想及。」

我相信這句話對於蘇雅很有影響，因為她在每次見到我們時逐漸堆出堪憐的笑容，眼睛也顯得比較有神起來。

林明默雖然還是在我的關念中，但就在我把注意力集中於我的寫作之時，我對她可以不再尋求接近與瞭解了。

在這一個時期中，我同尤美達的信件往還很勤，我寄給她很多稿子。我寫了一篇中篇小說《舞蹈家的拐杖》，故事說一個美麗的舞蹈家博得許多男人的傾倒，使許多男人為她喪魂失魄。摯友變成仇敵，互相毀害；兄弟變成冤家，彼此殘殺。有許多青年為她自殺，老年人為她傾家。最後她又同一個愛她的人嬉弄愛情，這是一個非常怪僻的青年，他竟計畫在一次車遊中使她折斷兩腿。他駕了車子，選定了地點，自己先作多次的練習，於是有一天黃昏時約她出遊，就在選定的地方使車子撞在樹上，他竟照計畫謀害了她的兩腿。事後她在醫院，醫生只能救治她的左腿，右腿甚至必須鋸去。從此她就變成殘廢，當然也再無法跳舞了。那時候，那個怪僻的青年對她求婚。她一方面被他的癡情所感動，一方面因自己無法活躍，就死心塌地嫁了這個青年。嫁後彼此相愛頗篤，但五年以後，女的肺炎病倒，奄奄一息，男的看他的妻子將與他永訣，決定將當初計謀與陷害她之事向她懺悔。她聽了半晌不語，忽然說：「這是上帝叫你這樣做的，使我可以享受一個偉大的丈夫的愛情。」她丈夫對她的寬恕非常感激。她經過了那危險的一夜，病忽然有了轉機，以後一天天痊癒起來。

但是隨著她身體的健康恢復，她對她丈夫竟覺得討厭、憎恨、害怕，她無法忘去他是一個害她的人。她想到假如她未被陷害，她的命運又會是怎麼樣呢？從此她再也沒有快樂，她哀怨感傷憤恨之中，竟時有復仇之心，於是就在她丈夫病時，她偷以毒物代替藥物，將丈夫害死……

這篇小說我寫了二十七萬字，尤美達為我安排在內地、香港同時發表，不到三分之一已引起了文壇與讀者之注意。尤美達來信談到許多人要見我，要請我演講，要請我列席他們宴會等等，但我竟有奇怪的膽小，不想露面，只請尤美達說那是從外國寄來的稿子好了。

十七

在我寫薩第美娜太太自傳的進行之中，我開始遇到許多不容易處置的問題。薩第美娜太太對於她少女時代的美麗光彩絢爛，有無限的想像，但是我竟沒有法子有這種同感。我希望她有美麗的照相讓我看到她的過去，但因她時時以她照相的遺失是最傷心的事情，我不好再提起照相去引起她的傷心。

在一個偶然的場合中，她說起她女兒是很像她的。我於是希望看到她女兒的照相，但是她說沒有。這在我是很奇怪的事情。但慢慢地我瞭解了薩第美娜太太奇怪的變態心理。她有時很愛她的女兒，但她更甚的是妒忌她的女兒，好像她的老去完全是因為她女兒的長成，她女兒的世界正是從她的手中搶去的。

在我們一同工作之餘，她有時也叫我為她寫一封信給她的女兒，這些信充分暴露了她的矛盾。她忽而希望可以見到她的女兒，忽而又不希望她回來。她的女兒也許就是她的過去，她活在自己光榮的憧憬之中，她沒有勇氣看別人尤其是她女兒的光榮。如今我發現在我對林明默單戀的事件上，她多多少少也有妒忌的成分。她活在過去，誰要代替她的過去在現在出現，在她都是可妒忌的，尤其是對她的小姐。

「那麼你有一個非常美麗的女兒？」第一次我說。

「有點像我，」她說：「但是竟沒有我的高貴成分。」

「我不明白什麼是高貴的成分呢？」

「可使人有不可企及的崇高的感覺。」

「那麼林明默……」

「你又是情人眼裡出西施了。」她說著就避免了我的話題，來談別的了。

她的自傳仍在繼續地進行，但是我的興趣竟逐漸減少。這因為我已經寫到她少女時代，而她的千篇一律無窮盡的浪漫史，一個一個愛慕她與追求她的場合竟都要我詳盡地放入，這使我感到非常厭煩乏味。然而她是快樂的。在敘述的時候，在讀我初稿的時候，在指點我不夠詳盡與遺漏細節的時候，她都能陶醉在她的過去之中，用溫柔婉轉的言語，帶著有表情的聲音，在我書桌前作戲劇的表現，我感到肉麻而且發生了反感。

我有興趣的是薩第美娜太太的時代社會風氣與人物，而她竟無興趣，她不願意談到這些。有時候我憑她給我看的別人給她的情書，在我感到有興趣方面加點想像的敘述，她馬上認為這是小說家的畫蛇添足；有時候我對於愛她的男人的人格心理上有解剖的描繪，她馬上認為是戲劇家的削足適履。她要說：

「男人，健康的男人，都會愛美麗的女人，在美麗的小姐面前，男人有什麼尊嚴？」

越是我寫不好，越是需要改動補寫得多，越是進行得慢，她的浪漫史越顯得寫不完，而我也越是覺得厭煩。

但是除了這個工作以外，我的生活有新的擴充。我的《舞蹈家的拐杖》發表完了，在出單行本，尤美達突然叫我到她的出版社裡去看她。我不喜歡碰見生人，所以打電話給她，希望可以在外面約一個地方談談。

重敘這件事真使我自己也莫名其妙，為什麼這許多日子中我竟沒有約她敘談宴遊？為什麼在許多通信之中。竟沒有提到見面？

而就在我握起電話的瞬間，我的心竟有怦怦的跳動。

「尤美達，是嗎？」我說：「我是鄭……」

「啊，怎麼，你還記得我的電話。」

這是我們電話的開始，於是談到《舞蹈家的拐杖》的出版，談到別的稿子，談到生活的近況。她談到每次想來看我而不果，因為怕我在隱居之中，不願意有人拜訪。我談到我也常想同她見面，但不知為什麼總不敢冒昧相擾，這樣我們談話足有半個鐘頭，才談到我們的會面，我仍舊約她在花園飯店同餐。

就在電話掛上之後，我開始發覺在這許多日子中我的情感與生活竟完全被林明默控制著，在廣泛的社會裡，我竟自陷於狹小的牛角尖無法自拔，因而就沒有勇氣與世界接觸。我像在鏡子裡看到自己的面目，我看到了我歪曲的心理。

但是在這些日子中，我是不是仍在愛林明默呢？

是的，我無法否認。我雖已把我的心靈集中於寫作，而林明默的一顰一笑竟時常在我一個人時候在眼前浮起，我努力忘去她的存在，而我竟無法不注意她在收信時的時而痛苦與時而快樂的變化。

在好幾次飯後，我們四人在音樂室裡，黯淡的燈光下，我看到許多次她浸沉在音樂中流淚，留給我不解的惆悵。

但是她有奇怪的力量掩蓋她心靈的感受，在燈光開亮時，她又浮出了安詳與難解的笑容，而她的笑容始終是我神祕的謎，這只有窗口的那顆星辰能瞭解它。

我已經很習慣於找到並且注窗口外那顆特殊的星，它使我感到這是林明默原始的存在。如果我想有林明默，就應該在她有情人之前，那她可能不愛她現在的情人了，而她也不會再有同樣的愛情可以給別人；正如薩第美娜太太的存在不是過去的薩第美娜太太一樣。青春與愛情，用去了的不會再有，現有的不同於以前。林明默之存在只是在我想像之中移植在那顆星辰上面，而它是永遠在我寫作與睡眠時候可以被我所企望，它鼓勵了我對於人生的勇氣與寫作的力量。

十八

「在藝術上講，這是一篇很成功的作品。」尤美達說：「但寫陸眉娜可一點不像。」

「寫陸眉娜？」

「大家都以為你小說裡寫的舞蹈家是寫陸眉娜。」

「沒有的事。」我說：「我決沒有這個用意。」

「當然你是創作。」尤美達笑了，她左頰的黑痣永遠有引人幻想的魔力。而今夜園中習習清風，把她額前的頭髮吹動得像山頂的輕雲，我注視著她，沒有說什麼。

「你看我什麼？」她笑了，忽然回過頭去，似乎要證明我看的不是她身後的別人。

「願意去跳舞嗎？」我說。

我們相偕到裡面去。在舞池中，我發現我雖然在兩個月中沒有見過她，而經過不斷的信箚與書稿的往還，我們似乎有與以前完全不同的情緒與感覺，她好像真是一個允許我傾訴我心靈痛苦的朋友，我有很強的衝動想告訴她我在這兩個月裡單戀中起伏的情緒。但是我不知道我應當如何啟齒，如何去開頭。

人不多，樂隊裡有一個女人唱歌了，唱的是感傷的調子，尤美達忽然說：

「我很喜歡這首歌，在一個人深夜歸來時，我常常想到它。」

「她唱得也不壞。」我說：「是不是電影裡的插曲？」

「是的，那是我寫的一個電影，」她說：「這歌是一曲送別的歌，說一個人站在海灘上，對著斜陽，望著漸漸縮小的帆影。」

「太傷感。」

「但是很美。」她說。

音樂停止了，我們回到園中，我正想尋找頭緒傾訴我的苦痛時，尤美達忽然說：

「你也一直沒有會見陸眉娜？」

「沒有，」我說：「我想她一定很忙，你常碰見她嗎？」

「常見她。」她說：「她非常喜歡你的《舞蹈家的拐杖》。」

「她是不是也以為這篇小說是在寫她呢？」

「她倒沒有，」她說著，在我為她拉開的椅子上坐下。她喝了一口水。於是在我就座的時候，她說：「旁都希望你願意把你的小說改成電影讓陸眉娜主演。」

「這當然是無所謂，」我說：「不過陸眉娜願意演嗎？」

「旁都相信她會喜歡演這個戲的。」她說：「不過旁都以前曾經請她演過戲，她都拒絕了，因為她不喜歡那些劇本。」

「我想她的拒絕一定是為她根本不喜歡演電影，並不是劇本問題。」

「但是她喜歡你那本小說，你不妨去同她談談。」

「我去談談？」

「自然，」她說：「你是作者，你一定可以鼓勵她有這個信心。」

「當然沒有什麼。」我說：「不過你自己為什麼不去問她呢？」

「我當然可以問她，」她說：「但是以她的聲名，第一次上銀幕，自然只能成功，不能失敗。她要有好的劇本，她要有好的導演，但是她還要有信心。她雖然說各種理由，但還是因為膽小，不敢輕易嘗試，我們同她說的，她總以為是在旁都的立場說的話，我想你可以使她有信心。」

尤美達很嚴肅地談著，我知道她要同我見面的就是為這件事情了。我說，我明天去看她，同她談談試試。

這以後，尤美達就向我談《舞蹈家的拐杖》改編電影的種種。她談到男主角、配角、故事情節、其他的穿插等等。她似乎對這些都有所熟思，或者和旁都曾有過討論。許多零碎的意見都很有見地。但是有一點我們竟爭執起來。

她以為電影的故事在女主角垂死時，男的對她懺悔，她說出：

「這是上帝叫你這樣做的，使我可以享受到一個偉大的丈夫的愛情。」女的死去，就可以結束，不必再叫女的病癒，產生了以後的仇視與不和諧。她說：

「就是在小說藝術上講，你這後面一段，雖然寫得很深刻，但似乎也破壞了形式上的完整，上面是很浪漫地抒寫的，下面是寫實的刻畫的，幾乎是兩個主題。」

「但是，」我說：「我要寫的是人性，人性有美的有醜的，瞭解不一定就可以原諒。我不相信這個男人的行為是對的，這樣的愛情不見得就是偉大。故事在那裡結束，只是表示這行為的勝利。」

「我也不以為這種行為是愛的表現，這只是自私的佔有欲，但那個男子的偉大則在以後一直敬愛著他殘廢的太太，所以這可以感動他垂死的妻子。」

「這原是我的本意，但我不過還要說出這個『原諒』，只是垂死的一種良善的衝動，等生命力一恢復，她就覺得她丈夫是一個損害她一生的人了。」我說：「一部作品的深入就在將抒寫與刻畫融為一體，真正偉大的作品是不能分出它是浪漫的還是寫實的。」

……

當我們從討論到了辯論，尤美達的聲音慢慢地提高起來，她的臉部有煥發的光芒，挺秀的眉梢，渾圓的鼻翼有美麗的掀動。左頰的黑痣始終給我許多不可接近的幻想。最後我屈服了，我溫柔地說：

「假如陸眉娜願意演這個戲，旁都願意攝製，那麼你來改編劇本。如果由你編劇，一切就遵照你的意思好了。」

尤美達笑了，她的笑容更透露了她左頰上黑痣的玄妙，她說：

「其實我所說的都是旁都的意見，在電影裡講，小說的下半部會吃力不討好，不會討觀眾喜歡，他的意思在電影上要極力加重舞蹈的場面與浪漫的氣氛。」

……

我們談到很晚才離開花園飯店，一天的藍星送我們回家，在她下車的時候還叮嚀我明天去拜訪陸眉娜。

尤美達給我的不光是藝術上的友情，而且也給我女性的溫暖，我帶著這兩種混合的慰藉回到寓所。

十九

當我第二天上午要打電話給陸眉娜時，我突然在日曆上看到那是二十三日。很奇怪的，我馬上想到上次同她打賭的日子，我覺得我不必再用電話同她約定時間。我於下午四點半去訪陸眉娜。

從我的寓所到干德路，是一條長長的路徑，我到她的門口已經是四點五十分了。我上樓在六十四號A門前按鈴。

來開門的是上次陪我上陸眉娜車子的女傭，她似乎已經不認識我了。她說：

「小姐出去了，你是從哪兒來的？」

「妳不認識我了？」我對她笑著說：「我上次來過，妳記得妳領我上車，是妳交給我妳小姐留給我的條子的？」

「啊，是……」

「我姓鄭，」我說：「我可以到裡面等你小姐嗎？」

「我不知道她什麼時候回來，」她說：「你有什麼事留一個條子好不好？」

我看她有點為難的樣子，於是我肯定地說：

「她約我五點鐘。」我看著手錶又說：「我想她就會回來的。」

她於是就讓我進去，我問：

「我可以問你的名字嗎？」

「我叫阿芳。」她說著，我到客室裡，我還是坐在我上次坐過的沙發上。我一眼就看到龐大的鋼琴，而琴上的相片竟吸引了我。我走過去看她的相片，我已經兩個月沒有看見陸眉娜，她的相片仍是上次的那張，光影中充分表現著她的豔媚與灼熱，而她的眼睛與嘴唇含蓄著誘人的神祕。我注視了許久，我發現在她豔媚的容貌中的確有使人看不厭的素質。

「神奇的陸眉娜。」我暗暗地對著她的相片說，我相信她確是一個造物的傑作。

就在我放下照相的時候，已經五點五分了。我想她一定忘了我同她上次的打賭，我現在已有了可以向她要一件禮物的權利，我馬上覺得我應當問她要這張無比光彩的相片。

我決定再等十分鐘留一個條子走了。我隨便流覽室中四周，我踱到書桌的前面，我看到桌上的日曆，日曆上也翻著二十三日，上面竟寫著一行字：

「五點鐘，在家候鄭，向他索取一件什麼呢？」

那麼她原來是記得的，而且也準備來等我的；但是為什麼忽然又忘了呢？是不是她在訂約的時候記下，而今天竟沒有看到？或者這日曆是阿芳翻過去的，她根本忘了。

我等到五點半，她還沒有回來，我留了一個字條，我說：「遵約於五點鐘來此，不遇為悵。我原知道一切人定的計畫是無效的，所以並不怪你。假如我可以照約問你取一件禮物，那麼還是不出我們人定的計畫，是不？」

我把條子交了阿芳，就回到寓所。我整理一些薩第美娜太太的自傳，到晚飯的時候方才下樓。

在飯廳裡，多賽雷問我是不是剛剛回來，今天到哪裡去了。我就說出旁都想將《舞蹈家的拐杖》改作電影，要請陸眉娜主演的事。這在我並沒有當一件什麼重要的事情，但多賽雷及薩第美娜太太竟非常興奮地說，這篇小說改成電影，由陸眉娜來主演一定可以成功。他們還說了各人對於情節與故事的想法，好像這是已成事實了。

座中只有林明默一聲不響。她時而點頭，時而微笑。顯然只是禮貌上的應酬，她似乎並沒有聽見我們在說什麼。

飯後多賽雷與我在走廊上抽菸，他又重新對我慶賀。他覺得如果《舞蹈家的拐杖》攝成電影，不管成功多少，我就慢慢地可以造成一個獨立社會地位，可以隨心所欲在這裡多住一些時候。我很感謝他對我關心。

我們談了好一會，他忽然提議一同看蘇雅去。

我們一同上樓換了衣服，叫了車子，就在我們一同出門的時候，我們看見林明默也走了出來，她打扮得非常新鮮，多賽雷就問她：

「這麼晚還出去？」

「很悶，」她回答說：「出去走走。」

「上哪裡？」

「沒有目的。」

「那麼我們可以請妳到哪裡去走走嗎？」我說。

「你們到哪裡去？」

「我們，我們也……」我忽然覺得不好說出我們到一個不十分高貴的夜總會去，但一時也說不出一個地方，當時多賽雷就很坦白說：

「我們到Little Foot去，那是一個很小的夜總會。」

「我可以同你們一道兒去嗎？」

「我想我們還是換一個地方。」我說著對多賽雷說：「明天再去看蘇雅好了。」

「你們還要去看人？」林明默問。

「不，」多賽雷說：「蘇雅是Little Foot裡的一個歌女，是一個很可憐的女孩子。」

「怎麼，」林明默說：「你們不希望我到那邊去。」

我剛想說什麼的時候，但是多賽雷先說了，他說：

「為什麼不？我想妳也許會喜歡蘇雅的。」

這樣我們就一同上了車子。林明默以後始終沒有說話，她凝望著空漠的車外，似乎在遐想什麼。她有神聖高貴雅潔的精神，我總覺得Little Foot的空氣於她是不合適的，我一直想再叫多賽雷換一個地方，但林明默坐在我們中間，我很難明說。而多賽雷竟覺得毫不在意，他似乎像第一次帶我去那裡一樣地來帶林明默，在痛苦人生中，看到廣闊的世界裡還有更痛苦的人生，也許對於自己的痛苦不會看得太重了。

Little Foot是一個很平常的夜總會，在一個大樓的底下，房間很低，地方不大，主顧大都是尚未成功的藝術家，有野心的流亡青年，以及受過刺激的獨身漢。我不知道為什麼不討厭那個地方，那裡空氣是污濁的，音樂是庸俗的，人聲是嘈雜的，我沒有看到在裡面的人是快樂的，人人都拖著疲倦的長臉，不修邊幅，喝著酒，吸著煙。他們並不是在這裡找刺激，也不是找陶醉，而只是消磨時間。他們並不渴求異性，他們對歌女舞伴都很尊敬，但是冷淡。裡面的人，彼此都有些熟稔，但並不招呼，也不親熱哄鬧，也許就是這樣，它使人感到自由與獨立。我們從黯淡的燈光、嘈雜的音樂與濃厚的煙霧中進去，找到一個座位，我馬上注意到林明默對這空氣是多麼不習慣呢！她叫了酒，一聲不響，只是望著周圍，多賽雷忽然對她說：「我想這空氣對你是很新鮮的。」

林明默只笑了一聲。

「你應當會注意到，這裡的人個個都是迷途的羔羊。」多賽雷又說：「沒有人有信仰，也沒有人心上是有依靠的。」

她還是不響。

「當你看到這些可憐的心靈，」多賽雷又說：「你也許會相信人生本來都是痛苦的，你自己的痛苦實際也很微小。」

林明默還是不響，這時候蘇雅出現了，她用疲倦的聲音，唱著傷感的歌曲。她靠著牆柱上，穿一件閃銀的衣裳，時時掀著鼻翼，用緩慢的調子，她唱：

我在期待，從黃昏期待到天明；
蠟化成淚，水凝成冰，從犬吠期待雞鳴，我在期待，我在期待……
她又唱：
我在期待，從春初期待到冬盡；
花落為泥，葉枯成塵，從燦爛期待到死靜，我在期待，我在期待……
她又唱：
我在期待，從童年期待到老年；
髮白如銀，心空如鏡，從無常期待到有盡，我在期待，我在期待。

她唱完了，瘦削的身體在幕中消失，場中浮起寥落的掌聲。我注意到林明默一直凝視著蘇雅，她一面似乎很感動，一面好像因為蘇雅的歌聲而使她對於這裡的空氣比較適應了。多賽雷告訴她歌唱的人就是蘇雅，林明默表示很喜歡認識她。

沒有隔好久蘇雅就下來了，她到我們的桌旁，多賽雷為她介紹林明默。

我不得不承認人的交接是很奇怪的，也可以說是因緣。一直不說話的林明默，對於蘇雅竟非常有興趣似的，不斷地想瞭解她，同她一直談著話，而蘇雅也馬上被林明默所吸引。我在她的眼簾中發現她沒有理由地在崇拜林明默。在我們要回家的時候，蘇雅竟好像寧願捨棄一切皈依林明默一樣，她要求她可以去拜訪林明默。

二十

林明默今晚忽然同我們出遊到Little Foot這樣的夜總會去，是一件很可詫異的事，這自然很出我與多賽雷意外。我本想在回家之後，等林明默回寢室了，我可以同多賽雷談談，但是一到家裡，傭人告訴我陸眉娜來了兩個電話，這次可留下了電話號碼，叫我馬上打電話去，我就沒有機會與多賽雷傾談。

我打電話給陸眉娜，陸眉娜說：

「怎麼，這樣晚才回家？」

「你怎麼知道我是從家裡打給妳電話呢？」

「我不相信，我不打電話給你，你也會打電話來。」

「但是，」我說：「事實上我可打過不少電話，而來接的都是尤美達。」

「謝謝你。」

「是不是人的計畫都不是有把握的？」我說：「今天妳終於沒有等我。」

「但是我所計畫的正是要送你一件你所需要的東西。」

「真的？」我說：「今天在你家裡已經看定了。」

「那麼你現在來拿好嗎？」

「現在？」

「現在，」她說：「我派車子來接你。」

我看表已經一點半了，我說：

「那麼晚，那麼遠路。」

「這難道不是偶然論的法則？」

「那麼我等妳車子。」

我掛上電話，洗澡換衣，坐在沙發上抽支菸的工夫，我就走到樓下等車子。我無意識地踏到園中。

夜已深，園中黝黑靜寂，一兩聲淅索嘰喳，似在樹上，又似在泥中，一切夜闌好像都是大地與太空的呼吸。

天色永遠是碧藍的，繁星都像懸掛在天空，我細尋我夜間窗口所探索的那顆，我注視它熠熠的光芒，我有奇怪的感覺，發現它在萬千的星叢中，竟是這樣的孤獨與清絕。

於是我看到我們的房子，一切的燈光都已滅熄，只有死硬的輪廓浮在空中；我現在已經知道林明默的窗口是在左翼，我繞了過去。窗依然開著，微風掀動著窗紗，窗紗閃動著星光，像是水上的浪紋，沒有燈光，她該是睡了。

但是突然我看到了人影，我慢慢地看出林明默正站在窗口，她似乎專心地望著天邊，沒有意識到一切其他的存在。我想叫她，但是我停止了，我不願意驚動她的夢幻。

我沒法子看得更清楚一點，我知道她是痛苦的，但是我竟無法分擔她的痛苦。我一時竟怕她發現我在下面望她，我偷偷地走向後面去。我開始走向鐵門去等候陸眉娜的車子。但是我的心竟不時回到林明默的窗下，假如這時候我可以請她下來同我談談呢？

車子來了，傭人為我開門，我恍恍惚惚地出門上車，一時間我竟後悔我沒有在園中叫林明默。

車子在靜寂黑暗的路上駛馳。掠過了房屋，掠過了樹林，從一個山坡繞到另一個山坡，我心中浮起疲倦與空虛，我後悔我答應陸眉娜現在去看她，為什麼不能等明天呢？

我不斷地想推說不舒服，馬上折回家去睡覺，明天再去看她，但我始終沒有對司機說出，我聽憑車子載我前行，我終於到了陸眉娜的公寓前面。

在電梯中，我還想只坐十分鐘。可是一進陸眉娜的公寓，我竟忘去了剛才的想法。夜的淒清，心的蕭瑟，精神的疲乏，一切空虛與渺茫的感覺都在陸眉娜光芒下消散，人真是一個懦弱的動物。

陸眉娜飄著大花長裙。裙是白色的，沿邊是藍色的海浪，上面是一隻一隻大小海鷗，她穿一件無袖敞領的襯衫，天藍色上面繪著淺藍色的雲霓，撒著銀彩的繁星，左胸襟繡著鵝黃色的上弦月。她閃著海一樣深渺，光一般灼熱的眼光，蠕動她棕色的蛇一般的手臂，非常熱情地招呼我。她看了我許久，忽然說：

「面色很不好？病了？」

「也許，」我說：「但是見到妳，我病已經好了。我知道我剛才的面色還要不好。」
「請坐，請坐。」她一直領我到陽臺上說：「你想喝一杯什麼酒？」
「凡是妳喜歡的總是我喜歡的。」我說。
我站在陽臺上望著外面，陸眉娜端著酒進來，我開始走到籐椅邊上去。
「你怎麼一直沒有想到來看我？」
「我可以期望妳約我的日期，已經夠快樂了。」我坐了下去，但是我看到了陸眉娜的眼睛。我避開了她的視線，就看到了她的身軀，我忽然有一種不安，我有奇怪的想接觸它的欲望；為掩飾我局促的態度，我說：
「妳是專門因為我來才打扮得這樣美麗嗎？」
「自然，為補償我對《舞蹈家的拐杖》的作者失信。」
「不！不！」我說：「這不是你失信，這是證明你無法控制妳的命運，而是命運控制著妳。」我喝了一口酒又說：「妳難道忘了我們為什麼忽然打賭的。」
不知怎麼，陸眉娜忽然沉默了，她面上仍保持著自信的表情，但是眼睛的光線柔和下來，她望著展在我們面前的天空，半晌，忽然堆下笑容看我一眼說：
「我在日曆上還寫著，但是我疏忽了，這只是我一時的疏忽。」
「好個自信的孩子，希望妳永遠這樣的自信。」她笑了，沒有說什麼，悄悄地站起來，她忽然說：

「你喜歡聽一點音樂嗎？」

說著她就走到裡面，她開上了音樂，關了太亮的燈光，她又倒了兩杯酒出來，我站在陽臺上望著她，開始注意到她的特有的一種新鮮。她沒有施一點脂粉，像是更顯得她一身衣服的美麗。這衣服上衫是天，下裙是海，許多海鷗在這海天中飛翔，它襯托了她的健康的青春與豐富的生命，任何其他飾物都將損壞這一種無比和諧的美麗。她真懂得打扮，我想。她遞給我一杯酒。

「謝謝你。」

「你在看我什麼？」

「看妳的服裝。海是妳的裙幅，天是妳的衣衫。」

「海鳥是我的靈魂。」

「那星星是妳的光芒，新月是妳的青春。」我指著她衣服上星月的圖案，舉杯為她祝福。

「謝謝你。」她舉杯啜飲了一口，就在她嘴唇與酒杯接觸時，我忽有一種奇怪的念頭。我的心開始不安起來。

她招呼我重新坐下，忽然說：

「許多人說，你的《舞蹈家的拐杖》是寫我。我覺得不是。」

「我當然也不承認。」我說：「但是我沒有法子否認妳是供給我靈感的人。」

「我對這本書的結局可覺得很害怕。」她喝了一口酒，又接著說：「假如有這樣一個男人，也許我不會像書裡女主角一樣去怨恨他的。」

「這是說你喜歡這一種愛情？」

「這裡至少是真的愛情。」

「如果這可說是愛情，那也是不正常的。」

「不庸俗，不膚淺，是不？」

「也許，」我說：「但是自私，是不？」

「沒有愛情不是自私的。」

「真的嗎？」我說：「你可曾愛過人？」

「沒有，」她說：「我想我是不會墜入情網的。」

「這因為情網在你的手裡？」我說：「沒有人可以這樣自信。我是偶然論者，正如你無法控制今天，啊！像昨天的約會一樣，你也無法控制你自己的命運，碰到機緣，你可能會愛上一個別人覺得與你毫不相稱的人。」

「你瞧著吧！」她自信地說，臉上露出了驕傲的光芒。

一瞬間我們緘默了。我望著陽臺外面的天空，以及伸在天空上高大的樹木，星星還是剛才一樣地閃亮，但有輕雲在上空飛逝，裡面的音樂在我們沉默中變成清晰，是德布賽的「雲」吧？我想。

夢境。

這是夜，是清淨無比的夜，在陸眉娜面前消磨這樣的夜，真是一種忘了過去不計將來的

同陸眉娜在一起，一切時間似乎都是現在，我竟忘記了尤美達叫我請陸眉娜演電影的事，一直到陸眉娜問我：

「是不是你現在幫助薩第美娜太太寫傳記。」

「是，你怎麼知道？」

「誰都知道。」她說：「寫了很多了？」

「進行得很慢。」

「你現在還在寫小說嗎？《舞蹈家的拐杖》以後？」

「沒有寫什麼，」我說：「只是偶爾寫一點詩。」

這時候，我才想到了找陸眉娜的目的，我說：

「陸眉娜，你知道旁都要把《舞蹈家的拐杖》改編電影嗎？」

「聽說過。」

「他想妳主演。」

「他沒有同我說過。」她微笑著。

「這因為他怕妳會像以前一樣地拒絕他。」

「啊，原來你是受他的委託來做說客的。」

「為什麼說受他的委託？你以為我不是為自己嗎？」我說：「我的小說，如果由你演成電影，那不是我的光榮嗎？」

「你知道旁都是看中你的小說還是看中我的主演呢？」

「兩樣都可以說，他曾經設計過許多戲，要請妳主演，妳都不喜歡；如今發現我小說裡的主角你再合適沒有了，所以看中了我的小說。而我的小說原是由你給我的靈感寫的，雖然不是為旁都要這樣一個故事而寫。如果是他囑咐，我也許反而寫不出了。」我說：「這還是我說的偶然的機緣。」

「又是機緣。」她笑了，「但是現在要我考慮決定，是不是？我的決定當然是我自動的選擇了。」

「無論你拒絕或接受，」我說：「在我事後看來還是偶然的機緣，也許在你有自信的人看來，這是你自己的權力的支配。」

陸眉娜停了一會，忽然說：

「我當然很喜歡那本書，但是你以為我可以演得成功？」

「但是妳不是別人，妳是陸眉娜，是不？陸眉娜難道會沒有信心嗎？」

「也許這倒是機緣。」她笑了。

「那麼妳答應了？」

「這就是旁都的勝利了。」

「為什麼不說我勝利呢？」我說：「也許我由此可以奠定我一生的事業。」

「一生的事業？」

「是的，妳知道我是一個什麼都失敗的人，還不知以後應該幹什麼。」

「這就是因為我打賭輸了，你所提的一個要求嗎？」

「你知道這可不是單純的由妳交我的一種東西，是不？但假如妳不承認妳賭輸，那我就不要了。」我說。

夜深了，我看表已是四時，我站起來說：

「現在我該回去了。那麼這件事情就算決定了，詳細的條件當由旁都來與妳接頭了。」

陸眉娜站起來送我，到了裡面，她開亮了燈，她說：

「好的。我承認賭輸了，我可以給你所要的。」

我回過身子，我手放在鋼琴上，眼睛看到鋼琴上花瓶邊她的相片。

「你喜歡這張照相嗎？我只有一張。但是我可以給你。」她走到鋼琴邊說。

「不，不，」我說：「如果你承認你是賭輸了，那麼我有權利要我所要的，是不？」

「自然，」她用海一般深奧的眼睛望我，微啟她神祕的笑容，露出如珠的稚齒說。

一瞬間，我脫離了自己的世界，我擁抱了她身上的星月，我把我的嘴唇掩蓋了她神祕的笑容，我的手撫摸到她長垂的頭髮。

「謝謝你。」我說。

而我們再度在擁抱之中。
我們都迷失了自己。
……

二十一

陸眉娜，希望你會知道這不是我的輕薄。在許多情感與感覺之中，我們也有未曾知道的情感與感覺，這因為宇宙有無限的寶藏，而人生竟是這樣的短促——在陌生的風景中，在瑰麗的天氣前，在特殊的一草一木上，在新奇的病痛裡，我們會體驗到某一種情感與感覺，所有現成的名詞對它都不合用，因此也無從解釋與說明。站在你的面前，就是這樣的一種奇怪的感覺，使我改變了我所要的。你知道本來我想要的的確是那張你鋼琴上炫人美麗的照相，而我突然竟要了一件更真實的也是更美麗的禮物。這不敢說是愛，但也不光是慾，說我輕薄是不對的，說我風流也是不對，說我自作多情也是不對的。我不知應用什麼樣的語言來說明我的行動，我可以說的只是這個新的情感與感覺是莊嚴的而且是忠誠的，一切不能瞭解的，請賜我原諒。

天亮時，回到寓所，我心裡有奇怪的煩惱與不安，我寫了這樣一封信給陸眉娜。於是我想到了林明默，我想到她在我出門時正站在窗口凝視天空，不知是什麼時候入睡的，是在什麼樣心情之下入睡的。我越想越不知道自己，如果我可以把林明默忘去，把愛林明默之心去愛陸眉娜，這是多麼好呢！現在則像是兩個力量在我心中激撞。我一方面依戀著我從陸眉娜身上獲得的溫馨，一方面又企盼著林明默的感應。而這竟是沒有法子調和的情感。

天已大亮，但沒有太陽，是陰天，我一個人呆坐於沙發上，許久許久才回到現實。去薩第美娜太太的書房時，已經晚了。薩第美娜太太在等我，她在讀我過去已寫成的稿子。看我進去了，她知道我還沒吃早點，她叫美連把早點拿到書房來，她沒有問我昨夜的生活，一逕談她的傳記。

如今她的傳記已經寫到與她丈夫認識的階段了，她交往中的燦爛的生活，以及她丈夫的性格與行為，這裡我似乎較有信心來把握這個人物的個性與他們生活的夢幻。

薩第美娜太太一講到過去，她的精神就活在過去裡面了。她驟然年輕起來，她發音響亮，她舉動活潑，在她的眼前似乎是出現了過去許多細節，她忘去了她現在的年齡與老態。

我對於她所說的環境生活都能想像，但獨獨對於她的青春與美麗我無從想像，我希望可以見到她過去的照片，但這是不可能的。而如果她可以給我看一張年輕美麗的照相，我也許無從相信那就是她；即使我在理智上可以相信，但也是無從有任何想像的。

在這樣的寫作中，我的想像與創造的形成永遠找不到一個根據。整個薩第美娜太太的青春美麗的光輝竟是我一種創作上的創造，那裡始終沒有專屬於薩第美娜太太的個性與美麗。傳記是薩第美娜太太的傳記，而面對著薩第美娜太太，竟沒有把握到她外貌與內心合一的發展。一切的瑣事雖是薩第美娜太太所經歷的，而裡面的主人竟不是薩第美娜太太，可她是一個生動的人，是一個有靈魂有血肉的人，是一個非常美麗的女人。這些我相信我都寫得很出色，但裡面的靈魂竟不是薩第美娜太太。作為小說也許可說有點成功，但作為傳記，這當然是失敗的。

就在那天晚上，重新閱讀那已寫成的傳記，我發覺那千篇一律的浪漫史不可能是傳記主人翁所能接受的。我發覺我寫得非常牽強，而薩第美娜先生的出現與女主人翁的交往，要是隨著兩個人個性自然的發展寫下去是決不會有結合的可能，而事實上，她們是結婚生孩子的。如今我知道我所寫的薩第美娜太太不是薩第美娜太太，她是另一個人，是我筆下創造的一個女人，而這人的命運竟不是她自己自然的發展，而偏偏要限定在薩第美娜太太發展的事實中。一瞬間我有很強的欲望，想重新寫過這本傳記，我可以使女主人翁脫離了薩第美娜太太的歷史的事實，變成一本完全是創作的小說。我也可以重新向薩第美娜太太要一些她過去的材料，一種可以啟發我想像的材料，她過去的照相，或是敬慕她的男性對於當年的她的繪描，再或者即使是一張她所謂非常像她的她女兒的照相，重新改寫我已寫成的稿子，而照現在這樣寫下去，則無疑地將是非常可惜的失敗。

我懷著這樣不安就寢，而就在對著我臥房窗口，我一眼就看到了那顆代表林明默的星，這個永遠燦爛我心懷的林明默，就在那顆星中傳達我對她的一切愛慕與想像。猛然，我發現，是那一顆星，是林明默，她在我靈魂中使我對於一切完美的形狀都變成了對她的奉獻。於是，在我為薩第美娜太太所寫的傳記中，她就變成了我筆墨下的靈魂，而這是個無法擺脫的幽靈，她在傳記中化成了薩第美娜太太的少女時代，而一切薩第美娜太太的際遇竟與她不能調和，這就註定了我工作的失敗。我想薩第美娜太太也許也發覺我的失敗的所在。我當時決定把這個發現同薩第美娜太太談談，我希望她有什麼意見可以使我自拔於這個誘惑，而讓我可以在薩第美娜太太的本身上有所想像，重新把這個傳記的主角寫過。

但是薩第美娜太太竟並不能瞭解，在第二天我們工作的時候，我說：

「昨夜我細讀我所寫的傳記，我發現我完全失敗了。」

「完全失敗，這話怎麼講？」她說：「我只覺得你對於在我生命裡流過的男人，寫得不夠生動，但是寫我，那是非常成功的。既然這是我的傳記，那麼主角成功，也就很不容易了。」

「你真以為寫你的部分是成功的嗎？」我說。

「自然。」

「但是昨夜我整個地讀起來，覺得我寫的竟不是妳，我覺得妳的青春並不是這裡面主角的青春，妳的美麗不是這裡面主角的美麗。這裡面的主角的靈魂不是妳的靈魂。」

「為什麼不是？」薩第美娜太太忽然冷澀地說：「我自己當然會知道這個。」

「但是我相信，我比妳更清楚。因為妳沒有給我一個可以想像的印象，比方妳年輕時代的照相，或是妳的情人對妳的回憶錄，或者是他們同妳往還時的日記。甚至，假如妳的女兒是像你的，給我看看她的照相也好。」

「但是我給你看的那些剪報和那些情書，那難道還不夠作根據嗎？」

「不，不，」我說：「我要寫的是妳的人，一個活生生的人，從小到大，從動到靜，她應當是有血有肉的人，是有美有醜的人，是有可愛可憐可敬可恨的多方面的人。而妳給我看的材料都是死的，舊報紙上相片早已模糊不清，那些記載與恭維話，對每個時代時髦出風頭的女性都能用。至於那些情書，千篇一律，是每個青年追求小姐時都這樣寫的，那裡並沒有你的個性。你的存在，同任何情人的存在一樣，是一個沒有生命的偶像，所以我不能在那些材料中找到情感。」

「但是你寫出的我並不如你所想像的失敗。」她說：「你在裡面的確創造了一個有血有肉有靈魂的美麗少女。」

「可惜她竟不是妳。」我說：「昨夜我忽然發覺在她身上我竟安頓了對林明默的想像，你覺得嗎？」

薩第美娜太太沉吟了好一會，她似乎在思索她讀過的那已寫成的傳記，忽然抬起頭來，望我一眼說：

「是不是每個女人的少女時代都有一樣的心理，你所寫的也許正是一般的典型？」

「也許，你可以這樣說，但如果這個人物有點成功，則還在她有點特性，這正如畫肖像畫，每個人的面孔都有眼睛鼻子與嘴，但是它的成功則在一般之中求到特殊。」我說：「這個人物是妳，就因為她對於環境的反應是妳告訴我的。倘若妳仔細從她個性中分析來看，你就會覺得這個人物對於環境的反應不會是如妳一樣的反應，因此我發覺它是失敗的。」

「那麼你要怎麼辦呢？」她低聲地問。

「我是一個偶然論者，但如果說偶然也可解釋為命運，那人物的個性也許就是命運了。」

我說：「我的意思是說，這傳記裡的人物的個性是不會遭遇到妳的命運的，因此，我想把這個人物同你的傳記分開，我希望有另外合造的故事容納這個人物，或者讓這個人物自己創造一個故事，而由妳來配合這個傳記，這是說，我要重新瞭解妳的青春、妳的美麗以及妳的當年的情感。」

「但是你竟一直沒有瞭解。」薩第美娜太太帶了幾分惱怒說。

「我的瞭解也許有，但是恕我坦白地說，我沒有這個感覺，因此我沒有想像。我希望可以看到你過去的照相，或者你過去情人關於妳的日記，如妳所說的妳的女兒非常像妳，那麼頂好讓我認識她。」我說：「請你原諒我這樣直率地說，不過我覺得只有這樣，我才能忠於我的工作。」

薩第美娜太太沉吟了好一會兒，於是她面上慍怒的顏色化為和悅，露出一種很世故的微笑說：

「你的話我已經瞭解，我想這樣也好，等我的女兒回來了，你認識她以後再改寫傳記也好。但是，」她說到這裡，忽然停頓了好一會，用手指指著我說：「主要的是你還是要能夠脫離情網，當你日夜在愛慕林明默時，你筆下的人物自然永遠有她的暗影的。」

「謝謝你，薩第美娜太太。」我說：「我希望妳相信我，只有我可以把握住一點你的中心，我一定會把這傳記寫好的。也許我動筆得太快，而太注意妳告訴我的事實。以後最好由妳只告訴我歷史，但不要我像默書一樣來記錄。我先聽了妳全部的歷史後，也許可以整個地把握到些什麼，以後再重新來動筆，等我全寫好以後，你再來修改，待妳修改了，我再重寫一遍，這樣，你說是不是可以比較好些？」

薩第美娜太太若有所思地沒有說什麼，半晌，她忽然說：

「我知道你也該休息一些時候了。你應該多接觸這裡的社會，多看看這個世界，我原不希望我的傳記進行得這樣快的。你可以等些時候，我會找一個機會，讓你看看我年輕時代的風姿的。」

「謝謝妳。」我說。

我想，薩第美娜太太所說的讓我看看她年輕時代的風姿大概是指她的女兒了。是不是她的女兒這次真要從海外回來——我沒有再問下去。

二十二

自從那次以後，我為薩第美娜太太寫傳記的工作停頓下來，我以為我可有比較多的時間寫自己想寫的東西了，我開始想把傳記裡的人物移到一個合於她發展的故事。但是第二天夜裡，我忽然想搬出薩第美娜太太的家出去住。好像我是為她寫傳記而搬來的，現在傳記的事情既然停頓，我已經失去了住在這裡的理由。同時，我還馬上想到我之所以不能好好寫傳記，這種職業性的束縛正是一個原因。它使我不得不在寫作進行中去遷就薩第美娜太太的意見。倘若這不是我的職業，那麼我沒有理由要隨從她的意思，我也許可以有比較好的寫作興趣與情緒。此外，事實上，即使我可以安心地住下去，我也並不能安心地寫作，這因為林明默對於我情感上的威脅實在太大，我幾乎每餐晚飯都抱著一種朝見她的期望與企念。她出去時我關心她回來，她在房裡時我關心她在幹什麼，她不來吃飯我覺得冷落，她來吃飯我又覺得不安。現在，我想唯一的辦法就是離開那裡，也許我不同她見面就可以逐漸地把她忘去了。

有一天，我把遷居的念頭同多賽雷講了，多賽雷並不反對，但覺得我遷居以後也不見得可以忘去林明默。其次他覺得我不應當放棄寫傳記的工作，而這是需要耐心地去做，他相信日子多了我可以找到我興趣的重心，但是他並不反對暫時休息一些時候，多接觸社會，多交一些可以談談的朋友。他說我太不活躍，太不走動，整天躲在家裡，所以心境不會開朗。

多賽雷的話使我想到他上次帶我去海濱的情形，當時我的心境的確比較舒暢，於是我表示希望明天可以和他一同到什麼地方去跑跑。他非常高興，他說他明天已經約定去看那個音樂家的朋友，他上次去也曾經談到我，假如我高興可以同去。他又說這個音樂家一定會是我喜歡的人。

多賽雷以外，我也已把我遷居的意思在信箚裡告訴了尤美達。我是多麼希望我的《舞蹈家的拐杖》可以攝製成電影，因為我可以從那裡得到報酬去支持我生活上的開銷。而也就在那天我接到尤美達的回信。我同尤美達的交誼是一種很特別的交誼，我們在信中談到的東西，似乎多於我們見面所談的。

我在她的面前談話總有點說不出的拘束，可是在信裡竟會常常傾訴自己的苦悶，我好像總覺得她是個肯傾聽我抒訴痛苦的朋友。她的回信真是出我意外，她用奇怪的語氣鼓勵我搬出薩第美娜太太家裡，她沒有說什麼理由，但這給我很大的鼓勵。尤其是因為關於《舞蹈家的拐杖》的電影，她告訴我旁都已經同陸眉娜談過幾次，旁都希望我為他改寫成劇本，她說陸眉娜會打電話給我的，不知是否已經打給我了……

陸眉娜並沒有打電話給我，但是她回過我一封信，她對我們那天的事一句未提，只是很輕鬆地說哪一天希望談談改動小說裡故事的問題。我一直覺得改編劇本應該由尤美達來擔任，因為她曾為她哥哥寫過不少劇本，而且也比較容易與陸眉娜直接討論。我當時就這樣回尤美達一封信，最後我更堅決地拜託她為我注意合適的房子。

但是我的房子倒解決得意外的順利了，那就是第二天我同了多賽雷去拜訪他的朋友帕亭西的時候。

我原以為多賽雷的那位音樂家朋友，是一個同我年齡相仿的人。但當我隨多賽雷走進碧綠的柵門，穿過小小的園地，上了幾級階梯以後，從棕色的門裡來迎接我們的竟是一個蓄著很長鬍子的老年人。他的鬍子已經灰白，面色可很紅潤。他並不矮，但有點屈背，精神矍鑠，目光灼灼有神。他穿一件敝舊的麻布西裝，一隻手拿著煙斗，用很愉快的笑容歡迎我們，多賽雷為我介紹：

「這位就是帕亭西教授。」

帕亭西伸出粗壯的手同我握手，說他已經很多次聽多賽雷談到我了，於是很熱誠地邀我們到裡面去。裡面原來一間寬大的工作室，西窗下放著一架很大的鋼琴，東面放著一套沙發與一隻低而寬闊的茶桌，上面放著一瓶花。房間中間很空，靠牆還放著一些裝在盒子裡的樂器，他就招呼我在茶桌的周圍坐了。

在談話中，我知道帕亭西是從東歐來的，到東方已有三十多年，他寫過不少帶東方色彩的樂曲，有許多學生跟他學唱，現在香港社會上大部分歌唱家都出自他的門下。他是一個非常淡泊寧靜的音樂家，他似乎對於東方文化特別有興趣，他同我一直談東方的文化哲學與思想。我馬上被他的風度與人格所吸引。我發現他有一顆很容易被人接近的樸素單純的心，所以沒有多久，我就可以很不拘束了。

我們在他那裡坐了兩個鐘頭，在他那裡吃了茶，後來不知怎麼偶爾談到我要搬家的事情，帕亭西很熱心地告訴我，他認識一家分租房子的家庭，房主是一個寡婦，與他很熟，位址就離他那裡不遠，他說馬上可以帶我去看看。

於是我們就從帕哥西的家出來，那時正是黃昏的時候，我們順著清靜的馬路走過去。我們走了十幾家人家，轉彎了又走了十幾步，我就看見了一個很大的林園，園子裡有許多高大的樹木，樹林中隱藏著一所三層樓灰色古舊的洋房，陽光照著樹林，樹影投在房子上，更顯得這房子的古老了。

「就在這裡，房東是蘭姆太太，所以叫做蘭姆公寓。」帕亭西說著就帶我們進去，為我們介紹了蘭姆太太。蘭姆太太是一個胖胖的壯健的婦人，人很和善，她帶我看了二層樓一間有陽臺的房間。房子雖老，但房間剛剛粉刷過。地板已舊，裂痕很多，但用地蠟打得非常滑亮。家具都是舊式的，但還整齊，她於是又帶我去看餐室與會客室都顯得很乾淨合用。

房子同人一樣，誰喜歡不喜歡似乎都靠一種機緣。這間房間竟同帕亭西教授一樣，它使我有一種樸素單純容易接近的感覺，似乎正合我當時許多複雜的心境，我沒有猶疑就決定了。我約定於下星期一搬來。

因為帕亭西教授的關係，我看到了那房子，而後來我就搬來。這使我與帕亭西有很近的交往，我不知道這是偶然還是命運，我的生命以後就在這平凡而偶然的際遇中起了意想不到的波瀾。

二十三

我很怕我的遷居會使薩第美娜太太不高興。第二天，我知道她在書房裡，我就敲門進去，她穿一件深灰色的寬大的衣裳，在看報紙。看我進來了，她很高興地歡迎我。我沒有就坐，就站在她桌子前面告訴她我要遷居的意思。她開始表示非常驚異，看了我一眼，想了一會，於是惱怒地說：

「你是不是不打算寫這傳記了。」

「不。」我說：「相反地，我想搬出了這裡，我才能重新想像，我就會把以前寫的重新寫過，寫好了我拿給你看。」薩第美娜太太沉默了好一會，她用低沉的語氣又說：

「那麼你住在這裡有什麼不好呢？」

「你知道這裡永遠有林明默在影響我的情感與心緒，我覺得我只有離開這裡或許可以忘去她。」

「你以為嗎？」她顫動著她鬆弛的面頰笑著說。

「至少我要努力這樣做。」我說：「其次，如果我想你的傳記寫得好，我應當作我自己的藝術一樣來做，如果當作我的職業，那麼就很難有藝術的靈感。」

「但是我正想給你一種靈感。」

「你是說……」

「我要讓你看看過去的我。」她用異常的眼光看我一眼說。

「妳是說妳的小姐要回來了？」

「你不要問，明天早晨我帶你去看我祕密，但這是一個祕密，你必須答應我你保守這個祕密。你答應嗎？」

「自然，我可以不告訴任何人。」

「而且，你也不許再去那個我帶你去的地方。」

「這是什麼地方呢？」

「你不要管，總之是一個你不會走到的地方，你不許再去，也不許帶別人去。」

「為什麼呢？」我開始覺得她的話有點可笑，我說：「為什麼你以為我要帶別人到你帶我去的地方呢？」

「你自然會知道，」薩第美娜太太嚴肅地說：「現在你只要應許我，除了我要你看的以外，你要把整個事情都忘記，好像沒有這件事情一樣。」

「我自然可以允許。」

「但是我要你發誓。」她嚴肅說，目光炯炯地望著我。

「發誓，你相信發誓？」

她沒有作聲，只是點點頭。她身上披著寬大的衣服坐在那裡，衣袖裡伸出乾瘦的手指。我看她手指上兩隻炫目的寶石指環，兩手撥動著。一瞬間她給我的印象是一個有魔力的巫女。

「我自然可以發誓。」我輕易隨便地說。

「那麼你把手放在我手上。」她嚴肅地說。

我於是伸出我的右手放在她的交叉著的乾瘦的手指上，我摸到她一隻很大的指環。她的手指有點顫抖，她炯炯的目光望著我。我就發誓說：

「如果我違背了我的諾言，我不得善終。」

我說完了縮回手，她也就很滿意地恢復了比較和悅的態度，她靠倒在椅背上說：

「那麼明天早晨三點鐘……」

「三點鐘？」我說：「你是說天沒有亮的時候？」

「是的，三點鐘，你準備好了在樓下等我。」

「好吧。」我說。

我離開了薩第美娜太太，心裡就狐疑起來。三點鐘，她要帶我去看她過去的情人，由她情人對我證明她年輕時的美麗？也許在一奇怪的地方，還保留著她過去的照相與畫像？要不，也許是帶我去看她的女兒，也許她的女兒根本就在這裡，她不願意別人知道她，也許她們有一種不可告人的仇隙，所以不相往還。

這是一個謎，我雖然知道要揭穿這個謎底，必須等到明天，但是我還是禁不住不斷地猜想。

我回到我自己的房間，開始想檢點一些我搬家前應當清理的東西，但不知怎麼，我對於這整個的環境開始留戀起來，我忽然後悔我太快作這個搬家決定。事實上我離開薩第美娜太太的家也就是離開林明默。離開了林明默以後，如果真的可以完全忘記她當然是好的，如果還是不能忘記她，那時候連想看她一眼都不可能，那麼是不是我會比住在這裡更苦呢？

想到這裡，我感到一種說不出的悵惘。我放下一切，撥好鬧鐘，在床上，我覺得無以自慰。突然，我想到這些日子來竟沒有機會同林明默談話，她似乎永遠是非常獨立靜默莊嚴地在過著淡泊寧靜的生活。我想到她應當知道我在注意她，我在愛她，但是她始終沒有把它當作一件可關心的事，自從那天到Little Foot以後，她幾乎沒有同我談過話。現在當我已經決定了搬家，我覺得我應該勇敢地去同她道別，勇敢地告訴她我在愛她，勇敢地告訴她，我的搬家主要的是逃避她的威脅，勇敢地對她祝福。

自然，我的決定並不能使我馬上就做。過了一些時候，我的想法又改變了。我覺得我的搬家既然是對林明默一種逃避，那麼為什麼還要再去見她呢？我已經是一個失去了半顆心的人，一次的教訓難道還不夠？我既然決定搬家。就悄悄地離開這裡算了。我是一個陌生人，到這裡的際遇已不算壞，我應當好好努力，安詳愉快地創造一個新生活，正如帕亭西教授一樣才對。

但是，這時候我忽然看到窗口那顆星——那顆始終代表林明默的星斗，我開始覺得不安起來，好像它是在用多情的光芒，勸我不要搬家似的。我注視著它，一時間竟感到無從擺脫它的束縛。我不知道我為什麼是這樣懦弱。我正如一隻飛蛾，始終跟著一個固定的燈火飛撲而不知道其他的光亮。

最後，我終於避開了對它的注視，我看到天空上無數的星星，我聊以解嘲似的責罰自己的偏狹，為什麼我不能像蒼鷹似的到處飛翔，而要像飛蛾似的拘於一點燈光呢？於是我望著整個天空上星星與那些飄蕩的雲瓣，我就在飄蕩的雲瓣前開始入睡。

我在模糊的夢境中顛簸，時間像是與現世一致，醒來竟比鬧鐘還早，再想入睡已經是不可能了。估據我心靈的是薩第美娜太太約會的問題，她究竟懷著什麼樣的祕密，而要帶我到什麼地方去呢？

毫沒有理由的，我一時竟想像她是帶我去看她女兒——一個無比美麗的小姐，是薩第美娜太太所妒忌與所愛的人。

她要我在這個屬於她的典型之中，來想像她傳記中的人物，以代替了我無可變易的林明默的印象。

但是這是可能的麼？也許有可能，但只有在我心靈完全脫離林明默以後，我似乎才有自由來重新創作，而我的遷居也許是一個真正的開始。

那麼，讓我儘快地搬家吧，這窗口的星粒仍是亮著，我越注意它越覺得它一直盯著我。這生活是多麼可怕呢？

鬧鐘響了，我急忙起床，盥洗後，我匆匆下樓。

全身黑衣的薩第美娜太太已經在那裡等我了。她像是一個幽靈，一個可怕而緘默的幽靈，

她要帶我到哪裡去呢？

墳墓嗎？

二十四

薩第美娜太太沒有說一句話，她莊嚴肅穆，像是送葬一樣的沉默，朝聖一樣的虔誠。看來她同司機早就安排好了，我們一進車廂，車子就發動起來。

夜色朦朧，車廂裡更是漆黑，車子在兩行街樹間駛行，有灰白的光線從樹林隙縫中透到車內。在車身的震盪中，這光線在薩第美娜太太衣襟上畫著奇怪的花紋。

起初我感到煩悶，接著我開始焦躁，我從袋裡摸出紙煙，把煙盒遞給薩第美娜太太，她不要。於是我燃起紙煙，藉著打火機的光亮，我偷看薩第美娜太太臉上的表情。我發覺她並沒有看我，只是凝視著空虛，好像在想什麼。在車身的震盪中，她的面紗同臉上鬆弛的皮膚也在顫動。我吐了一口煙，不耐煩地說：

「路很遠嗎？」

「你可以好好兒打一個瞌睡。」她忽然收斂了她遙望著的眼光，身子靠到椅背，閉上眼睛睡起來。

「你到底要帶我上哪裡去呢？」

許久，她沒有理我。於是，似乎開玩笑地歎了一口氣，她說：

「帶你到遙遠遙遠的過去。」

一瞬間，我想到我昨夜所想的是不會錯了，她一定要讓我去看看她的女兒；她的女兒一定被她擱置在一個山鄉裡。我相信這個永遠活在過去的太太一定有一段奇怪的經歷，而這裡面包括著許多的故事。我好奇地希望她會像叫我寫傳記時候一樣地興奮起來，我說：

「假如我對你的傳記先寫你養女兒以後的生命，也許比較可以……」

「不要談傳記的事情，好不好？」她打斷我的話說：「現在我不希望你談這些。」

「那麼，讓我們談點別的吧。」我吐了一口煙說：「老實說，我有點不耐煩，究竟我們上哪兒去？是幹什麼去呢？」

「到時候你就知道了。」她說：「安靜些，我還想在這車上養養神呢。」

我不再說什麼，熄了煙，看看車外的景色。

車子似乎正順著海邊的公路前駛，忽而轉入山坡，忽而彎向海灘，不時可看到海水白色的反光。天尚未亮，高聳的樹梢上還閃著疲倦了的星星。

我想到了林明默，我想在紊亂的星星中尋覓那代表林明默的一顆，而車子忽然在一條坡路上轉彎了。我靠緊車座，看看錶已經四點一刻，我感到說不出的渺茫，斜靠在車座上休息一下；但是當我看到薩第美娜太太的黑色衣裙，我忽然想到假如靠在那車角的人是林明默，那將是怎麼樣一個情境呢？旅行？私奔？或者是我把她帶到……

好像我是一個流浪者，走得非常疲乏，倒在一條山邊的路上；我心裡明知道這不是睡處，但我竟無法起來。於是我聽到汽車的喇叭聲，這聲音越來越近，我想避開，偏無法移動，我想呼喊，偏喊不出聲音。看來汽車已經駛到我的身邊，我非常焦急，最後好像車子停下來了，就停在我的身邊。車裡出來一個人，一個全身黑衣的女人，我忽然想到是薩第美娜太太，想張眼細認，可是只看到波動的衣裙，於是這個女人忽然叫起來了，她說：

「啊，是你，你原來死在這裡？」

這聲音使我吃驚了，原來是我舊時的愛人，因我到歐洲去而使我失戀的女人。我正想拉她的衣裙說些什麼時，可是怎麼也提不起手，怎麼也說不出話，只聽見她說：

「把他推到山邊吧，我們車子可以開過去。」

於是我感到車子在我身邊擦過去，我極力叫喊，但喊不出聲音，我還極力掙扎著要起來。可是一點也用不出勁。就在這樣掙扎中，我聽見有人在叫我：

「醒醒吧，快到了。」

我朦朧地醒來，感覺我已經從車座滑下，是薩第美娜太太在推我。

我很慚愧，掙扎著坐起來，這時我看到車中透進來了乳白色的光芒，我也聽到新鮮的晨鳥的啼聲。我注意車外，看車子正在山道上駛行，四周是蔥蘢的樹林。我理了一下頭髮，重新正襟坐起，抽起一支菸，我說：

「快到了嗎？」

薩第美娜太太沒有作聲，我開始意識到車子在山道上盤旋，開始下坡了。

大概在我抽完一支菸以後沒有多久，車子慢了下來。最後車子就停了。

「現在到了。」薩第美娜太太說。

接著我們就下了車子。

原來車子停在山腰的公路上。左面是山，右面坡下灌木中隱約地有一點房子，再遠望則是一個海灣，海上正蒙著霧，隱約中還亮著漁船的燈火。

天剛剛發白，疲倦了的星星像是疏疏落落的白點。有飛鳥在我們頭上掠過。下面的村落沒有一點燈光，除了一叢兩叢的樹林外，滿目是死沉沉的一片黃灰。

「我們從這裡走下去。」薩第美娜太太指著下坡的山徑。不知從哪裡來的，她已經支著一根手杖。

我先還以為司機會陪我們一同下去的，但薩第美娜太太並沒有這個意思。她叫我走在前面，於是我們就從小徑走下坡來。

路並不難走，兩旁有一些灌木，都不美麗。天色還暗，我們必須注意腳下的路。大概十分鐘工夫，我們走到坡底，於是我轉入了一個村落，那裡房子是低矮的，但都是磚房，也還乾淨。

這時候，薩第美娜太太已經走在我的前面，我跟著她。她似乎很認識路徑，轉過一個彎，又轉過一個彎，於是到了一塊空地，前面是一所灰色的房子。她走到屋前，用手杖敲敲高高地在我頭上的一個窗板。窗子很快就開了，一個少女的聲音問了一句，薩第美娜太太回答一句，最後那個門開了。我跟著薩第美娜太太進去，裡面一間廳房，但是堆滿了雜物，一張方桌上放著一盞油燈，我從這微弱的光亮下看到那個少女的面容。她有很甜美的臉型，堆著天真的傻笑，露出一列白色的前齒，眼睛的光亮篡奪了桌上的燈光，穿一件下垂的長衣，但是赤著棕色的腳。

「她不會是薩第美娜太太的女兒吧？」我忽然狐疑地這樣自問。

薩第美娜太太在同她答話，我卻不懂她們說些什麼。於是那位少女就拿著燈領我們到右邊。這時候，我才看到那面是掛著一幅非常奇怪圖案的觸目的幕幔，不等我細認，那位少女就掀起幕幔，叫我們進去。

裡面是一間圍著黑色布幔的圓型房間，房頂是尖型的，沒有天花板，正中間開了一個井口似的方窗，那裡透進了已亮的天色的一縷光線。此外四周都是黑幔，再沒有其他的窗戶了。我們進口處的幔幕這時已經垂下，裡面已是一片漆黑。那個少女並沒有跟我們進來，房中只剩了我同薩第美娜太太。在整個黑色的幕幔圍城中，薩第美娜太太穿著全身黑色的衣服，幾乎是像一個隨時可以隱身的幽靈一樣，而我所穿的淺黃的衣服，顯得非常的不調和。

房中什麼都沒有，除了正對著井口似的天窗下的一個圓臺。

這個圓臺前面有幾階小梯可以上去，正面有一個很大的座位，沿著這座位的背圍著欄杆，好像是專為人站的，在這圓臺的中間，放著一個長方形的大概有兩尺長的罩有黑布的東西。

我在房內流覽時，薩第美娜太太招呼我坐在走上圓臺去的階梯上面，她以後也沒有說別的，我的心非常不安。究竟這是什麼地方？為什麼要帶我來這個地方呢？這是我極想知道的問題。但是我知道問是沒有用的，在這樣肅穆的空氣中，我也只好靜默著。

大概隔了十分鐘工夫，就在我們進來的幕幌前，出現了一個紅色的影子。薩第美娜太太站起來，我也跟著站起。這時候我才看出那是一個中等身材的婦人，她披了一件寬大的披肩，黑棕色的臉上閃出發亮的眼睛，我想她大概是印度或者是吉普賽的女人。她過來同薩第美娜太太招呼，於是薩第美娜太太同我介紹了。她很慈祥地對我笑笑，從紅色披肩中伸出手對我作一個合十禮，我看到她胖胖的手上戴著至少有五六個指環。接著她拉著薩第美娜太太過去，很低聲地大概交談了五分鐘，我自然無法聽見什麼。最後那位身穿紅色披肩的婦人，就從我們坐過的階梯走上圓臺，她很莊嚴地坐在正面寬大的椅上，從後面拉起連在披肩上的帽子蓋到頭上，兩手合十，閉起眼睛。我跟著薩第美娜太太走上圓臺，依著薩第美娜太太的指點，我站在那把座椅的右首，她站在座椅的左手。這時我悟到坐在上面的婦人一定是一個巫女了，但是我不知道薩第美娜太太到底要她玩什麼把戲給我看。我看薩第美娜太太站在那裡，低著頭，像是很虔誠的在默禱什麼，我也就把頭低下來。我注意到一個長方形的家具，像是一隻匣子，原來那黑色的套子是絲絨的。想來裡面一定是很珍貴的東西了。

就在我好奇地猜度的時候，座上的巫女忽然念念有詞地舉起雙手，於是慢慢地放在那黑絲絨的套子上，她輕輕地掀起那個黑絲絨的套子。我眼前一亮，發現裡面是一隻全部水晶的棺材。我一時非常驚惶，但那位巫女忽然對我說一句我不懂的話，薩第美娜太太翻譯著複述了一遍，她說：

「不要動，全神全意凝視著這個棺材。」

我服從著凝視那水晶的棺材，但是我始終沒有知道這棺材是一整塊的水晶呢？還是棺材裡面是空心的？

我所見到的只是一塊晶瑩的透明的物體，我很想摸摸它，但是我不敢造次，而我看到了那兩隻戴著許多寶石指環的手在撫摸了。她撫了一會，最後拿了薩第美娜太太的手放在棺材左端的兩角，又拿我的手放在棺材右端的兩角，我覺到這水晶棺材非常陰冷。這時我用一個較好的姿勢去凝視那個棺材，於是，我聽到那巫女又在念念有詞，聲音好像是非常痛苦。

就在這痛苦的聲音中，我看到棺材裡起了微微的波動，接著是小小的泡沫，正像是鍋裡的水快沸滾時候一樣。

不一會，這些珠子中忽然有一顆幻現了紅色，接著又有一顆幻現了藍色，於是綠色、紫色、黃色……各種各樣濃濃淡淡顏色的珠球都出現了，它們流動得也越來越快，繽紛燦爛之中，我開始有點眼花繚亂。就在這時候，忽然發現這些五彩的小珠球一顆顆破裂起來，流出帶色的煙霧，而種種顏色的煙霧，濃濃淡淡在那裡運行，這景象非常絢麗，我已經忘去了我是在什麼地方，像是在高山上凝視日出的奇景一樣。

這時，我忽然發現在五彩奇景的後面，出現了一個淡淡的龐大的黑影。這黑影也是像煙一樣地浮起來，好像是從千萬里以外飛過來的一樣，它逐漸地接近了我，也逐漸地濃起來。最後我發現它原來是個人影，等人影清楚起來，我看出那是一個穿著黑色衣服的女人，於是，我吃驚了。

她竟是薩第美娜太太！

我相信我當時神志並沒有昏迷，但是我竟沒有抬起頭看看站在我對面的人，或者甚至看看扶在我對角棺材的手。我好像已經全神被吸在棺材的幻象似的，這幻象如今已變成一個活人，她在五彩的氤氳中飄蕩，而這層層的氤氳忽濃忽淡，在它濃的時候很模糊，在它淡的時候人影又顯露了。這活像是雲層裡的月亮，在雲層推移之中，我看到時隱時現的人影。但慢慢地我發現在這一濃一淡之中，可看出薩第美娜的人影有一種奇怪的變化。我發現她年輕起來，她的眼睛開始有光，身軀開始有風致，於是臉上下垂的肌肉逐漸地上縮，一次一次被五彩的氤氳掩去，一次一次顯露了青春的再生。最後……最後我逐漸地不相信自己的眼睛，浮在氤氳後的竟是一個無比光彩的絕色的仙女，黑色的衣服在她身上竟飄逸得像銀翅，襯托她晶瑩的皮膚像玉琢一般的光潤。瞬間，好像這氤氳稀淡下去，於是就再無任何的間隔，那絕色的仙女似乎就在我伸手可以接觸的距離。她像是在雲霧中上升，頸項的線條柔美如雲彩，眼睛閃出純潔無邪的光芒，唇間露著頑皮的微笑……但是她並未啟齒，她的視線從渺茫的注視中看到我的眼睛，於是又轉向他處。就在這時候，我看見一顆紅色的圓珠又從她身後浮起，於是各種顏色的小珠，竟像肥皂泡沫一般地湧來，綠的，紫的，黃的，深色與淺色，濃濁與透明，於是沸動出繽紛燦爛的珠球，間隔了我與這個絕色的仙女的距離。

接著。這些泡沫又破裂成五彩的氤氳，一層一層地擁簇，我忽然發覺這美麗的人影已經模糊，時隱時現地慢慢離我遠去。接著這人影已在一隱一現中老了起來，最後成了一個巨大的黑影，從遙遠的地方像雲一般地駛近我，而我就看到她越變越小，越小但越清楚浮在我的眼前，我發覺她已經老了，她已經是薩第美娜太太，清清楚楚地躺在棺材裡面……

這時候，就在這時候，我忽然聽到一聲深深的歎息，我恍然醒悟我是站在一口水晶棺材的邊緣，兩手也感覺到就是扶在這棺材的兩角，於是我意識著去注意扶著那棺材對角的手。就在我的視線浮起來到棺材的外面時候，我發覺這水晶棺材忽然晃了一下，等我再去看棺材中薩第美娜太太的影子時候，她已經消失。變化萬端的棺材只是一塊晶瑩光滑的水晶，我看到兩隻戴滿寶石指環的手在棺材上面撫摸，最後它推開了我的手，一塊黑絲絨的套子就蓋下來。就在這時候，我抬起頭來，我發覺了天窗上投下來的光線已經很亮。

那位披著紅披肩的巫女像是很疲乏，剛才的笑容已不再見，她非常莊嚴地站起來。薩第美娜太太很嚴肅，沒有看我，也沒有說話，她拿出手帕揩揩眼睛，就走下圓臺。那紅衣的巫女又重新拉整棺材上黑絲絨的套子，跟著走下去。她走在前面，薩第美娜太太跟著，我也就靜靜悄悄跟著她們走出了黑色的幕帷。

走到外面，我才聽到那位巫女同薩第美娜說話，好像薩第美娜太太在給她一疊鈔票。她收了錢，才同我招呼，我重新看見她疲乏的臉上浮起了笑容。她從紅色的披肩中對我們行一個合十禮，就曳著寬大的紅衣離開了我們。於是剛才為我們開門的小姑娘又出現了，她好像在招呼我們再坐一會，但我們沒有再坐，就告辭出來。

外面的陽光已經照亮了這個山谷，我看錶，知道已是八點二十分了。

二十五

「時間！時間！」當汽車在路上行駛的時候，薩第美娜太太感慨地說。我沒有作聲，望著窗外移動的樹林，好像如夢初醒一般的感覺著渺茫。

「如今，」薩第美娜太太忽然對我說：「想你應當對你傳記工作有一種新的想像了。」

傳記，對的！我竟完全把它忘記了。我完全沒有想到今天來此的目的，我也沒有意識到我所見到魔術是什麼一個意義。我也似乎並沒有想到對於這神怪的魔術有什麼解釋。我說：

「是的，那傳記……是的，我覺得我應當根本重新寫過了。」我呆木地說。

「你似乎還沒有清醒。」薩第美娜太太看我呆木的情形，她說：「你對剛才所見到的不覺得神奇嗎？」

「我不解。」我說。但是我馬上想到，為什麼不請那個女巫看看我的未來呢？究竟我的老年時將是怎樣呢？

「我只想請你看看我的過去的模樣。」她說。

「那麼，」我說：「假如我想看看我的將來也辦得到麼？」

「自然。」薩第美娜太太露出世故的微笑說：「但如果你知道將來的你，你現在活著還有什麼意義呢？」

「也許。」我想了一想又說：「如果我可以知道將會發生或碰到的事變，那不是成為一種先知了麼？」

「你知道剛才你也已經看到我一生的遭遇了。」

「我？」

「那些各種的顏色的圓球與雲霧，都是象徵我的際遇的。」

「真的？可是你並沒有早告訴我。」

「告訴你，我想也沒有用，你不會懂。」薩第美娜太太說：「因為這是我的過去，只有我自己知道。」

「那麼巫女難道也不知道？」

「她不會知道，但是她是有解釋的。」她說：「過去既然是我的，我自然知道的比她多，所以不用她解釋。如果你要看將來，你完全不知道，那就要靠她解釋了。但是她的解釋也不完全正確，只有在事情發生以後，你才會完全明白哪一顆球珠，或哪一個顏色是象徵什麼樣的命運。」

「啊，真的？那麼哪一天我可以再來一次呢？我倒要看看我的未來。」

「年輕人，你的將來在你自己的手中。即使你看到這些象徵，解釋還不是你自己的創造。」

「但是，那裡所啟示的不就是命運嗎？」

「命運，不錯，但是命運本身也許也只是一種象徵，而解釋這象徵還是靠你的行為的。」

薩第美娜太太這句話給我很深的印象，一個人的行為也許真只是命運的解釋，而命運只是幾色運行的小球的綜錯，一切的圖案不過是偶然的組合。

我有感於自己飄忽的一生，一時我不再說什麼，但是薩第美娜太太忽然說：

「可是有一件事情是不變的，時間在推動人生，每個青年人都要老去，也都要死亡。」

「那麼，薩第美娜太太，恕我這樣想，」我說：「既然如此，我們似乎不必太留戀於已逝的過去了。」

「這因為是人！」她歎一口氣說：「我的一生，現在都已過去了，所以我要在我的傳記裡復活我的過去。」

我不知道該怎麼回答薩第美娜太太，我覺得她是一個活在過去的生命，只有復活過去，她才能支持現在，而剛才的魔術正是她一種安慰，可是也使她在看了以後起了說不出的悲哀。

但是人只能在魔術中，藝術中，或是傳記裡使過去復活，而過去究竟是永遠過去了。

汽車在曲折的山路中盤旋，陽光下一切景物都在移動；這使我想到了一個人的生活也許就像是在盤旋的汽車，而命運則是移動的景物；但也可以說命運是盤旋的汽車，生活則是移動的景物。這兩者孰是孰非，我無從解答，不過如果前者是對的，那麼，曲折的山路正是命運的一部分；如果後者是對的，那麼曲折的山路則是生活傳統的軌道。但無論它是命運的軌道或是生活的軌道，我們對於前面總一無把握，人生是多麼渺茫呢！

「你在想什麼？」薩第美娜太太忽然說：「還在想剛才所見的幻象嗎？」
「不，不。」我說。
「記住，你曾經發過誓，你決不會再到這地方來的。」
「是的。」
「這是為你著想。」她忽然說：「一切對於命運的迷信都是於你的前途有害，於你工作有損的。」
我沒有回答。剛才繽紛的印象仍在我眼前盤旋，我也說不出在想什麼，像是初從夢中醒來而未能與現實適應一樣。實際上，因睡眠的過少與情緒的緊張，我已經非常疲倦了。
我閉了眼睛。
但是我並沒有入睡。我不知不覺從繽紛的印象中浮起了剛才所見的年輕的薩第美娜太太，她的飄逸、她的輕盈、她的無邪的態度與她在繽紛色彩之中自然的風韻。但不知怎樣，我的回憶使我看到了她內心的空虛。我發覺我剛才的確是被她的美麗所眩惑了，我所看到的只是她的美麗。
如今我則在印象之中看到她某種不愉快的內心。如果說她當初所過燦爛熱鬧的生活，並不是她想過的，那麼她所企求的是什麼呢？
在薩第美娜太太告訴我的過去事實中，她只是一群追求她的男人的偶像。為那群男人對她的歌頌，使她不知所以，她在優越燦爛的環境中輕易地消磨著日子，她的可能發展的才賦就永無機會磨煉。也許就是這些使她覺得她在最燦爛生活中並沒有把握到什麼吧！

在她換一個姿態坐的時候，我開始發問了。我說：

「薩第美娜太太，妳在妳年輕燦爛的日子中，是不是仍是對於生活感到一種空虛呢？因為我在剛才所見的印象中，發覺應當是如此的。」

她點點頭，沉思了一下，忽然說：

「我想是的。這因為當時我是多麼想成一個音樂家呀！我總覺得我應該離開當時的環境，到陌生的地方去讀書。而我竟被生活拖延著，這使我總是意識著我還需要些什麼……」

「那麼現在呢？現在妳覺得當時的生活是虛擲了嗎？」

她忽然笑了，在乾燥的笑容中，她像自語似的說：

「就因為我時時感到這種空虛，所以我的脾氣很不好，現在我的世故倒使我覺得我沒有盡情享受那時的生活為可惜了。」

「但是妳為什麼不儘量享受現在的生活呢？」

「現在，現在我還有什麼生活？」

我開始悟到，即使在她年輕時代，她也是想挽回她的過去。她摸索著去年或昨天，永遠計算著過去生活中漏掉些什麼，但是她竟遺漏了現在。我在腦中重新思索我所寫的她的傳記，我發覺許多事實中都證明我這個設想，我一時竟對這個傳記的寫作有一種自信了。

我沒有說什麼，因為我看她已很疲倦；我希望我有機會可以同她談談，我覺得她想寫一部自傳是多麼沒有意義呀！

我如今想到她年輕時候決不是這樣天真的，一個人年輕時太有思想，到年老時也許就顯得天真了。

車子在山坡上盤旋，窗外的景色模糊地在我眼前飛越，像有一種催眠的力量似的，使我重新感到疲乏。

我靠到座背，重新閉上了眼睛。

二十六

回家我睡了一個上午，午飯時下樓，在走廊上會見林明默，她忽然親切地問我：

「鄭先生，你要搬家了？」

我愣了一下，她怎麼知道我要搬家呢？

「是薩第美娜太太告訴妳的？」我問。

「你還不願意我知道嗎？」她露出一個很奇怪的笑容說。

「我正想自己告訴妳呢。」我說：「妳以為我搬出去好嗎？」

「自然，」她說：「我想你一定也覺得這個房子不適宜於你住的。」

「這個房子？」

「可不是？」她說：「它好像只是適合於對人生厭倦了的人住的。」

「那麼你，像你這樣年輕，難道說也對人生厭倦了嗎？」

「啊，也許是我說錯了。」她嘴角露出淡淡的笑容，避開了我的視線說：「這樣灰色的房子，也許只有飽經人生想躲避現實的人會喜歡來住，可是住在裡面，他就永不會振作，反而對於人生越來越厭倦。」

一瞬間，我好像被她提醒了一下。我始終感到，但沒有發現的事實。這房子真是一個空洞世界，住的人太少，空氣太陰沉，交通又不便，往往整天沒有一點聲音。薩第美娜太太雖想儘量運用這房子，但能用到的也只是很小的一角，除了第一次我在園遊會覺得這房子是人住的以外，以後只覺它不是屬於人的了。倒是我們這幾個人在點綴這房子，像是過了時的古舊的家具在點綴這房間一樣。當時我說：

「那麼妳為什麼不想搬呢？」

「我，我想我也不會長住下去的。」她掠了一下頭髮，低歎一聲。

就在這時候多賽雷同薩第美娜太太出來，我們就到飯廳去了。

在用餐時，我猛然想到林明默今天同我談話的態度跟以前很不同，這是第一次同我有比較自然與親切的談話，是不是她因為我要搬家，以後會很少會面呢？還是因為她一直想搬，而為別種原因而一時還不可能呢？

飯後，我寫了一封信給尤美達，告訴她我搬家的日期，這是她每次來信都詢問到的。

我要奠定自己的生活，我要努力寫作，要同世界接觸，我要接受一切上蒼給我的機會，於是我又想到了尤美達為我在改編劇本的事情了。

一瞬間，我開始對自己很有自信，我還相信自己可以很快地把薩第美娜太太的傳記交卷，我就在這樣樂觀的情緒中開始清理我的書籍與雜物，整整一下午我在我的房間，一直到晚餐我才走下去。

那天晚上我與多賽雷談到很晚，到十二點才就寢。

醒來已是九時。

早餐時林明默沒有下來。我正想到不知對她該說些什麼，她不下來倒解決了一個問題。我托薩第美娜太太為我轉知別意，我于飯後就向薩第美娜太太告辭了。

多賽雷幫我搬進了蘭姆太太的公寓。

二十七

如今我已經搬進蘭姆公寓裡了，生活開始有新的安排。在第一個星期裡，我一直沒有到市區去，除了附近散步或到帕亭西家裡外，我很少出門。蘭姆公寓裡的房客都是獨身漢，好像都是早出晚歸，彼此只是簡單的招呼，沒有什麼交往。我算是一個最閒的人了。

帕亭西教授偕多賽雷於我搬後第二天來看我，邀我到他家晚飯。以後好多次多賽雷於下午來找我，總是到帕亭西教授家裡吃茶。茶座上我會見到許多帕亭西的學生。

這是另外一個世界。我雖尚不能成為他們的一員，但他們並沒有當我是外人。

我已經決心把薩第美娜太太的傳記整理起來。我想全部重新寫過，但只寫到青年時代為止。我決定全部寫好後再讓薩第美娜太太去看。

一切事情都很順利。我雖然還是常常想念林明默，每當我夜裡從樹林中看到天空上的星星時，也免不了要去找代表林明默的一顆，但是，因為她已不是我每天可以碰到，我覺得她離我竟是那顆星的一樣的遙遠了。而我所重寫的傳記，我極力追尋那巫女棺材裡所呈現的印象，逐漸擺脫了林明默印象的威脅。

尤美達曾經來一封信，她很高興我搬到蘭姆公寓，鼓勵我多努力寫作。我知道當我在重寫薩第美娜太太的傳記的時候，她正在趕編《舞蹈家的拐杖》的電影劇本。但是她信中並沒有提及。

有一天黃昏，當我正寄了一封信給她，散步回家的時候，我突然看到一輛綠色汽車駛到蘭姆公寓來，我並沒有特別注意車裡的人物，但是車裡的人竟叫我了。是尤美達。

尤美達穿著一身墨綠色的衣裳，容光非常煥發。她停了車子，一下車就很親熱地同我握手。我看她左手還提著一匣東西，我就為她接了過來，她說：

「你想不到我來看你吧？」

「我怎麼想得到，」我說：「我剛才寄了一封信給妳。」

「你猜那包是什麼？」她忽然說。

「是吃的？」我說。

「你很聰明，」她笑了笑，她左頰上的黑痣永遠使她的笑容更活潑似的。她拉著我走進公寓，一面說：「但是你還沒有猜著裡面主要的東西。」

「那麼是妳有書要送我了。」

「不，」她說：「我已經把那電影劇本寫好了。」

「寫好了？真的，尤美達？」

「現在只等你看過，旁都就想籌備開拍了。陸眉娜也已答應擔任主角，這都是你的功勞。」

「這都是妳的功勞。」我說。

我本來想招待尤美達在客廳談談，但是尤美達要參觀我的房間，我就帶她上樓。她到了房間裡，用奇怪的眼光看看四周，我說：

「怎麼，妳不喜歡我的房間嗎？」

「我想無論如何你搬出薩第美娜太太的家是對的。那裡的空氣太……啊，我常常感覺到像是一口神祕的棺材。」

「神祕的棺材？」我一時真有點吃驚了，難道尤美達已經知道我同薩第美娜太太去訪那巫女的事情了麼？

「我覺得住在裡面的人都像是幽靈似的！」她笑得很自然，使我知道我的驚奇是多餘的。

「那麼妳以為我也是一個幽靈了。」

「也許搬出來以後，你不會再是幽靈了。」她說：「你沒有理由把你躲起來，你如果預備在這裡生活下去，你應當接觸這個世界，是不？」

「是的，尤美達，我在搬家那一天，就決定照妳那麼做了。」

「真的？」她說：「事實上，我也無法再說《舞蹈家的拐杖》的作者不在香港，外面已經知道你是誰了。」

「妳已經為我在廣播了？」我說。

「不是我，是音樂界的朋友。」

「音樂界的朋友？」我頓然想到那一定是帕亭西教授那裡傳出去的，我說：「也好，等電影開拍以後，我想我的經濟情形也許可以寬裕一點了。」

尤美達這時從她手皮包裡拿出了一張支票，她說：

「這是旁都先付你的一部分錢，等你看了劇本再去簽一個合約。」

「為什麼這樣急呢？」

「我想，你也許需要錢的。」

我謝謝她，寫了一張收條給她。尤美達這時候已經從她的提包裡拿出一包稿子，她把它安放在我的桌上說：

「這是劇本，請你一兩天內就看一遍。有什麼意見提出來，我們再談一談。」

我拿起那劇本翻了翻，但是尤美達阻止了我，她笑著說：

「現在看它幹嗎？我除了這些公事以外，還要帶你到野外去走走呢，這匣裡就是我預備的野餐。」

尤美達處處都顯露她是一個很現實而頭腦清楚的人，這是她的優點，也是她的弱點。我看到清楚明朗的笑容，驟然感到她是多麼缺少林明默所有的一種渺茫與神祕的成分。

當時我收起劇本，提起她的手提包，就同尤美達出來。到外面，我又買了些水果，上了她的車子；我聽憑尤美達駛我到陌生的野外去。

我們從山坡盤旋上去，駛過瑪麗醫院，忽然一個山峰前面展開了一片水塘，塘畔綠樹成蔭，淺草如茵。

「這裡就是我們的目的地了。」尤美達在塘畔停下車子說：「你沒有來過吧？」

「除了尤美達，妳以為還有人會帶我到這個地方來嗎？」

「我想這裡可以作《舞蹈家的拐杖》裡的一個外景。」她說。

我們下了車，在塘畔散步，尤美達似乎對這環境很熟稔。我說：

「你是不是常到這個地方來呢？」

「來過不少次了。」她說著，忽然頑皮地笑一聲，又說：「但這是我第一次單獨同一個人來這裡。」

「真的，那我太光榮了，」我說：「是為可憐我的陌生與孤獨嗎？」

「是為我們《舞蹈家的拐杖》。」

「為什麼妳一直要提《舞蹈家的拐杖》。」

「大概因為我剛把電影劇本脫稿吧！」她說著，忽然停下腳步說：「我們在這裡坐一會。」

尤美達走到塘畔一株樹的殘根上坐下，我也就坐在草地上，水面清澈如鏡，上面映著尤美達清晰的影子，塘邊有碧綠的水藻，在水藻叢中穿遊著許多狹長細小的魚。湖面反映那藍色的天空，同鑲在天空的輕輕的雲片與淡淡的月痕。太陽已經沉在山後，山峰的影子上灑著金光，我順著這金光又回看尤美達，我突然看到了她烏黑的眼睛，她似乎有點感覺，忽然避開我，拾了一塊石子投向水面，平靜的水塘蕩起了波紋，水上的影子也跟著模糊起來。

這裡的世界竟是這樣的寧靜平和，一兩聲飛鳥投林的叫聲以外，好像只是一種空寂，一時大自然的寧靜侵佔了我們的心靈，使我們感到什麼話都是多餘了。

不知隔了多少時候，我取出煙盒。尤美達忽然問我要一支煙，於是我們又談起來，她說：

「你知道方逸傲嗎？」

「不知道，是誰呀？」

「是我哥哥的朋友，他要回家了。」她漫不經心地說。

我不知道尤美達為什麼忽然提到一個我不知道的人，我當時就說：

「那麼當然也是你的朋友？」

「自然。」她很自然地笑著說。

「你忽然提到他是什麼意思呢？」我說：「是不是他是你的情人？或者……」

「啊！」尤美達忽然大笑起來，她說：「你真的不知道嗎？」

「知道什麼？」

「他是林明默的情人，你不知道？」她說：「你住在薩第美娜太太的地方？」

「我真的不知道。」我說。

但不知怎麼，我心裡有一種奇怪的感覺，是妒忌，也是一種慰藉，我說：

「我一直沒有聽林明默講起。我們雖是住在一個地方，但很少談到這些。不過我知道林明默有一個情人，她很想念他。現在他回來了，那麼林明默一定可以快活了。」

「可是聽說方逸傲已經結婚了。」

「結婚了？」我說：「同誰？」

「不知道。」她說：「林明默為他同什麼人都不來往，對他這樣忠實。方逸傲竟負了她，真想不到。」

「林明默知道方逸傲負她嗎？」

「不知道，我是聽我哥哥說的，」她忽然像有感觸似的說：「方逸傲雖是我哥哥很好的朋友，但是對於愛情的看法，並不相同。我哥哥很早就有許多女朋友，方逸傲在香港時好像一直只愛林明默一個人，想不到他也會變心。」

「那麼林明默怎麼辦？」我說著心裡竟非常憐憫林明默起來。

「她太好了。」尤美達忽然感喟似的說：「你最近有看見她嗎？」

「我搬來以後還沒有到那邊去過，不過前些天多賽雷來看我，他並沒有談起什麼。也許她自己都不知道方逸傲負了她吧。」

尤美達半晌沒有說什麼。這時山後的金光已斂，有微風吹來，許多飛鳥都已歸林，湖濱浮起各種的禽鳴。尤美達又投了一塊石子到湖裡，忽然站起來說：

「我有點餓了，我們去吃點東西吧。」

二十八

我們從車廂裡拿出我們的野餐就食，對著湖色，對著黃昏，我們的談話轉到電影和藝術，於是談到了民間故事與傳統的神話，在她晶瑩的眼睛與清澈的智慧中，我沒有再想到她剛才所提到的林明默的事情。我們過了差不多兩小時最愉快的時間。收拾上車，尤美達送我回家時，天已經黑了。

沒有日子可以比這個黃昏更使我快樂，這是尤美達帶給我的，但她也帶給我一種奇怪的痛苦。就在我回家以後，不知怎麼，那淡下去的林明默的印象，竟佔據了我整個的心靈。我希望可以為這林明默的印象做一點什麼。

以我失戀的心情想到了林明默，我有說不出的感觸來同情林明默，她的情形似乎問我是一樣的。

滿天星斗中，我馬上發現代表林明默的星粒，我似乎從那顆星斗中看出林明默的哀怨。尤美達送我到家後，就駛車回去了；我一個人就一直去院中樹林下徘徊，我有無限的同情希望可以為林明默做點什麼。

為林明默的失戀，我又重新翻起我失戀的劃痕。這因為我們的際遇是相同的，也許也因為我們對於愛情有一樣的期待，願意死守著一個誓約求一種崇高的諧和；但是我的愛人在我出國時負了我，林明默的愛人在他出國時負了她，那麼為什麼我的情人不能如林明默一樣的忠實堅貞，而林明默的情人不能如我呢？我曾經恨我的情人，如今我又為了林明默恨她的情人了。我希望我最好沒有機會碰見他。

只有一個有過某種痛苦的人會同情一個在受同樣痛苦的病人，也只有一個有過某種痛苦的人會瞭解同樣病人的痛苦。我不知道林明默是否已經知道了方逸傲離棄她，我一時想急於去看她。我決定於第二天早晨到薩第美娜太太家去。

有了這個決定以後，我回到我自己的房中，我想讀尤美達的《舞蹈家的拐杖》的劇本，但是竟讀不下去。我一直在想林明默，一時間這已死的情灰複熾起來。我覺得，如今正是我對林明默傾訴我的戀慕的時機，也許會因為我們的失戀的同感，而使我們彼此獲得依慰吧。

這是一種奇怪的自私的念頭，但我也馬上想到這樣的愛情不會是真正的愛情。我開始覺得我之所以愛林明默正是她在等待方逸傲的時候，表現在她身上是一種不可接近的高貴與神聖；等這個高貴神聖消逝後，她還是原來的林明默嗎？她已經不能有第一個愛情來愛第二個男人了。

如今我開始有一種原諒那負我的情人的心境來原諒方逸傲了，人在時間與空間中永遠是渺小的，某一種環境會使人產生某種的感覺，一切悲劇不過是偶然的綜錯。方逸傲並沒有看到在期待中的林明默，也可能他的新人對方逸傲有我對於林明默的感覺，而方逸傲只是並不能如林明默一樣的高貴！

一個人在得失之中永遠是自私自利的，但如果瞭解別人所有的到自己手中時，會不會是原來的東西，人就可以比較尊敬別人的所有了。

我很早就寢，但很晚才入睡。我雖仍想明天到薩第美娜太太家去，但是我想，我見到林明默時怕不再是我原來的心境。我願意她還會安詳地生活，無論她知否方逸傲的情變。一瞬間我不但已無不願見方逸傲的想法，而且還想急於會見他。他的解釋也許就是我過去情人的解釋，在廣大的宇宙中，人間的悲劇可能只是渺小的綜錯，正如當我們把視線看到遙遠的海洋時，一顆石子在身邊投海的波紋是多麼渺小呢！

我入睡時，大概是兩點多鐘，九點鐘就醒來了。

我沒有改變昨夜的計畫，十點三刻我就到了薩第美娜太太的府上了。

我離開那裡不過兩星期，但竟像有長遠的暌隔。住在那裡時我不覺得，可是隔了兩星期回來，對這個建築與花園竟感到一種空寂與落寞，雖然一切還是佈置得很好，但竟像是沒有主人的房子一樣。我有一種說不出的感覺，甚至於不相信我曾經在那裡住過。

我本想先找多賽雷談談，但傭人告訴我多賽雷已經出去了。一到裡面，我看到陽臺上正坐著薩第美娜太太，她手裡拿著一本舊雜誌，但並不像有心在閱讀；最後她認出是我，就非常親切地向我招呼。

我過去，同她拉手，她叫我坐下，她說：

「怎麼你一直沒有來，我正想找你。」

「我已經著手重新把傳記寫過，我想索性把青年時代那一部先重寫了，給妳送來。」我想她一定是為傳記要來找我，所以搶著先說了。

「不，不是為這個。」她說：「我要找你，是想告訴你，我的女兒要回來了。」

「妳的女兒要回來了？」我說：「妳不是寫信叫她不要回來嗎？」

「但是……」她歇了一會，忽歎息一聲說：「她已經結婚了，她同她丈夫一同回來。」

「結婚了？」我不經意地問一句。

「你知道同誰結婚嗎？」她興奮地問，但沒有等我回答，她說：「同方逸傲，就是林明默的情人。」

「什麼？是妳的女兒？」我吃了一驚，說：「我聽尤美達說起方逸傲結婚，但不知是同妳女兒。林明默知道了沒有？」

「沒有，我想還沒有人告訴她。不過照她近來的行動，似乎已經知道方逸傲對她變心，但不曉得對象是我的女兒罷了。」

我沒有說什麼，愣了好一會，我才問：

「那麼她們定什麼時候回國呢？」

「不知道，大概總還要幾個月。」

我的思緒一時非常淩亂，不知道該說什麼。薩第美娜太太忽然又說：

「這件事情我也才知道，你說我該告訴林明默嗎？」

「我想現在不必要吧。」

「我怕她對我誤會，以為我早知道我女兒的事而沒有告訴她，實則我還是前幾天才收到信的。她來信從來沒有提到過方逸傲。」

「我想林明默對妳不會有什麼誤會的。」我說：「就算妳知道了不告訴她，也還不是為怕太刺激她。」

「可是他們一回來，事實上就要碰面的。」

「那麼我想由我們想一個辦法叫林明默搬出這裡怎麼樣？」

「她搬家有什麼關係？」薩第美娜太太說：「我女兒回來反正不會住這裡。可是，在這個社會上，怎麼能不碰頭呢？」

我沒有再說什麼，我只是為林明默設想，我覺得林明默應當先知道這事情才好，至少有一個心理上的準備。一瞬間我覺得我應當去告訴她，但是又想到，與其由我告訴她，不如由薩第美娜太太去告訴她。這因為我正在愛她，報告這樣的消息就有幸災樂禍的嫌疑。自然薩第美娜太太也不是頂合適的人，方逸傲的對象既是她的女兒，由她去報告也是更會傷林明默的心。頂好當然是第三者，於是我就想到多賽雷，我想明天同他商量了再說。

薩第美娜太太忽然說：

「我女兒回來，於你傳記的寫作一定可以有許多幫助的。」

在薩第美娜太太的表情中，我看出她內心對她女兒有一種說不出的驕傲，她好像以林明默的失戀為她女兒的勝利，因而在對我這個傾慕林明默的人表示她女兒的優越。

「也許是的。」我隨口回答，心裡可覺得人心真是複雜。在薩第美娜太太的下意識中，我覺得她是諱忌她女兒的，所以她不願意她女兒回來，她女兒的美麗與青春將會象徵她的衰老，但是如今她竟在為她女兒的美麗而驕傲。我說：

「你不是一直不希望她回來嗎？」

「我願意她獨立些，但是如今她嫁人了，她已經長大了。你知道在母親心目中，孩子總是不會長大的。」

在薩第美娜太太說話的當兒，我忽然聽見了有人在唱歌。這歌聲很熟，我聽它竟慢慢地近起來。

……我在期待，從春初期待到冬盡，花落為泥，葉枯成塵，從燦爛到死靜，我在期待……

這是Little Foot的夜總會裡，蘇雅所唱的歌曲，我突然記起。自從同林明默去過那裡以後，我一直沒有去過。我也早忘了蘇雅。難道是林明默在唱麼？可是這聲調與蘇雅的是多麼的相同呢？

於是我看到從右面的叢林中忽然出現了一個女孩子，她穿一件淡灰色的衣裳，裸著腳，腳踏著一雙布鞋。她披著長髮，兩手握著花，一面唱著歌。

「是蘇雅？」我自己問自己說。

「是她。」薩第美娜太太說。

「她怎麼在……」我還沒有說出，蘇雅已經看見了我們。她同薩第美娜太太招呼了一下，像是急於避開我們似的。

「蘇雅。」我站起來叫她，我說：「你不認識我了？」

她愣了一下，臉上浮起了羞澀的笑容。一瞬間我發現她已經不是被總會裡的蘇雅了，她臉上沒有一點脂粉，眼睛也有了自然的光彩。她看了我一會兒，於是變了一個眼光，換了一個親切的笑容，低聲地說：

「我認識你的。」她伸手同我握手，又說：「你好。」

「怎樣，你為林明默採花嗎？」薩第美娜太太說。

「林明默？」我問。

「啊！你不知道！林明默把她帶到這裡來的。」

「林明默？」我奇怪了，於是我問蘇雅：「她在家嗎？」

「她出去了。」蘇雅回答著，望望手上的花，又說：「回頭見，我去插花去。」

「回頭見。」我說，蘇雅奔著就離開了我們。薩第美娜太太沒有等我問她就說：

「林明默雖然不知道我女兒與方逸傲的關係，但是知道方逸傲變心的。她現在變得很奇怪，不知怎麼，她竟那麼喜歡蘇雅，把她帶來住在一起。」

「那麼她沒有太傷心？她的意思是說……」

「也許是失望太厲害了，她的人生觀像是同以前不同了。」

我沒有再說什麼，我雖然沒有碰見林明默，我知道的已經不少，要是同林明默見了面，我也許反而不能知道這些。而且見了她我能說什麼呢？本來我急於想見林明默，現在竟以看不到她為安慰了。我坐了一會兒，就告辭出來。

二十九

我已經讀了尤美達帶給我的《舞蹈家的拐杖》的電影劇本，我很驚奇於尤美達的工作，除了有幾處的對白外，我覺得我沒有什麼意見可貢獻的。只有我們上次爭論的一點，她還是把故事改為女的死去而結束，既然這是電影上的需要，我自然也不必固執我的成見了。

第二天我打電話給尤美達，告訴她我已經讀了她的劇本。她說她正要打電話給我。因為旁都夜裡要請我吃飯，她約我七點鐘在古巴咖啡館相會，同她一起去。

我在七點時到古巴咖啡館，尤美達則於七點半才到來。

她穿一件淺黃色杏花的衣服，容光煥發，我迎著她。她說：

「真對不起，讓你久等了。」

「我在這裡一個人坐一會兒也很好。」我說。

「我掛了電話才想到應該約你到我家裡來接我的。」

「你家離這裡遠嗎？」

「不遠，所以我約你在這裡。」

尤美達坐下後，就問我對劇本的意見，我把我想到的同她說了。她告訴我旁都想很快就拍這戲，所以今夜在水銀飯店請陸眉娜同你吃飯，還請導演葛因先生同他的太太。

我們在八點鐘離開古巴咖啡店到水銀飯店去。

水銀飯店在九龍，是一所很講究的寬大的房子，尤美達告訴我是一所私人別墅改修的，飯廳在三樓。華麗的廳堂前面有一個寬闊的陽臺，陽臺上可遠望海灣。海上閃著繁星與漁火，起伏的海水浮蕩著黑色的島岩。

我們一進去，侍者就指引我們到陽臺上，旁都與陸眉娜已先在。我已經好久沒有會見旁都，他似乎更顯得年輕，非常熱烈地向我招呼。陸眉娜則還是陸眉娜，自從上次我寫了一封信給她以後，她曾經回我一封簡短的信，以後就再沒有聽到她的消息。

就在見她一瞬間，我後悔這許多日子竟沒有同她來往，而她也似乎沒有我們的過去一樣。我也想不起為什麼接到她的簡短的信後沒有再給她寫信，但為林明默而煩惱是最主要的原因吧。

尤美達當時就談到劇本。我看旁都、陸眉娜都非常高興；看上去他們在電影進行中感情已經比以前諧和了。

我們喝了一點酒。導演葛因同夫人到時，我們才到裡面吃飯，飯廳裡有很好的樂隊，我們跳舞，談天，也商談了劇本。那是個非常友好的宴會。

十二點鐘我們離開水銀飯店，分手時旁都約我隨便哪一天到他那裡去簽一個合約，同時他要付清我攝製權的錢。

那晚我回家非常安詳。我感到一種安慰，也是一種希望，我覺得我要由此轉入新生，我決定集中心力先趕完薩第美娜太太的傳記。我沒有去任何地方，除了一個人散散步以外，我幾乎足不出戶。雖然在工作疲倦、凝望天空之時，為那顆代表林明默的星斗而不免想到林明默，但是我相信我是會把她逐漸忘去的。

這樣的生活過了幾天。一天下午，多賽雷來看我。他說他曾經到日本旅行一趟，所以好些天沒有來看我。他問我是否常到帕亭西地方去。我說沒有。他告訴我星期日是帕亭西教授的生日，星期六許多音樂界朋友為他慶祝，星期日晚上在他家有一個晚會，他的許多學生為他舉行一個小小音樂會，他叫我參加。最後他告訴我節目裡還有蘇雅的唱歌。

「蘇雅？」我奇怪了。

「啊！你不知道蘇雅現在和林明默住在一起嗎？」

「我知道，我那天去碰見過她。」我說。

「她現在也跟帕亭西學唱歌，是我介紹的。」

「真的？」

「她很用功，帕亭西說她很有希望呢。」

「是林明默供給她嗎？」我問。

「是的，林明默現在像妹妹一樣地愛護她。」

「這很奇怪。」我說。

「這在你偶然論的人看來是奇怪的事情嗎？」

「也許是你說的『緣』吧。」我說。

我們談了好一會兒，後來又同他到外面散步。在路上，多賽雷忽然說：

「星期日，也許林明默也會來參加晚會的。」

「那麼我不去了。我想送點禮代表我的一點意思好了。」

「為什麼？」多賽雷說：「你還是怕見林明默嗎？」

「或者是的。」我說：「我現在很安寧，我怕見了她又會……」

「那麼我叫她不參加好了。」

「你？」

「我不過探探你的意思，如果你希望會見她，我可以請她來的。」

「也許我很想見她，但是我又怕見她。」

多賽雷不再說什麼。我們散步回來天色已暗，分手時我說：

「星期日我一定去，林明默去不去，隨便你去決定好了。」

多賽雷沒有說話，只是笑了笑。

回到寓所，我接到尤美達的信。她說《舞蹈家的拐杖》劇本已完全修改好，下月十四日就要開拍了。她催我去簽合同領錢。最後她說，如果我預備入世做人，應當多同社會接觸，現在許多人已經知道《舞蹈家的拐杖》作者是誰了。我應當勇敢地走進社會去，不要一直躲藏著。

她的話當時很感動我。我覺得她的意思與多賽雷的意思是一樣的，一個人雖是只好聽偶然的機會擺佈，但還是要有一個基本的打算。我當時就回她一封信，說我決定等《青年時代的薩第美娜太太》寫好後，打算搬到市區，並且約了一個日子去看她，希望她可偕我到旁都那裡去簽約。

三十

星期日傍晚我到帕亭西家裡，多賽雷已經先在了。

帕亭西家裡今晚上佈置得很熱鬧，後面小小的花園，順著綠色的欄柵綴著彩色的燈，草地上放著椅子，正對著草地的平臺上放著鋼琴。多賽雷帶我走了一圈，為我介紹許多人。大半都是帕亭西的學生，有幾個是我以前在帕亭西家裡見過的。

在後園草地上我碰見蘇雅，她現在已不是以前的蘇雅了。

她豐滿了許多，眼光閃著青春的光輝，頭髮改了樣子，臉上有淡淡的化妝，穿一件淡色的衣裳，束著藍色的腰帶，襯托出她初初成熟的身軀。她過來招呼我們，我說：

「這麼漂亮。」

她笑了笑。我在她笑容中看出她是愉快的。只有年輕人可以很快地在病後恢復健康，也只有年輕人可以很快地忘去過去的創傷。我已經看不出她是曾在夜總會裡做過歌女了。

多賽雷叫她不要招待我們，我們又走到前面。我輕輕地問多賽雷：

「那麼林明默不會來了？」

「我沒有叫她來。」他說。

我並沒有希望她來，但不知怎樣，知道她不來，我竟感到很大的失望。

帕亭西預備了豐富的自助餐招待我們。我拿到飯菜時竟找不到多賽雷，所以就一個人拿了一杯酒一碟菜到了後面的園中，園中也坐著許多人，我就走向陰暗的角落。但正當我想在一個花叢前坐下的時候，忽然花叢中有一個聲音招呼我，她說：

「沒有地方？這裡，這裡。」是一位好像見過面的小姐，我只知道她是帕亭西的學生。我說：

「妳一個人？」

「我不讓她們找到我。」她說。在陰暗的光線下，我看出她有一個瘦削的臉龐，眼睛很大，不斷地靈活地轉動著。我放下東西，坐在她的斜對面，我說：

「妳認識我嗎？」

「怎麼不認識？我們一同喝過茶。」

我在帕亭西地方喝過幾次茶，會到過好幾個他的學生，都沒有深刻的印象，經她一說，我忽然想起確是見過的，我很不好意思，我說：

「這裡太暗，我沒有看清楚。」

「我叫羅素蕾。」

「妳也學聲樂？」

「我什麼都在學，我還在學作曲。」她一面慢慢地吃東西，一面說：「其實我不想做音樂家，我只是好玩。我作了許多歌，都是爵士的，我不敢給教授知道，他要罵我的，我還喜歡寫詩。」

「真的？我希望有機會可以拜讀。」

「聽說你在為薩第美娜太太寫傳記，是不？」

「你怎麼知道？」

「我母親說的，她認識薩第美娜太太。」她說：「你寫好了沒有？」

「沒有，不容易寫。」

「我倒很想看看，」她說：「你知道我也在寫自傳。」

「妳？」我笑著說：「這麼年輕。」

「啊，我有許多事情可以寫。」她笑著說：「我也已經十七歲了。我寫我許多心理上的變化。我記得小的時候，聽到許多母親朋友們的話，就有很多的似懂非懂的想法；似乎這些偶然的見聞，都影響我的心理。」

「真的？那我們真是朋友了，我一直這樣想，造成一個人的性格，就是這樣偶然。如今我第一次碰到一個人有我一樣的想法。我想妳的自傳一定很有趣的，哪一天給我看看好不好？」

「好的，哪一天我給你看一點，你可不要告訴別人。」

「自然不會的。」我說：「妳母親今天來了沒有？」

「沒有，她昨天來參加的，你知道我母親也是一個歌唱家？」

「她是？」

「冬天裡，她也許要開一個音樂會。」

「真的。怪不得你也是……」

「啊，可是我不喜歡我的母親。」她忽然說。

「為什麼？」

「她不是我親生的母親。」

「不是親生的母親，那麼她待妳不好嗎？」

「待我很好，不過，不過總不是……」她忽然歇了一會兒，舉目望著有燈光的地方，於是又說：「她本來也就是我自己的母親的學生，我母親死了，父親就娶了她。」

「你父親呢？」

「他是一個建築師，前年過世的。」

「現在妳同妳後母兩人住在一起？」

「是的，但是她打算開過音樂會後，前往歐洲去進修。」

「你幾歲喪母的？」

「十二歲。」她說：「我一直不喜歡我後母。她比我母親年輕許多，大我也不過幾歲。母親幫過她許多忙。」

「你自己母親也是一個歌唱家嗎？」

「啊，她不是學音樂的，但是，她有一顆真正藝術家的靈魂。」我們談了很久，我發現她性格的直爽天真正同她的眼睛一樣。一直到我們吃完飯，我又為她拿了一杯咖啡。她告訴我，她一三五下午都來帕亭西地方，我也告訴她我的住處，我們很自然地做了朋友。一直到大家都用完飯，音樂節目快開始的時候，她才離開我。可是就在她站起來走出去的一瞬間，我忽然發現她有點像林明默。

音樂節目中，羅素蕾有一個合唱、一個獨唱、一個鋼琴獨奏。

在她唱歌的時候，我一直想尋出她什麼地方像林明默，而偏偏我越注意她，好像就越無法找到，但偶一疏忽，她又出現了酷似林明默的神態，待我要捉摸時卻又杳無蹤跡。這使我非常迷惑。蘇雅也有一個獨唱，她已經沒有廉價感傷的表情，她的發音很好。她真是有點歌唱的天賦的。

在音樂會後，大家都特別推崇羅素蕾，可是帕亭西似乎更鼓勵蘇雅。大概是蘇雅的身世也使帕亭西對她特別同情了。

十一點半的時候，大家散了，許多人都要回市區去，我住得最近。羅素蕾家裡有車子來接，她帶了幾個同學上車。臨行的時候同我拉手。她說道：

「明天，我在這裡等你，一同來喝茶好嗎？」

三十一

就從第二天起，羅素蕾開始常同我在一起了，逢星期一三五，不是我到帕亭西家裡吃茶，同她一同出來，就是她到我寓所裡來看我，我同她再一同出來。與其說我陪她，毋寧說她帶我。我們常常散步，走到很遠，後來我們在山後支路上去，發現一塊草地，附近還有一個小小溪流，這就成了我們常去的地方。以後我們也叫它「老地方」。

羅素蕾的天真活潑與高燃的興致，竟使我忘了我的一切的哀愁與痛苦。我同她在一起，時間好像倒回去三四年，所不同的那時候我生活在希望裡，如今則生活在夢裡。許多小飯館小咖啡館普通的娛樂場也變成我們常去的地方。逢到星期日與假期，我們總是到後山那個「老地方」，過好幾小時自然無邪的生活。她是一個喜歡說話的人，但說的都不關於現實的話，她總有許多奇怪的空想。她可也常常沉默，伏在草地上望著天，或是她忙著要寫一首小詩。詩並不一定特別好，但是在她朗誦的時候，則總是非常美麗的。

如今我已經發現，她在突然想到另外一件事情之時，昂首凝神的一瞬間，非常像林明默，但是從林明默到羅素蕾這是月光與太陽的分別。林明默比羅素蕾雖是長多幾歲，可是林明默的神祕與深沉還是大過於她年齡所應有的。這原因是羅素蕾的環境太好太自由，她母親是後母，又是一個歌唱家，所以對她可以說是放縱的。她可以沒有一點憂愁與顧慮，她上午在讀書，隔天來學歌唱。她明年要在中學第七班畢業，但是她並不打算畢業以後幹什麼。

她沒有什麼野心，也沒有什麼特別的愛好，她幹什麼只是好玩，再沒有另外的目的了。

大概就因她這樣的個性，她不愛修飾，頭髮總是自然地散亂著，臉上也不敷脂粉，手常常不乾淨。等我們熟了，我一見她就要說她手髒，逢到在郊外，碰見小河小溪，我就要為她洗手。她手上的掌紋很簡單，指甲很短，她說是練琴的關係，手指上的肉刺也不剪去。她的蓬鬆自然的頭髮垂下來的時候，總愛用她的髒手插進去掠，我常常說她：

「為什麼妳要用這樣的髒手去理這樣美麗的頭髮呢？」

「你真是比我母親還要管我。」她笑著說道。

有一次找買了一把很講究的梳子給她，我就在她要用手掠髮的時候交給她，我說：

「給妳養成一個用梳子的習慣。」

她看了梳子，用了兩下，但第二次又忘記了。

我不知道是不是因為她的個性曠達使我覺得一種解放，我只覺得她使我憂鬱局促的心境開朗起來，我同她在一起從沒有感到拘束，也沒有什麼情感的牽惹。在星期二四六不同她見面的日子，我也照樣可以平靜愉快地生活，我的情緒顯然有了奇怪的轉變，這轉變很自然地影響我的健康，多賽雷說我氣色好了許多，他還以為他的理論說服了我，殊不知理論是無法改變人的情緒的。

不過這是一種很奇怪的友誼，這友誼不是建築在彼此需要，也不是在互助，後來回想起來，覺得在我實在可以說是一種欣賞的態度。但這種欣賞是有一定的距離的，在某一種距離差偏的時候，情感就轉到意識裡來了。

我記得那是一個平常的星期日，我們在山後的溪流邊。樹陰掩覆著我們，四周沒有一點聲音，除了潺潺的溪流與偶然的鳥鳴。我靠在樹幹上看書，羅素蕾斜躺在草地上，忽然拿出鉛筆寫了一首詩給我看，我叫她讀給我聽。

裡面有這麼一段：

掠樹梢而過的飛鳥，
帶我的幻想
到我從未涉足的土地；
使我再無心在這裡
做平庸的歌手
讚美我家庭的美麗。

不知怎麼，在她甜美的聲音朗誦中，使我很有所感觸。我說：

「這是一首好詩，但是同我的心境則相反的。」

「怎麼？」

「我應當說：

掠樹梢而過的飛鳥，

帶我的幻想

飛到我生長的土地；

頓使我想重返故里

做平庸的歌手

讚美我家庭的美麗。」

羅素蕾忽然張大了眼睛說：

「你想家？」

「為什麼不？」我說。

就在這時候我看她頭髮垂下來，掩去她的美麗的眼睛；她又是用手一掠，我說：「妳又來了，髒手！」我走過去，看她的手，我說：「起來，我替你洗洗手去。」

我拉她起來，跑到溪邊，溪水清澈見底，非常清楚地映照著我們的人影。而就在我替她洗手的一瞬間，我看到她的動人眼睛，它一直看著我，一種奇怪的感覺使我忽然有所顧慮。我避開水上的注視，回首看到她的神情，她眼睛一眨，忽然露出一個天真的笑容說：

「你真的想？」

我拿出手帕為她擦乾了手，一瞬間我感到她的態度有點變化，她似乎含羞地縮回了手，癡了一下，在衣裳上抹兩下，就跑開了。

我像是觸電一般，在那裡愣了許久。

這就破壞了我們寧靜的空氣。羅素蕾一直沒有說什麼，最後當我們回到「老地方」的時候，她說：

「我們早點回去吧，我……我……」她又用手掠著頭髮說：「我有點頭痛。」

三十二

在這些日子中，我只同尤美達會過一次面，那是同她到聖林電影公司去簽合同。當我領到了那筆《舞蹈家的拐杖》攝製費後，尤美達來信總是勸我作一個長住在這裡的打算。我在理智上已逐漸有接受這個意見的傾向，但起初我想結束那篇薩第美娜太太的傳記，後來則下意識地在留戀與羅素蕾交遊的生活了。

我同羅素蕾的交遊實在是我生活最愉快的一個記憶，但這愉快的交遊到此為止。自從那天同遊以後，好幾天她就沒有同我來往，而我心裡也開始感到說不出的空虛。

就在這個時候，尤美達告訴我《舞蹈家的拐杖》要開拍了，開拍前有一個酒會，她約我參加。我對於這種事情，本來就沒有多大興趣，但因為羅素蕾遺我的空虛，我想起有一點熱鬧來安排這奇怪的心緒。我約尤美達在花園飯店吃飯，飯後一同到聖林公司的攝影場去。

花園飯店是我們舊遊之地，同尤美達在一起我總是安詳愉快的；但那天情形稍有不同。當我同她跳舞之時，我想起了羅素蕾。因為我同羅素蕾來往原也是這樣安詳愉快，為什麼到了某一點的時候，會突然起了這麼一個變化？是不是男女的交往一定會碰到這樣的一點呢？如果是的，那麼與我共舞的尤美達是不是隨時會發生同樣的感覺嗎？而這感覺是可以破壞我們整個的友誼的。這是一件多麼可怕的事情！

是這樣害怕使我感到一些不自然，但是尤美達同以前一樣地談笑自若。尤美達是很現實的，她為我計畫到生活與前途，她要我在這裡生根，要我正式地踏進這個社會，參加集會，出席演講，似乎我同她合作，可以做許多事情一樣。她好像是有意要做一點文化工作，要我認識一些文化界的朋友，共同多做點事情。

尤美達的談話很有自信，她是一個有理想的人，也是一個有事業心的人，在這些方面當然是可敬的。但是她的積極同我的個性是不合的。除了她的可愛的態度，與左頰上醉人的小痣外，她在我面前太像一個事業女性了。

這自然是與我同羅素蕾在一起是完全不同的。羅素蕾天真活潑，她對世界沒有成見，沒有目的，也沒野心，她照她所喜愛的做，不求成功，不為名，不為利。大概是這樣的緣故，我對尤美達的某一種害怕成了一種威脅，她好像有一種魔力，時常有目的地拉我同她走她想走的路，而羅素蕾同我的關係則是多麼自然與純潔呢！

這威脅，在我與她在《舞蹈家的拐杖》開拍那天，到了攝影場酒會裡更使我感到了。她為我介紹許多有地位的人與新聞記者，我一時就成為新聞人物，被訪問，被攝影，被許多人注意，實際上我在這個電影上的關係是很少的，編劇是尤美達，導演是葛因，主演是陸眉娜，而尤美達竟把我推在前面。我當時雖是感到不舒服，但也無法擺脫，我也並不喜歡尤美達的作風，但也不得不感激她對我的好意。當時我再不能自主，也沒有自由，我只是聽別人的擺佈。

陸眉娜那天有千種的風姿，但我沒有機會同她談什麼，她是在導演引導之下同許多人在應酬。陸眉娜是屬於現在的，她永遠有耀目的光芒閃照她的周圍。在她面前，我自然意識到上次在她家裡的一會，但是她好像再不記得了。她似乎知道怎麼樣去接受一瞬間的美與陶醉，而過後再不留戀與回憶了。當時她忙於應酬，我們竟連談話的機會都沒有。酒會散後，我才過去找陸眉娜，我說：

「陸眉娜，今天你已經為聖林公司增光不少了。」

「是的。」陸眉娜說：「是為你的《舞蹈家的拐杖》。」

「是你們兩位。」旁都忽然在旁邊說，接著拍拍我的肩膀，「我特別要謝謝你，因為如果不是你的小說，陸眉娜是不肯為我們演戲的。」

「只怕我演不好，辜負你們兩位的好意。」陸眉娜說。

就在這時候，導演葛因忽然把陸眉娜叫走了。旁都說：

「你沒有看見多賽雷？」

「你請他了？」

「自然，」他說：「他沒有來？」

「我不知道。」

「他說他要帶一個叫做蘇雅的女孩子同來，說有機會叫我派一點戲給她。」

「真的？」

「你認識蘇雅嗎？」旁都問我。

「我認識，是帕亭西的學生。」我說。旁都沒有再說下去。他敬我一支菸，於是換了一個很嚴肅的語氣說：

「你以為陸眉娜……她適合演你戲裡的角色嗎？」

「你同尤美達不都會比我知道得多嗎？」

「但是你知道我們都有主觀的偏見在裡面的。」

「我也有我的主觀偏見，」我說：「我以為只要陸眉娜想好，一定可以好的。」

旁都沒有說什麼。我忽然說：

「你是不是還要愛她？」

「當然，」他笑了笑：「但是這是兩件事情。惟其再愛她，更覺得不能讓她失敗。」

這時候，尤美達過來招呼我們到攝影棚去。旁都似乎想到什麼，很快地走了。尤美達同我一起走到攝影場。那裡佈景是一個舞臺，導演與攝影師正在試驗燈光；有好些來參觀的人站在燈光的背面，我突然在這些參觀的人中看見了林明默，這使我吃了一驚。我以為我看錯了人，就在要細認時，多賽雷忽然過來招呼我，我隨即也看到了蘇雅。我走過去迎多賽雷，我說：

「你們什麼時候來的？」

「她們不想參加酒會，所以剛來了不久。」他說著，特別望瞭望林明默，好像怕我沒有看到她似的。

「剛才旁都還問起我，你是介紹蘇雅給他嗎？」我說著同蘇雅與林明默招呼。林明默對我笑笑，不知怎麼，我突然從林明默的眼光中看到林明默已經不是以前的林明默了。

她穿一襲灰色的露著白綢的襯衫，在她象牙雕成一般的頸項上，掛著一串珍珠，她頭髮已經燙短，兩耳垂著新月形的珠環。她手裡拿著一支燃著的菸，好像很隨便地對我說：

「怎麼，你搬了就一直也不到我們那裡玩了。」

「我來過，你不在家。」

「蘇雅告訴過我，但是你只來過一次。」她說：「我現在已經不做事了，上午總是在家的。」

我忽然發覺她的聲音也變了，以前她的聲音是陰沉的，現在突然開朗了，以前她說什麼總好像在想別的，她似乎只活在幻想之中，現在則開始活在言語之中了。

三十三

多賽雷陪蘇雅去找旁都，尤美達也走開了，只有林明默在我旁邊，一瞬間我竟找不出什麼話可以同她談談。倒是她不斷地問我許多話。她問我新居的房子怎麼樣，又問我是否常常到帕亭西地方去。最後不知怎麼，她告訴我她已經不去做事，本來也想搬家，因為薩第美娜太太留她，所以暫時不搬了。我當時很想問她與方逸傲情變的感想，但是我不知道怎樣措詞才好。我怕她是不願意我提到這件事的。

在我們談話的時候，我始終不敢正面去看她，但是不知怎麼，我在她一顰一笑之中，竟發現她有許多地方像羅素蕾，而相像的地方又是這樣不容易捉摸。

最後，旁都、蘇雅、多賽雷一群人簇擁著陸眉娜出來了，陸眉娜已經化妝，今天試鏡頭就是陸眉娜一個舞蹈場面。她的裝束是舞蹈的服裝，像聖像中的天使一樣，這使全場的視線都集中在她身上。導演指揮著燈光，音樂試驗著節拍，陸眉娜就開始舞蹈。她的舞姿由緩慢而急速，忽而像草叢中蠕動的蛇，忽而像山岩上跳躍的豹，忽而像沖天飛去的天鵝，忽而像潛沉到海底的游魚，導演試用好幾個角度試攝這個場面，不時叫陸眉娜重複舞蹈。

林明默已經坐在一把籐椅上，她並沒有全神在觀看，多賽雷在她的右面，我看他們時時低聲在談話。就在這幾個鏡頭試攝了以後，多賽雷過來同我說：

「我們走吧！」

「還有誰呢？」

「林明默同蘇雅。」

「林明默？她有這個興趣？」

「是她提議的。」多賽雷說。

我這時方始發覺林明默真是同以前不同了。當時我自然贊成一同去玩玩，我還去邀請旁都、尤美達，他們都還不能離開，所以我們——多賽雷、林明默、蘇雅與我——就告辭出來。到了外面，我發現林明默的車子已換了一輛，是一輛紅色的新車。當時我坐在她旁邊，多賽雷與蘇雅坐在後面。

自從上一次林明默送我到郵局以後，這是第一次坐她的車子，但是前後情形與我們彼此的心理竟是這樣的不同。上一次我想接近她，有意等她出來。今天則是她提議我們一同去跳舞。上一次我極力想找話同她說，但是說不出來；今天我並不找話說，但我們倒隨隨便便說了許多話。這些話雖都是空話，但至少培養了我對她說話的勇氣與習慣。好像是先因為多賽雷談到旁都對於蘇雅的印象，我們談論電影與陸眉娜的美麗，又談到陸眉娜是否由此會愛上旁都，我說：

「像陸眉娜這樣的女子，很難會對一個人發生真的愛情的。」

「這正是她的聰明。她知道如何享受她的青春與美貌。」林明默說。

「你以為旁都真的會愛她嗎？」多賽雷在後面問我。

「我想是的。」

「我覺得旁都是為滿足好勝心，或者說他想征服一顆美麗的心罷了。」多賽雷說。

「有什麼愛情？你們真相信你們男子懂得愛情嗎？」林明默說著忽然笑了，大聲得很出意料。

「人間的愛情本是很渺茫的。」多賽雷說。

我馬上意識到我們的談話觸動了林明默的胸懷，當時就再沒有說什麼。林明默說完了，把車子速度增加，也不說什麼。多賽雷看我們緘默，他就同蘇雅說別的了。蘇雅是第一次去參觀製片廠，旁都也已經願意給她機會，所以大家有許多話可以談。林明默對於蘇雅有了一條新路可走，心裡似乎很安慰愉快。

車子開到一家夜總會門前停下來，我想起這是我伴羅素蕾來過的地方。地方不大，但佈置很好。每個桌子旁邊放著棕樹，燈光從棕樹葉子中篩下來，很別致幽靜。

林明默喝了一杯酒，興致突然高起來，她突然問我：

「聽說你是失戀過的人。」

「多賽雷告訴你的？」

「你恨女人嗎？」

「我曾經恨過。」

「這是命運！」

「不，」我說：「這只是一種偶然的變化。」

「偶然的變化？」

「自然，相愛也是偶然的事情。」我說：「人把偶然發生的愛情當作萬古不變的長生不老的東西，實際上是自己的愚蠢。」

「那麼什麼是可以相信的呢？」

「什麼都不能相信，」我說：「人世的一切其實都是偶然的湊合，比方我們今天到這裡來跳舞，簡直是不可能的。但是在偶然的機緣中，就很自然很平常的就發生了。難道妳昨天會想到今天在這裡跳舞？」

「那麼你對什麼事都不計畫了？」林明默問我。

「他是一個偶然論者。」多賽雷說。

「不錯，我自從失戀以後，就悟到人談不到計畫，只可說是願望。」我說。

音樂響了，多賽雷請蘇雅跳舞，我對林明默說：

「我可以請妳跳舞？」

「等一會好嗎？我們先談談。」她說著又要了一杯酒。

「妳喝得太快了，是不？」我想勸她少喝一些酒，但不知道怎麼措詞。酒上來的時候，她說：

「你願意同我乾一杯嗎？」

「先跳一個舞好嗎？」我站了起來。

這是我第一次同林明默跳舞。我突然覺得有與我失去的愛人共舞的感覺。這真是奇怪，林明默沒有一點像我失去的愛人，但跳舞時竟使我覺得是她。我閉上眼睛，覺得我已經回家，沒有失戀，與我久久期待的情人在共舞了。好像林明默在對我說什麼，我說：

「請不要說什麼，因為在沉默中更能體會妳。」

林明默不再說什麼了。

這第一舞以後，我們一直沒有離開過音樂，也沒有說什麼，就在這舞步之中，我們的心靈越走越近了。於是，在回座的瞬間，我發現林明默的笑容也自然起來，而她也不再強飲了。

不知是多少曲音樂以後，林明默突然說：

「你在失戀以後，還愛過人嗎？」

「是的。」

「在哪裡？」

「這裡。」

「誰？」

「妳想知道嗎？」

她點點頭。

「是妳。」我說：「林明默，我一直愛妳。」

「是我？」林明默說著忽然大笑起來：「你在愛我？」

音樂停了，我陪她回座，她忽然對蘇雅說：

「你相信嗎？他……他在愛我。」她說著乾了一杯酒，又大笑起來。

這使我很窘，我不知該怎樣表示。林明默又想要酒，但是多賽雷阻止了她。他說時候不早，我們也該回去了。出門時，他說他正預備到印度去旅行，也許下一次要等他從印度回來後才有這樣的聚會了。

三十四

我在聖林電影公司的出現以後，無形之中，我就變成了社會的聞人，在一星期之中我天天下午都有應酬，我也無法完全拒絕許多演講的邀會。這使我很需要有一輛車子，我把這次聖林公司給我的報酬，買了一輛小轎車。當時我生活有許多變化，我已經沒有當初的安寧，而我又像預備在這裡長住了，我也好久不到帕亭西的家去。我不知道是因為我怕見羅素蕾，而覺得應酬交際是一種解脫的方法呢，還是因為沒有見到羅素蕾而生活更顯得空虛，才接受了這應酬交際的生活呢？

但每天在深夜帶著疲倦的身子回家的時候，我的思潮起伏不寧，我一方面很後悔那天去參加《舞蹈家的拐杖》的開鏡，使我無法再過原來的生活，另方面我也慶幸居然可以避免與羅素蕾的見面。一個人在失戀以後的心情，往往急需有愛的際遇以填補失去的空虛，但也會像燙了手的人一樣，在發現愛的時候又怕去接觸它。

羅素蕾太年輕，我如果相信她現在已經愛我，也不得不相信這愛情是隨時會變化的，而我是不能再有一次打擊了。而且，我之所以對於羅素蕾有什麼特殊的感情，好像是她有一個特別像林明默的地方。這在我與林明默共舞以後更加明顯，那麼倘若我不是愛羅素蕾，而羅素蕾倒愛我了，這不是於她很不好嗎？

事實上，在這些日子的許多應酬之中，常常是有林明默在一起的。林明默，現在已經開始交際，我相信是她失戀的經驗改變了人生的態度。可是她似乎已不相信愛情，對誰不過是作為她生活的點綴而已。

當時我雖然以為我愛的是林明默，但林明默這種玩世態度，似乎對什麼都沒有誠意，對誰都不會有愛情的表情，我就常常想念羅素蕾了。我也知道，如果我只以羅素蕾來代替林明默，那麼我是多麼對不起羅素蕾呢！也許是這樣一種良心的無意識的警惕，使我更怕見羅素蕾，更不敢與羅素蕾發生可怕的情熱了。

但是每當我發現林明默的心裡不會再有愛情，我就想到多賽雷的話，那麼即使林明默愛我，她的愛情也不會是我所希望的愛情了。在無形之中，這種我被林明默拒絕的情感，使我非常傾向於羅素蕾，但也因此我也覺得我愛羅素蕾是並不十分正常的。

於是，有一次，我應青年藝術協會之約去演講，我一抬頭就看到羅素蕾與蘇雅坐在前面。我那次的演講，沒有理想一樣的順利，當時我心中像掛著一碗水似的在蕩漾。演講完畢後，許多聽眾叫我簽名，我想羅素蕾一定走了，但是在聽眾們逐漸散了的時候，我突然發現羅素蕾同蘇雅還坐在那裡，她們像一直在等我似的望著我。我走下講臺的時候，她們站了起來，我迎著她們說：

「妳們還沒有走？」

「你是不是回家去？」蘇雅很大方地問我。

不知怎麼，一瞬間，我忽然發現蘇雅長大了，她似乎豐腴許多。雖然下顎還是尖尖的，眼睛還是大大的，但是她的笑容呈現著生氣，眼光也變得活潑有神。我一面望著她，一面說：

「是的，妳們是要到帕亭西教授地方去嗎？」

「所以等你一同走。」羅素蕾說著，但是她並沒有看我。

我同羅素蕾已經好久不見了，我心裡有點不自然，好像我們間有一種沒有說明的誤會似的。為避免這種尷尬的心理，我就沒有再說什麼。我同她們走出來。

在車上，馬上使我感到異樣的，是平常活潑天真的羅素蕾忽然很靜默，她一直望著車外，似乎在想什麼似的。在這寧靜的姿態裡，我發現她微微地昂著首的神情是多麼像林明默呢！

可是，平常寧靜寡於言笑的蘇雅，今天似乎活潑起來。她告訴我她已經在聖林公司試過鏡頭，公司已經同她訂了合約，在《舞蹈家的拐杖》這個戲裡，她將演一個歌女，是在男主角與女主角交遊時所出入的夜總會裡歌唱，她要唱兩首歌。我當時就慶賀她，並祝她努力。我問她是不是依舊繼續要跟帕亭西教授學唱，她告訴我音樂還是她最大的志願。這時我忽然想起一個久久想問的問題，我說：

「你進聖林公司是林明默的意思嗎？」

「不，是多賽雷先生的意思。我常常同他談到我的生活，我雖然很感激林明默對我好，但是我總覺得我這樣依賴她不是道理，多賽雷先生就叫我到聖林公司去試試。我同林明默商量，她也不反對。真要謝謝多賽雷先生同你。」

「我？」我說：「我沒有幫過妳忙，很慚愧。」

「但是我知道你會幫我忙的。」

「自然，只要我能力所及。」我說。

車子已經駛過郊外，羅素蕾一直沒有說話，她不時回過頭來聽我與蘇雅談話，總是用一個表情，等我回過頭去看她的時候，她又轉向車窗。

「羅素蕾。」最後我終於叫她了，我說：「怎麼，今天有什麼不開心嗎？」

「沒有，」她回過頭來，淺笑一聲，又低下頭說：「我在聽你們說話。」

「妳好像在想什麼？」

「我在想，哪一天我希望可以為蘇雅寫一個劇本。」

「那時候，我將是妳們最忠實的觀眾。」我說。

車子到帕亭西教授的家裡，她們下車，我知道這是帕亭西教授授課的時間，所以我沒有進去，就一直回家了。

這是一個沒有太陽的下午，房內非常黯淡。這些天來，我已經決定搬到市區去住，但第一，合適的房子沒有找到；第二，我想趕完《青年時代的薩第美娜太太》的傳記工作。因為我怕一搬到城裡，這個工作又要擱淺了。為這個緣故，我每天夜裡總是在趕寫這個傳記。

其實這件工作所剩已經不多，只要好好工作幾夜就可以完了。那天回家，我很想馬上就動手來趕，但是一到房中，我感到非常疲倦。我吸了一支菸，在床上躺了一會，原想休息一會兒就起來的，可是不知怎麼竟迷迷糊糊睡著了。

於是我眼前浮起了迷蒙的煙霧，在煙霧中看到了浮蕩著的紅色藍色黃色……的小球，接著這些小球一顆顆破裂了，有五彩的氤氳，在我眼前旋轉流動，旋轉流動，我感到一些昏暈，我閉上了眼睛。但是等我再睜開眼睛的時候，我驟然看到這些煙霧已經散去，在我面前是各式各樣的五彩的花卉，似乎是鋪在一個山坡上。不知怎麼，我就順著這花卉走過去了。我貪看這些花卉，越走越快，後來好像是騎在單車上面，順著這個鋪著五彩花卉的山坡，突然我發現我的單車是在一條狹窄的路上，左面是山坡，右面是一望無際的海，而這條路狹窄得使我無法掉頭，我只好一直往前走，我越來越怕，我全身發熱，滿頭流汗，但是我還是只好向前騎去。

不知騎了多少時候，我聽到後面有人在叫我。我聽不出這聲音是誰，也不知道他在說什麼，好像是告訴我前面的危險吧。我一回頭，不知怎麼，我的車子就撞在一株大樹上了……我微微意識到那叫我的聲音是一個女人的聲音。我迷迷糊糊地醒來，突然我發現林明默在我面前。

「睡得好嗎？」她說。

等我看清楚林明默的模糊影子時候，我發現竟不是林明默，是羅素蕾。

「怎麼……妳……啊？」我想說什麼，但不知說什麼好，我只是掙扎著醒來。

「你的門開著，我就進來了。」

「對不起，我沒有想到，怎麼?啊，想不到妳會來。」

「我下課，想來看看你。」羅素蕾說著坐到在沙發上，我起來理了理頭髮。

這時候我才看清楚羅素蕾的衣飾。她雖然還是輕裝便服，可是非常整潔，頭髮也不像以前一樣的隨便，但是她的態度竟不同了，她好像突然大了五歲。她用很沉著的眼光望了我一會兒，低下頭說：

「上次你知道我為什麼不再同你來往了嗎？」

我當時想到所謂上次，該是我們一同遊山以後在帕亭西教授家裡，我約她散散步，而她推辭著要回家的那一天。

「我沒有想過，妳當然也有妳其他的生活，正如我一樣，是不？」

「可是，你難道不知道你自己那天在遊山的時候同平常就有點不同嗎？」

「如果是的，那麼請妳原諒我。」

「可是我也與你一樣覺得……」

「我知道。」我坐在她的旁邊，抽上一支煙說：「所以……所以我覺得我們少來往一點於妳我都是好的。」

「我當時也是這樣想，」羅素蕾很嚴肅地說，她兩手撫弄著放在她膝上的琴譜，我發現她兩手很乾淨，手指也修飾過了。她忽然變了一個口氣說：「但是，經過這些天的思索，我已經想明白了。」

「想明白了？」我說。就在這時候，羅素蕾突然用非常銳利的眼光望著我說：

「我很想知道你所感到的。」

「我所感到的是……」我拋去手上的菸，我有一種奇怪感覺要接觸她換了姿態的雙手，我握了她的手，我說：

「我怕，我怕我會愛上了你。」

「但是，我也……」羅素蕾聲音有點顫抖了。

於是，我們在顫抖之中擁抱在一起了，我的眼角流出不可思議的淚水。

一刻鐘以後，我忽然發覺我是在一個上次還完全是小孩子的女性臂上，我感到莫名其妙的慚愧，我離開她的擁抱說：

「但是我是不該愛妳的。」

「為什麼？」

「妳太年輕了，妳有妳的前途，妳的……」

「我的什麼？」

「妳的感情還不能固定，不，我是說妳對我只是一種熱情，而不是愛情，妳是不會愛我的。」

「為什麼不？我已經考驗了自己，我知道我在愛你。」

「但是這種愛是不可靠的，隨便哪一天妳會發覺妳愛的不是我，而會覺得我的愛妳是一種罪惡。」

「不是，妳的感情是純潔的高尚的，可是這樣的感情是不定型的，假如把我換了一個人，同妳有自然的交往，妳也會同樣發生這樣的感情的，但是這不是愛。」

「我想慢慢地你會瞭解我的。」羅素蕾說著。

「我希望妳會瞭解我，羅素蕾，妳實在太好了。像我這樣一個流落了的人，有什麼資格愛妳呢？」

「你不要這麼說，」羅素蕾說：「你也許以為我是一個小孩子，但是我會知道怎樣愛你的。現在我要回去了，明天下午我再來看你。」

羅素蕾拿著琴譜站起來，她拍拍我的臉，一瞬間我們又擁吻在一起了。

七點鐘的時候，我送羅素蕾出來，送她上車後我就回到家裡。

是這個愛情使我重新看到自己，我發覺我還不是一個不配人愛的男子，我從失戀後所失去的自尊心似乎一瞬間恢復起來。我有無限的勇氣來重新做人。

從九點鐘到清晨二時，我有奇怪的精力與速度，把我應趕寫的《青年時代的薩第美娜太太》完全寫好了。

三十五

天！如果要責罰我就請從這裡開始吧！在愛情王國裡，美醜善惡的距離往往不過是一紙之隔。

我在放下工作之後，心裡仍是非常興奮。那時窗外月色正好，我吸上一支菸，到樓下門外去散步。我走到園中的樹林裡，深深地吸了一口氣，感到非常舒適。林下的地上是潮濕的，雜草叢中有輕輕的蟲吟，月光從樹隙間灑下，林中平添了一種溫柔。那該是早晨四點鐘的辰光，深藍的天空似已在東方透露了白色的微光，我有一種非常的心情走到樹林的邊緣。

可是就在這時候，當我抬頭望天空的瞬間，忽然想接觸我一直認為代表林明默的那顆星。我凝視了約一分鐘，不知怎的，我對於林明默的印象都浮在這星光上了。我頓悟到我愛的是林明默，怎麼現在忽然會愛這麼年輕的羅素蕾呢？是不是就因為她有點像林明默？

我是一個失戀的人，心上的創傷並未復原，我如果又是愛錯了人，難道去給別人痛苦嗎？而羅素蕾是這麼年輕的孩子，情感是浮蕩粗糙的，她的變化正多，隨時她會發現另一個愛情，而認為同我的戀愛是醜惡的。

我不知這種解釋是否是一種驚弓之鳥的心理，但人類的理智也不是愛情的指南。過去的經驗永遠是一種教育，我當然不願再蹈失敗的覆轍。

如今重新說起這些事情，覺得人間究竟有否神所想像的愛，那還是一個疑問；即使是真的有，人類也還是無法辨別的。究竟我愛的是林明默還是羅素蕾，我是無從知道的。要知道，那就是靠我理智的分析了；但是通過了理智，愛就無法捉摸了。當我想到我的愛人怎樣同我山盟海誓而忽然完全忘去，覺得是一種錯覺的時候，像如此年輕活潑的羅素蕾的所謂愛情，我是不得不害怕了。我在開始時懷疑自己的愛情，可是想到後來我懷疑的是羅素蕾的愛情了。

我站在那裡，一直到天色漸漸亮起來，星星一顆顆地隱去，有風吹響了樹林，我感到一點料峭的寒意，我方才折回寢室。在床上，我左思右想，終於決定下午同羅素蕾冷靜地談談。

我覺得我應當有師長的善意，叫她重新檢討她對我的感情。

這樣想的時候，我的心開始平靜下來。一覺醒來，已是下午三時，我想趁羅素蕾還在帕亭西教授地方，我先去碰見她，同她去找一個地方去談談，免得她來看我，使我在單獨的環境中失去了理智的控制。

但是當我走到門口，就看見羅素蕾來了。她穿一件米色的衣服，黃色條子的裙子，頭髮蓬鬆地沒有什麼修飾。一見我遠遠地就對我揚手，用異常甜蜜的笑容迎著我。她說：

「你到哪裡去？」

「我想到帕亭西教授那裡找妳。」

「我今天沒有課。」她說。

「那麼，我們到山上去走走好嗎？」

我所說的山上是指上一次我聽她吟詩的「老地方」，她意會著說：

「好。」

這時我發現她唇上擦著淡淡的口紅。

我們先叫車子到山後，再順著小徑上去到我們的「老地方」，照例這是一個快樂的行程，但是我的心非常不寧，似乎同以前我們一同玩時的情緒是完全不同了。幾次我都想提我昨夜所想的話，但是我無法啟齒，我都推延到山上再談。羅素蕾好像也同以前不同，以前她的話很多，在這樣的場合，她常常會喜歡唱歌，今天她可很沉默，偶爾說一句話，總是與我有關的，她問我昨天什麼時候睡眠，今天什麼時候起床。等我告訴她我一口氣寫完了《青年時代的薩第美娜太太》時，她忽然問我：

「你是不是還打算寫下去呢？」

「我想我不會再有興趣做這件工作了。」我說著，我以為羅素蕾一定問我原因了，但是她一時竟不再說什麼。隔了許久，才又提到另一件事。總之，羅素蕾今天同平常同昨天完全兩樣。她似乎也有想同我說而說不出的話，而所說的都不是她所關心的。

從小徑上山的時候，我們也沒有以前的親切自然。在我，因為我已經在想對她說不要愛我的話，所以不敢再同她親熱；在她，她也一直像心裡有事。我們談的好像都是一種為掩飾自己心境的話。

到了我們目的地，我們很自然地走到以前為羅素蕾洗手的溪邊，羅素蕾吐了一口氣，就在一塊石頭上坐下來。她的臉頰浮起健康的紅色，額角上有微微的汗，她掠掠頭髮，用手帕揩揩額角，伸直了腿，我看到她勻稱美麗的小腿。於是她兩手墊在腦後，靠在一株樹幹上，閉了一下眼睛，似笑非笑地看我一眼。

我這時正坐在草地上，吸一口氣，剛想同她談談我昨天所想的，她忽然把右腳擱在左腳下，很成熟而冷靜地說：

「昨天我回去，我把我們相愛的事情告訴我母親。」

「告訴妳母親？」我有點詫異，但是繼續地問：「她怎麼說？」

「她說我不該愛你。」

「我想她的話也許是對的。我想了一夜……」

「為我的幸福，我母親覺得你……」羅素蕾沒有理會我的話，也沒有看我，但是說了一半忽然停止了。

「是的。」我說：「我比你大十幾歲。你年輕，你有你的前途，你還不應該愛定一個人，作結婚成家的打算……」

「她不是這個意思。」羅素蕾忽然冷靜而堅定地說：「她說你愛的不是我，她聽說你一直愛著林明默，我不過……」羅素蕾說到這裡又停止了，抬起她渾圓而充滿青春的眼睛望我一眼。我似乎被她灼人的目光折服了，我低下頭，想找一句合適的話來表現我的心情，可是沒有，我只是滯緩地說：

「也許，但是……但是我不知道，我不知道為什麼我覺得在愛妳，而又感到妳是不該愛我的。我並不是不相信妳的愛，而是我想到妳太年輕，妳的一切都是同那些樹秧一樣，隨時會變動，並不能像那大樹的樹幹一樣，可以讓妳倚靠。而我，我現在已經是想有個可倚靠的愛情了。」我說：「我那麼說，希望妳會瞭解，總之，妳母親的話不是沒有根據，我們應多用點理智來瞭解別人與自己。」

羅素蕾不再說什麼，她垂下頭，手裡玩弄著一塊紫花的手帕，這時候突然按著她的眼睛啜泣了起來。

一瞬間我找不出語言可以安慰她，我說：

「都是我不好，羅素蕾，請妳原諒我，以後我希望我還是妳真正的朋友。」

羅素蕾半晌不說話，但突然擦乾了眼睛，堅強地昂起頭來，望著我說：

「這樣也好，你既然不知道我的愛，也不知道你自己的愛，那麼且試一兩年看看，日子會告訴你也會告訴我，我可以知道自己將來該走哪一條路，我也可以知道，是不是我還會需要你這樣的男子。而你，你也會慢慢看到自己……」

「好的，羅素蕾，讓我們再做一年的朋友，我在這一年中，也應該決定我是否該在這裡建立自己，是否可以同妳在一起。」

「但是，我不希望再同你來往了。如果愛情是真的，一年以後你會找我，我也會找你。這樣的來往是一件痛苦的事情，於我很不好。」

「也好，羅素蕾，妳的話我都願遵守。那麼，這樣好不好？」我說：「明年今天這時候，如果我覺得我是應該愛妳的，我到這裡來；如果妳覺得是愛我的，妳到這裡來。倘若我等不到妳或者妳等不到我，那麼我們都可以知道對方已經走另外一條路了。」

「好。」羅素蕾說。

「但是，」我說：「這不是一個約會，我不希望妳守這個約，我也不希望自己來守約，訂約是愚蠢的事。在這一年中，妳照妳所愛好的生活，我照我所愛好的生活，到了明年這一天，只要彼此想到對方而覺得還是相愛的，那麼就來這裡，就在這個草地上，這株樹邊，好不好？」

「好。」羅素蕾似乎沒有剛才的感傷，很肯定地表示贊同。

「那麼現在不要再談這個了，讓我們隨便玩玩。」

「不，現在我們已經講好，讓我們回去吧。如果要相見，明年今日到這裡相見吧。」

「那麼假如我們在別處相會呢？譬如在帕亭西教授家裡。」

「那有什麼，我們還是一樣，正如你同蘇雅或別人一樣。」羅素蕾說著就站起來，我也跟著她站起，她從我們來路走著，我跟著她。那時空氣是寧靜的，潺潺的溪流，輕輕的風，藍天白雲現在一一都在我的感覺中清醒起來，羅素蕾心境也比較開朗，但是我們似乎沒有說什麼，她忽然唱起歌來。我們走出小路，從公路一直走回來，不知走了多少時候，我忽然聽到有人在叫羅素蕾：

「羅素蕾！羅素蕾！」

羅素蕾停止了唱，忽然說：

「是蘇雅。」

於是我又聽到又有一個男人在喊：「羅素蕾」。

在左邊一條路上，我們看到蘇雅同一個女孩子一個男孩子走下來，後面還跟著多賽雷。那女的叫史斐婷，男的叫魏剛，都是帕亭西的學生，我雖是見過，但不熟，自然羅素蕾同他們是很熟的。

我不知道是他們參加了我們，還是我們參加了他們，總之，這意外的際遇使彼此都特別愉快，羅素蕾也不再提議回家。我們一直玩到很晚，一起吃了飯以後才散。

從多賽雷那裡，我知道薩第美娜太太在生病，我想到我明天要去看看她，並且要把寫好了的《青年時代的薩第美娜太太》帶給她。

多賽雷還告訴我方逸傲與薩第美娜太太的女兒般若華也許下個月就要回來，薩第美娜太太想舉行一個盛大的園遊會來歡迎她的女兒。但是據多賽雷看，薩第美娜太太的病不是很快會痊癒的。

我曾經叫多賽雷找一個合適的時機把方逸傲與般若華的事情告訴林明默，多賽雷告訴我，說林明默好像早已知道似的，並不驚奇。如今方逸傲與般若華一同回國，薩第美娜太太要舉行園遊會歡迎，那麼林明默將受到怎樣刺激呢？

我回家以後，久久關念著林明默的問題。連帶著我自然想到般若華。假如她真如青年時代的薩第美娜太太，像我在巫女的水晶棺材裡所見到的，那麼因她的出現，我所寫的傳記似乎也該重新寫過了。

我關念著林明默，使我沒有想到今天我與羅素蕾的談話。好像我與羅素蕾愉快地結束了一種牽惹，使我的心裡有很多空隙來想林明默似的。那麼羅素蕾母親的話也許是對的，我的愛羅素蕾是多麼不應該呢！這些良心理智情感的起伏使我很晚方才入睡。

三十六

第二天早晨我去拜訪薩第美娜太太。

這是我搬家後第二次回來。我所以不常來的原因，第一當然是怕會見林明默，第二則是沒有寫好薩第美娜太太傳記。現在我對於薩第美娜太太的傳記總算告一小段落，而我也關心林明默。方逸傲、般若華即將回來的消息如果確實，那麼林明默是否已有打算呢？再者，我自有了羅素蕾的愛情，我好像恢復了我的自尊心與自信心，我有很大的勇氣來重新估量世界。

薩第美娜太太真的病了，我等了好一會兒，傭人才叫我到她樓上的寢室去。

這是我第一次進她的寢室，裡面的佈置雖是舊式但並不敝舊，而且非常乾淨。薩第美娜太太斜靠在床上，叫我坐在床邊的一把椅上。她顯然是因為接見我有點打扮，頭髮也梳得很整齊。臉上似也擦過粉，但是我仍舊覺得她比以前更加乾瘦了。

薩第美娜太太很高興我去看她，我把我已經脫稿的《青年時代的薩第美娜太太》交給她，我說我之所以沒有常去看她，實在因為沒有寫好這部稿子，覺得有點不好意思。她接過稿子，握在手上好一會兒，她笑了笑說：「我很高興你現在寫完了。」

「我不知道以下是不是還有能力寫下去。」

「你是說以下嗎？我想你不會再去寫，而我也不希望看到了。將來，也許等我死後，有人看到你的書會有興趣繼續寫我中年與老年的生活。」她說著苦笑了一下，咳嗽幾聲。我心裡感到一種奇怪的不舒服，覺得她怎麼要在這時候說到「死後」呢？我說：

「妳看了如果覺得有不妥的地方，我可以再修改的。」

薩第美娜太太抬起頭來看我一眼，但是好像並不理會我的話，她說：

「你知道我的女兒下月就要回來了？」

「我聽多賽雷對我說起過。」

「我預備開一個盛大的園遊會歡迎她。」

「那麼林明默呢？你打算把她放在什麼地方呢？」我問。

「她已經預備離開這裡，聽說她打算到別處去旅行。」

「是不是同多賽雷一同去旅行？」我再問。

「我想不會的。多賽雷這次要到印度幾個大寺去看看。我想林明默不會想去印度的。」

「那麼，蘇雅呢？」

「蘇雅已經進聖林電影公司，她不會伴林明默去旅行的。」

「那麼，你的女兒與女婿是不是打算住在這裡。」

「那就隨便他們了，我自然歡迎他們來住的。」她說。

「我想如果他們來住，於妳一定可以解除許多寂寞。」

「我很喜歡般若華回來，但是我知道她回來後，我不會太久於人世了。」

「妳這是怎樣說呢？」

「怎麼說？」薩第美娜太太露出充滿智慧的笑容：「你記得我們一同去看那巫婆的棺材麼？」

「怎麼？」

「那正是那天的水晶棺材裡所暗示的。」

「暗示？」我吃了一驚，但是我隨即很平靜地說：「難道那個巫婆對你作過這樣的解釋嗎？」我說著，心裡不斷地追憶那天我在水晶棺材裡所見種種，那些紛紜的水泡似的紅球綠球，我實在想不出裡面可以找到這樣的一個結論。

「那是我自己的解釋。」她說。

「那怎麼會是對的呢？」我說：「我覺得命運本身就是一種解釋，它不斷在解釋人。而人為什麼又要去解釋命運呢？」

「你講得很聰明，但是我並不是解釋命運，我只是解釋水晶棺材裡的現象去瞭解命運。」

「我想如果命運真是有的，而可以讓我們預先知道，那麼人類的歷史應該都是寫未來而不是寫過去才對，妳的傳記也應該由妳的父母來寫才對，這不是很滑稽嗎？」我說。

「我希望你的說法是對的，」她說：「我其實只是一種直覺的預感，女人的直覺往往很精確，而我的預感也往往是對的。」

「但是為什麼要去想這個問題呢？」我說：「我們的生命是屬於現世，我們活在現世上就想現世的問題不好嗎？」

「現世是暫時的，而生命則是永久的。」

「生命為什麼是永久的呢？」

「因為我們有個靈魂。」

「但靈魂也只是一種解釋。」我說：「倘若我們不作這些解釋……」

「那就不是人了。」她說：「人是會解釋的動物，所以人類不同於禽獸。」

「那麼人類就只好註定痛苦了。」我說。

我很奇怪那天薩第美娜太太會同我談到這些問題，我覺得她與以前很有點不同。

當時有女傭通知說是醫生來了，我就告辭出來。我說隔些天再去看她，要聽她關於我寫好的傳記的意見。

我到了樓下就看見蘇雅，我很想問她林明默是不是在家。她說她正是林明默派她來叫我的，請我與薩第美娜太太談完了去看她。

走過長長的走廊，就在音樂室的前面，我看見了林明默，她穿了一件黑色像男人穿的博大的長袍，沒有任何的化妝與飾物。

她像是等待我般的很自然地同我招呼。接著她推開右面的門，一面說：

「我有許多次都想同你談談。」

她先進去，等我走進去了，她就關上了門。

我一看那間房，馬上記起那是我曾經來過的「偶然室」。那間房並不大，牆上被著藍色黃色組成花紋的錦緞，對著房門的牆上，掛著一幅精細工筆的沈周的山水，被裝在紅木鏡框裡，另外是一幅用篆字寫的「偶然室」橫幅。

那是我第一次來這裡時薩第美娜太太帶我來過的地方，我想起她曾經告訴過我那是一間求婚的房間，一個小姐允許一個男人走進這間房間就是準備接受那個男人的求婚的。現在林明默帶我進這間房間了，難道她不知道這間房間的歷史嗎？

林明默坐到在沙發上，正襟危坐地說：

「你可以坐下來，同我談談嗎？」

我坐在她的斜對面，我發覺她好像比以前消瘦了一些，她的眼光裡含著一種莊嚴的憂鬱。她似乎故意避開了我的視線。她低著頭看她自己的手指，她的長長的手指輕輕地撫摸著衣襟，她的睫毛閃動著，低聲地說：

「薩第美娜太太說你一直瘋狂似的在愛我，有這樣的事情嗎？」說完了這句話，她抬起頭，看我一眼，半帶玩笑似的笑了笑。

「為什麼要問我這樣的話呢？」我說：「我知道妳現在不會相信一個男人的愛情了。」

「你好像已經知道了我的一切。」

「我不是有意打聽妳的私事，只是……」

「我並不怪你。」她打斷了我的話，又說：「一個單戀我的人，想打聽我一點私事也許是應該的。」

「那麼妳相信我是一直在愛你的？」

「這不是我相信不相信的問題。」她說：「我也不想瞭解你。我一時也許不會愛什麼人，但是我需要一個愛我的人，他肯沒有條件地給我一點幫助。」

「愛情這個字眼太神祕，也太神聖。像我這種失戀過的人，實在不敢隨便去用它。」我說：「當然，妳要我做什麼事，在我都是光榮的，這就憑我們的相識已經夠了。」

「我打算旅行一次。」

「這自然於妳是很好的。」

「你願意伴我去嗎？」

這是一句很出我意外的話，我很詫異，我說：

「妳願意我伴妳去旅行？」

「我想到日本韓國去玩兩個月。」

「還有誰一起去？」

「就是你同我。」

「真的？」我驚異地問：「妳要我幫助妳的就是這個嗎？」

「是的。」

「那不是我夢寐中都求不到的幸福嗎？」

「我希望你不會誤會我的意思，說穿了我只是要一個隨從而已。」
「妳難道以為我會想什麼，只要每天可以見到妳，已經是我最大的幸福了。」
「那麼就這樣。」她說：「我們後天就去，我去辦飛機票。飛機很擁擠，我想不托人是很難辦到的。」
「蘇雅不去嗎？」我問。
「她已經進了聖林電影公司。這倒是多賽雷的意思，她明天就搬去了。」
「妳現在已經不做事了？」我又問。
「我早已辭職，做事原也為解解悶。」
「那麼以後打算怎麼樣呢？」我再問。
「我不知道自己。」她說：「你對於你自己有什麼打算呢？」
「什麼都沒有。」我說：「但是我是個流浪漢，妳怎麼可以同我比呢？」
「我們是人，人都是應該服從命運支配的。」她說。當時我沒有再談什麼，約定第二天她打電話給我。我告辭出來時已是上午十一時。
我很難訴說當時的心情。許多事情很意外地降臨到我的身上，真是我連做夢都沒有想到的。我為林明默廢寢忘食很久，她從來沒有使我有對她接近的機會，現在忽然約我去旅行，這究竟是我的幸運還是不幸呢？我想她約我去旅行，恐怕是臨時的一種衝動，一定是知道了我在薩第美娜太太地方表示愛她，才引起她這個奇怪的想法，正如她聽到多賽雷去Little Foot夜總會時，忽然想跟著同去一樣。林明默的靈魂中有奇怪的鋒棱，譬如突然把蘇雅接來同住等等，這就是令人想不到的事情。

我想她的旅行的念頭，大概是起於方逸傲與般若華回國的消息。方逸傲的新人恰巧是薩第美娜太太的女兒，這對她是個刺激。她的旅行的計畫當然是聰明的，但是為什麼約我呢？因為我是真正傾慕她單戀她的人嗎？但是我知道她是決沒有半點愛我的。她很明白告訴我她要的只是個隨從。我的愛情不過是在她的空虛生活作個點綴罷了。

我明知這情形，但是我還是很興奮而自傲地接受了。這正如飛蛾明知火的灼熱還是很高興撲過去一樣。

三十七

那天夜裡，我在床上輾轉反側地不能入睡，我又是高興，又是痛苦。我高興的是我有機會接近林明默，痛苦的則是我發現林明默對我有點玩弄與輕蔑的心理。是不是因為受了男人的打擊而對另一個男性報復呢？

我無法否認我在愛林明默，但是我仍覺得我應該很有男子氣地去愛她。我很後悔我當時沒有向她求婚，在那間所謂「偶然室」裡，我的求婚也許會有不被拒絕的魔力。我沒有理由要求她只承認我去充她的隨從的。

這樣想的時候，我竟想寫一封信謝絕她的好意。當時我就起來，我寫寫撕撕總有七八次，才寫了下面這樣的信：

「明默：今天從妳的地方回來，我心裡一直在動盪不安。妳約我伴妳去旅行，我真是又感激又慚愧。

「如果我並沒有愛妳，妳約我伴妳去旅行雖是充妳的隨從，也總是一件光榮的事，但是我不幸在第一次見妳時已經愛上妳了。倘若妳約我伴妳去旅行，是因為喜歡我做妳的伴侶，這在愛妳的人心裡也一定是一種恩惠。現在妳約我並不是喜歡我做妳的伴侶，這是一種奇怪的綜錯。這種綜錯分析起來是有你的報復心理，有你的輕視『愛情』的心理，有妳對於一個愛妳的人玩弄的心理。當我在妳的面前，我是像中了魔的人一樣，只要可以和妳在一起，我什麼都會接受。可是離開妳以後，我內心忐忑不寧，我慢慢地發覺這是一種可怕的嘗試，於我固然不好，於妳恐怕更加有害。人間的愛情並不都是慈祥溫柔與善良的，它可以變成不可控制的暴力，也可以變成可怕的仇恨。一個可以為妳犧牲生命的人，也可以損害妳的生命；一個可以為妳犧牲幸福的人，也可以損害妳的幸福。如果妳瞭解，我是把伴妳旅行的事情當作我最大的幸福，那麼妳也可以瞭解我對妳謝絕這次旅行已經是為妳作很大的犧牲了。請妳寬恕我改變了我的意念，祝妳旅途快樂……」

寫完了信，我還是不能入睡，我大概看了兩個鐘頭的書，睡著的時候已經兩點多鐘。第二天醒來，已近中午，我讀讀昨晚寫好的信，忽然又不想寄發。我覺得這也許正是我接近她的最好機會，我為什麼要失去這機會呢？

我把信壓了一晚，第二天早晨我忽然收到林明默一封信。她非常坦白說，她那天想見我並不是要約我伴她旅行的，但不知怎麼她竟這樣約了我，她很抱歉地說她很對不起我，想利用我對她的愛情來施行對男人的報復，現在她決定自己一個人去旅行，並且希望我原諒，她很感激我對她的情誼，她希望慢慢地酬答我的好意。她最後忽然說她可能是個使男人容易發生幻想的人，但總是會使男人失望，希望我可以不要用奇怪的情感去愛她。

我接到這封信以後，馬上打電話給林明默，我想找她談話，但是接電話的是蘇雅，她說林明默已經於昨天夜裡一個人去旅行了。

當時我心裡有一種說不出的惆悵，我問蘇雅是否打算搬到聖林公司去。她說，她大概一兩天內就搬去，因為般若華要回來，薩第美娜太太想粉刷整修房子。最後說多賽雷要同我說話。

前天去薩第美娜太太處，多賽雷恰巧不在，我已經好幾次沒有看見他。他在電話裡告訴我，他後天要去印度旅行了。我當時就約他與蘇雅一同吃飯。

多賽雷同我總是有許多話可以談，不過在蘇雅的面前，我們的話題不得不隨和蘇雅的趣味。我們談到林明默的旅行，談到蘇雅的前途，談到帕亭西。於是多賽雷忽然又談到羅素蕾。

我已經幾天沒有看到羅素蕾，我應該很想她的，但是我的煩惱則來自林明默。我好像沒把羅素蕾當作我的問題。我雖說並沒有把羅素蕾忘去，但是也不能說我對她有一種迫切的相思。我發覺羅素蕾母親說的話或許是對的。我一直在愛林明默，她不過是一個替身而已。這樣一想，我內心浮起無限的慚愧，我深深感到一種說不出的內疚。蘇雅忽然說：

「我昨天和羅素蕾通電話，她問我有沒有碰見你。」

「妳怎麼說？」

「我說你來過我們那裡。」她笑著說。

「妳還說什麼沒有？」

「沒有。」她說。

我知道林明默沒有把約我一同旅行的事情告訴蘇雅，我很放心，就沒有再問下去。

晚飯的時間，多賽雷同我談到薩第美娜太太的病。他說：

「薩第美娜太太的病很奇怪，醫生都找不出原因。」

「我昨天去看她，覺得她的精神很好，同她談了不少話。」

「她有時簡直不像是個病人，」多賽雷說：「可是她不想吃東西，睡不著覺，熱度不退，有時血壓很高，有時候又很正常。」

「我想這大概是一種老弱病，沒有什麼大關係。」

「我倒以為這是一種心理病，她很關心她的女兒，又不願意談她的女兒。」

「這個我知道，」我說：「我為她寫傳記時，就看出這一點，她一方面愛她的女兒，一方面又妒忌她女兒。」

「她很想見她女兒回來，又很不願她女兒回來，所以把我弄得莫名其妙，同她談話很難。」

「是不是她的女兒同她的女婿就回來了？」

「就是下月初吧。」多賽雷說。

「我想等他們回來，薩第美娜太太的病就會好了。」

「你已經把她的傳記寫好了嗎？」多賽雷問我。

「只寫好她青年時代的。」我說：「我實在應該見到她女兒以後再寫。」

「為什麼？」

「我也許可以從她女兒身上想像到她的年輕時期。」

「我倒想讀讀你是怎樣寫的。」多賽雷說：「第二部是不是要寫中年時代了？」

「我不想寫了，」我說：「實在寫不好。」

「我想她也許不希望寫下去的。」

我與多賽雷與蘇雅談了很久。飯後我們又到咖啡館裡坐了好一會，多賽雷談到他這次去印度的計畫，他還想回來時去泰國看看。他說，他如果找到一個合適的寺院，他也許會出家的。我當時只把它當作一種笑談，沒有去理會他。

分手時，我說我明天不去送他，祝他一路順風。

三十八

我同尤美達雖是好久沒有見面，但常常通信。我們在信中已經什麼話都談，我也告訴她我已經寫好了《青年時代的薩第美娜太太》。她急於先讀為快，並且要我與薩第美娜太太談出版的事。我說等薩第美娜太太讀了以後再說，也許她還要我有什麼改動。

《舞蹈家的拐杖》已經完全攝製好，尤美達約我去看試片。那天我在片廠裡會見旁都，他對《舞蹈家的拐杖》非常滿意，尤其對於陸眉娜特別誇讚。

「陸眉娜呢？」我說：「她沒有來？」

「她去日本旅行了。」旁都說。

「你沒有同去？」

「我這裡怎麼走得開？」他說。

「你還是這樣愛她？」

旁都點頭笑笑，忽然說：

「如果有一天我們之間出了什麼事，那一定是你教我的。」

「我？」

「你的《舞蹈家的拐杖》。」他笑著說。

那時試片開始，我們沒有再談下去。

影片的成績並不很好，不過陸眉娜在裡面顯得很有天才。戲在斷腿以前，她有許多舞蹈場面，可以使她發揮她的舞蹈技能。在斷腿以後，她就完全要依賴她的演戲的天才，而她居然也能很勝任地支持下去，雖然不是什麼突出，但已經是很難得了。

試片以後，我與尤美達、旁都一起吃茶。我們談到方逸傲。方逸傲是旁都的朋友，旁都很瞭解他，說他很有錢，父親死時還年輕，被他母親嬌養慣了，完全是個紈綺公子，像林明默這樣的趣味會愛這樣一個男子，真是一件很奇怪的事情。旁都並不認識般若華，也不知道他們之間的浪漫史。

「我想般若華一定是非常美麗。」我說。

「你怎麼知道？」尤美達笑著問。

「我替薩第美娜太太寫自傳，我發現薩第美娜太太在妒忌她女兒的美麗似的。」

「我聽說你替她寫自傳，是不是已經寫好了？」旁都忽然問。

「他已經寫好《青年時代的薩第美娜太太》，我正勸他早點出版呢。」尤美達說。

「是不是可以改成電影？」旁都忽然說。

「如果可以的話，薩第美娜太太這角色倒可以請般若華來演。」我說。

「這倒是一個好主意。」旁都說。

「般若華怎麼肯為我們演戲？」尤美達說。

「也只是隨便談談，我自然希望陸眉娜演這第二部戲。」旁都說。

尤美達問我，薩第美娜太太有沒有看完那本自傳，是不是有什麼要我改動的，我說我再沒有同她接觸過。

尤美達當時約我第二天一同看薩第美娜太太。

第二天一早，我先去接尤美達。我們到薩第美娜太太的家裡還不到十點鐘，薩第美娜太太的病像是完全好了，她坐在走廊上一個搖椅上。她看見我與尤美達進去，她非常高興地對我說：

「我正要打電話給你，你寫的傳記我已經讀完了，寫得很好；你修改了不少的地方，比以前寫的要好。」

「謝謝妳，我正恐怕妳不喜歡我擅自修改的地方。」

我說：「我真高興妳的病已經好了。」「謝謝你，有時候我的精神是很好的。」她說著，招呼我與尤美達就坐。

尤美達於是談到是不是可以把《青年時代的薩第美娜太太》先行出版的問題。

薩第美娜太太很高興地說：

「我不但希望可以很快出版，我還希望它可以搬上銀幕。」

「真的？」尤美達說：「昨天他們倒說起，如果要搬上銀幕，應該要請般若華來演才對。」

「我不相信她有演戲的天才，如果有的話，她也許會高興來演的。」

「薩第美娜太太，妳真的不反對把妳的傳記搬上銀幕？」我說。

「為什麼反對？」薩第美娜太太說：「人生不過是一場戲，我已經老了，什麼都已經過去，如果在銀幕裡可以看到過去的自己，也是很好玩的，是不？」

那天談話真是出了我意料以外的順利。我總以為薩第美娜太太對於我寫好的傳記還有許多挑剔，我還要為她修改一次；而實在說，我對於這件工作已經很厭倦，我好像下意識地怕她要我再去改動。所以當時沒有聽到她挑剔，我已經非常快活。我說：

「薩第美娜太太，妳真的仔細讀了我的稿子，而不需要有什麼改動麼？」

「我覺得這已經夠好，以前我們意見上有許多不同，現在還有些存在著，不過我知道如果我要你一定照我寫，你一定會寫不好的。」她笑著說。

薩第美娜太太這話，忽然使我發現她有點變了，她好像不是以前的薩第美娜太太。我說：

「我想，真正要真實的傳記，也許應該由自己來寫才對，是不？」

「但是我知道，如果要我自己來寫，一定沒有你寫得好。」她慈祥地笑著說。

「現在還只是青年時代，是不是還要寫中年時代？」尤美達問，「妳打算再叫人寫下去嗎，薩第美娜太太？」

「我不想寫下去了。」薩第美娜太太又對我說：「你知道我讀你寫的傳記是什麼一個心情嗎？同我當初請你寫傳記的心境不同。也許因為我在病中。以前我很想這傳記儘量的真，現在我知道即使是我的回憶也已經不真，寫出來怎麼會是真的呢？再想一想，人世所謂現實，也許也並不存在，一切我們經歷的現實，實際上也只是當事人在當時認為它是真的而已。」

「那麼妳說，歷史根本是不可靠的了。」尤美達說。

「其實，整個的世界還不是靠人相信它而存在的呢？」我說。

薩第美娜太太平靜地微笑著，我發現這笑容正是她以前所沒有的。

那時候傭人來通報醫生來了，我與尤美達就起身告辭。薩第美娜太太留我們再坐一會，她說：

「我只是去打一針，就出來了。」

薩第美娜太太進去後，我說：

「她好像與以前很不同似的。」

「是的，她大概比以前服老些。」

這時候我忽然想到林明默走後一直沒有信，不知道薩第美娜太太有什麼消息。

薩第美娜太太再出來的時候，手裡帶著我為她寫的傳記的原稿，她對我說：

「裡面只有三四處地方，我用紅筆改過，你再看看。都是一些人名位址與時間上的錯誤。」

我接過稿子，翻閱一下，尤美達對薩第美娜太太說：

「如果我們出版了，你對版稅稿費有什麼意見？我可以預備合同來。」

「啊，這是他的事。」

「這是怎麼說呢？我已經拿了你的薪金。」我說。

「這是你的。」她笑著說：「因為這是你的作品。」她忽然轉換了語氣，看了看我們說：

「你知道這些天我正在立遺囑嗎？」

「怎麼？」

「假如你現在不接受，我在遺囑裡也要加上這一項的，你不要客氣。」

我看她非常誠懇與固執，所以也只好道謝。當時我問蘇雅，她告訴我蘇雅到帕亭西教授地方去了，她又說林明默在日本很好，有信給她。她又說，她夢想不到般若華結婚的對象竟是林明默的情人，這雖然不是她的事情，可是她竟覺得很對不起林明默。最後她對我說：

「你還是那麼愛她嗎？」

「我也不知道自己，」我說：「可是林明默一時是不會有愛情的。」

第三部　巫女的晶櫬

三十九

尤美達讀了《青年時代的薩第美娜太太》，有許多意見。她覺得上半部太囉嗦，應該刪節，我告訴她上半部正是照薩第美娜太太的意思寫的。我要尤美達先去徵求薩第美娜太太的意思，我想到在我進行寫作時薩第美娜太太的固執態度，猜度薩第美娜太太是決不會同意刪節的。誰知尤美達竟很快地得到薩第美娜太太允許，還全權聽尤美達去處理，於是尤美達就拿回來交我刪改。

這刪改工作實在也很費事。我因為珍惜我寫的時候所費的精神，所以初次刪改得並不多。尤美達讀了還不滿意，於是我又刪改了一次。後來大概刪去了有全稿的三分之一，尤美達才覺得滿意。在刪改進行之中，我與尤美達有很多往還，她做事情真是認真非常。當我把全稿刪改好了以後。我更覺尤美達的意見完全是對的。

就在那時候，《舞蹈家的拐杖》電影上演了，賣座出人意料的好，原想這樣的戲最多可演兩星期，但竟一直滿座，延長了一個多月，這使旁都非常高興。陸眉娜一時就成了紅星，我也變成了大家都羡慕的作家。自然《舞蹈家的拐杖》的小說，也跟著暢銷起來。尤美達也就在那時候出版了我的《青年時代的薩第美娜太太》，她還在銀幕上做預約廣告，所以出版時就成為暢銷書之一，是這個關係，旁都計畫把《青年時代的薩第美娜太太》也攝製成電影。

我們談了好幾次，大家都同意如果要改成電影，自然不能也無法太忠於原書。他們原想要我改寫劇本，我因為對這些材料已經用過一次心思，再叫我重新用另一個形式來編寫，覺得實在太沒有意思，所以仍希望尤美達來擔任這個工作。我還怕薩第美娜太太會不贊同把傳記的內容作太大的改動，也許由尤美達去同她商討，比我去要容易解決。當時我就提到我們的商討並不重要，倒是先該同薩第美娜太太去研究研究。

天下的事情真是無法預料，許多極困難的事情，有時會變成很容易，許多極容易的事情，有時候會變成很難。我原以為薩第美娜太太對於電影劇本一定要參加許多意見，但尤美達於第二天就給我電話，說薩第美娜太太一點也沒有意見，她說一切任憑尤美達去改動好了。

「那真是太出意外了。」我說。不知怎麼，有一種奇怪的感覺，我說：「那麼她真是完全變了。」

「我想這是我善於辦外交吧！」尤美達幽默地說。

「是的，是的，」我漫應著，接著我問：「她身體好嗎？」

「她差不多完全好了。聽說方逸傲同般若華這幾天也快回來了，她又在計畫怎樣舉辦園遊會呢！」

「那麼妳就動手寫劇本了？」

「我希望你先給我寫一個故事大綱。」尤美達說，她閃耀著美麗的笑容，也閃耀著她的有神的眼睛與左頰的黑痣。

寫故事不是一件繁重的工作，所以我答應於兩天後交給她。當時我們沒有再談什麼。這以後，我們有許多次往還，商討故事與劇本的處理，我們還談到演員的問題，主角自然是陸眉娜，但十三四歲時的小薩第美娜太太則需要另外一個人來扮演，我當時極力推薦蘇雅，我希望她可以獲得這個機會。

而就在我們進行這些事情的時候，一件意外的事情竟出現了。

那天我從外面回來，就留有尤美達來過的電話條子，叫我馬上打電話給她。我打過去，尤美達已經出去，接電話是他們的一個職員，他叫我馬上到高士諾醫院七十八號房間去。我想問究竟是怎麼回事，對方已經掛斷了電話。

我當時馬上叫了一輛街車，趕到高士諾醫院去，路上我不斷地猜想尤美達夜裡出了什麼事，或者旁都發生了什麼，心裡非常焦急。

高士諾醫院就在半山區，周圍都是高大的樹木，到了裡面，我搭電梯上去。在七十八室病房內，我就看到醫生護士們在忙碌，舉目就看到尤美達，我想這一定是旁都出了什麼事了。

尤美達看我進去就過來，帶我到病房外面的走廊上。

「怎麼回事？」我問。

「薩第美娜太太。」

「她？」

「今天恰巧般若華、方逸傲他們到，她約旁都與我一起去接飛機。我們就先來找她，誰知在半路上她忽然病發起來，所以我就把她送到這裡來，我叫辦事處的人打電話找你。」

「旁都呢？」

「他一個人到機場去接般若華與方逸傲去了。」

走廊很寬闊，靠窗放著籐桌與籐椅，但我們並沒有坐下，只是站在那裡。我看看尤美達不安的神情，覺得也無從安慰她，我說：

「醫生怎麼說？」

「這已經是第三次打強心針了。」

就在那時候，我看見走廊那一端出現了旁都同兩位陌生的男女，他們顯然是從電梯上來的。那另外兩個人。不用說，一定是方逸傲與般若華了。

「是不是旁都他們來了？」我說。

尤美達一看確是旁都他們，高興地迎上去。

現在我馬上看到般若華了。

般若華有一個纖巧婀娜的高高的身材，我在她白色的手提袋上看到她細削的長長的手指，指甲上擦著粉紅色的指甲油。她有一個昂然的頸項，她的臉是靈活與寧靜、清朗與含蓄的配合，眉宇間露著一種驕矜，嘴角帶著憂鬱的線條。我實在看不出她與薩第美娜太太有什麼相像之處。只有那雙大大的眼睛，帶著夢幻的神祕的光彩，與薩第美娜太太的是有點相同。

旁都在為尤美達介紹，他們站著談了一會話，接著就匆匆地過來。

就在那一瞬間，一個護士從病房出來，尤美達搶著問她。她說：

「你們進去吧，我找牧師去。」

尤美達當時與旁都同方逸傲、般若華進去了，我也跟在後面。

病榻上的薩第美娜太太，那時已經不會說話。

她像是一瓣枯萎了的荷葉，而站在她榻邊的般若華與尤美達，則正像嬌豔的蓮花。般若華突然啜泣起來，這時候，剛才的那個護士已經偕牧師進來。我忽然想到我竟一直不知道薩第美娜太太是基督教徒。

牧師叫我們退出去，我們回到走廊上。方逸傲扶般若華坐到靠窗椅子上，她用手帕掩著臉在流淚。旁都為我介紹了方逸傲。

方逸傲是個修長整飭的青年，身材很挺秀，衣著很講究，他伸出瘦長的手同我握手。我覺得他倒是有自信的人。他有一頭很濃的黑髮，但髮腳太低，眼睛太小。鼻子倒很端正，嘴角露著一種沒有誠意的笑容。我不覺得他是一個怎樣出色的人物。

我曾經癡愛著林明默，但看到了她所愛的竟是方逸傲，則覺得自己真是很可笑，一時間似乎我對於林明默的高貴的想像突然降低了。

這真是很難使我瞭解的感覺，好像林明默這樣的女子，她應該不愛任何普通的男人才對的。

我因為愛林明默。始終覺得自己是不配做她的愛人，但現在看到方逸傲，覺得他比我優越的或者就是他富有了。難道林明默愛他的也正是他的富有嗎？

就在我這樣遐想的時候，牧師踱出來了。般若華站起來奔進病房，方逸傲隨著她，我與尤美達也跟在後面。

薩第美娜太太的臉已經蓋上了白色的床單……

四十

薩第美娜太太的喪事很隆重，來送葬的人也很多，但是我看不出這些人裡面有幾個是真正傷心的。我在醫院曾經有很多感觸，現在則反而不覺得什麼。我很注意般若華。薩第美娜太太要我從這位女兒身上看到過去的青春，我也曾想從她的身上獲取一點寫傳記的靈感，但是我現在並沒有想改寫我已經寫成了的傳記。

我在醫院第一次看到般若華，覺得她是秀逸超群，像一隻潔白的仙鶴，現在我更覺得她像一塵不染的水蓮。我忽然想到我在巫女的水晶棺材裡所見的年輕時代的薩第美娜太太的印象，我很想找出二者相同的地方，但是竟找不出任何的聯繫。

於是我想到林明默，林明默與般若華有完全不同的美，林明默的美是屬於東方的，她是玲瓏細膩與高貴的結合。她的輕盈與瀟灑是般若華所沒有的，但般若華是混血的女孩子，自有她挺秀嬌媚的鋒芒，我不能否認她比林明默更能獲人的注意。

在送葬行列中，我一直想念林明默，我不知道她是否知道薩第美娜太太的死訊；如果知道的話，即使在日本，或者韓國，也應該趕來送葬才對。自然，也可能因為她不願會見方逸傲，所以就不來了。

薩第美娜太太的墓地在筲箕灣。送葬時，我與尤美達在一個車子裡，尤美達覺得薩第美娜太太死得雖是突然，但是她的病則是由來已久，事實上她年紀也已經老大，所以也不是什麼意外。我則想到她與薩第美娜太太商談傳記改電影劇本時，薩第美娜太太的毫無成見，完全聽憑尤美達處理的態度，的確是一種很奇怪的變化。我說，我當時就想到她的病況，一個人的脾氣突然的改變，往往會是一個不祥的兆頭。

車子的行列蠕動甚慢，在旁邊一輛車子裡，坐著一位年輕豐腴的漂亮的太太，尤美達告訴我她就是羅素蕾的後母，她叫李鶯使。

「她很年輕，是不？」

「她比羅素蕾只大五歲。」

「羅素蕾好像同她不很合得來。」

「這是難免的事情，她自己也沒有養過孩子，自然很難做好母親的。」

「聽說她要開音樂會了，是不？」

「她的歌唱不錯，她想明年到義大利去，所以要在行前開個音樂會。」

「羅素蕾不同她一起去義大利嗎？」

「我想不會的。聽說李鶯使有個男朋友，前年去義大利，她是去同他結婚的。」

「那麼羅素蕾怎麼辦呢，一個人？」

「好在她父親死後有點積蓄，有幾所房子可以收租，也為她留了教育費。」

我與尤美達在車子裡閒談著，長長的行程也就過去了。車子到筲箕灣，下車後又走了十幾分鐘山路，於是我們到了一個基督教的墳場。我們望著薩第美娜太太的棺木入土，聽牧師作最後的祈禱。於是一百幾十個送葬的人們就陸續散了。

就在那時候。我忽然看到林明默、蘇雅與多賽雷在前面，一瞬間我心裡很興奮，因為這實在太出我意外了。我跑上去，同她們招呼，她們說也正在找我。我說：

「明默，我正想妳應該來弔喪的，妳果然出現了。」

「這倒是多賽雷鼓勵我的，」她說：「我很後悔在她死前沒有見她一面，死後的喪唁與死者有什麼痛癢的關係？而且我知道來吊奠的人很多，少我一個人有什麼關係。」

「自然，但這也只是我們自己對死者表示一點敬意罷了。」我說。當時我就約她們同尤美達到咖啡店坐一會，我們在北角一家咖啡店裡坐了很久。我問多賽雷是什麼時候回來的。

「我昨天才回來，一下飛機就聽到朋友告訴薩第美娜太太死去的消息，我本想找你，後來想今天在這裡一定可以碰見你，所以就沒有通知你。」

「我是在電話中聽蘇雅說的，」林明默說：「我馬上就飛回來了，但過後一想，倒也並不十分傷心了。我同她有非常好的友誼，她待我也像自己的女兒一樣，她的死對我應該有很大的打擊，但是我竟並不感到什麼，我覺得我自己真是有點麻木了。我想我對於自己的生死也正是不覺得關心，大概我的心早就死了。一個人的生命正像一支蠟燭，它不斷地發光，等發完了光，那就什麼都沒有了，活在那裡也只是活在回憶中了。薩第美娜太太也正是耗盡了光芒的生命，活與死對她已沒有什麼。每一個生命還不是要死的。」

林明默平時很少說話，今天這樣發議論，是很意外的事。我忽然想同她談方逸傲，但覺得這也許是她不想提起的，所以沒有敢提。但多賽雷忽然談到方逸傲，說他在送葬時很注意林明默，好像很想過來，找她說話似的，問林明默有沒有看見他。

「我自然看見他的。」

「那麼妳沒有想同他說話。」多賽雷說：「也許他有什麼話想同妳解釋。」

「也許是的，」林明默露著諷刺的笑容說：「不瞞你說，我還接到他的信，說要同我談談。」

「那麼妳……」

「我沒有理他。」

「你對他難道已毫無情感了？」

「我對他已經什麼感覺都沒有了，一個人的感情，正如火柴一樣，等能燒的都燒盡了，那就什麼都沒有了。」

以後，尤美達與多賽雷談到印度與泰國的情形。多賽雷談到他在喜馬拉雅山腳一個古寺裡看到一個高僧，他也許想去那裡住幾年，如果喜歡，他也許就修道了。

「你去了如果覺得很好，請你寫信給我，我也去。」林明默笑著說。

「那麼，我也跟著你去。」我說。

四十一

許多事是神創造的，許多事則是人創造的。神創造的是人類的命運，人創造的則是人類的歷史。

自從舉辦薩第美娜太太喪事那天我與林明默一同在咖啡館聚談後，我有兩三天沒有她的消息，我還以為她自日本回來後，仍舊住在薩第美娜太太的別墅裡，後來多賽雷來找，才告訴我，她是住在九龍一個朋友家裡。

多賽雷則仍住在薩第美娜太太的別墅裡。而般若華與方逸傲始終住在香港大酒店，方逸傲在香港有很多房產，現在正將跑馬地的兩所房子在重新裝修粉刷，預備將來搬到裡面去住。可是據多賽雷說，般若華則覺得住不慣香港。希望仍舊回到歐洲去。我問他們將來怎麼樣處置香港那間別墅，多賽雷說，要等律師宣讀薩第美娜太太的遺囑後才能知道，不過照他看來，般若華一定是要把它賣去的。

多賽雷說他預備過了年到印度去。談到蘇雅也許可演少女時代的薩第美娜太太時，他很高興，希望我一定可以促成這件事情。

多賽雷告訴我林明默的電話，我很想打電話約她敘敘，但是那幾天正忙著與尤美達商討改寫《青年時代的薩第美娜太太》的電影劇本，所以我決定星期六再打。但是於星期四那天，我從尤美達地方回到寓所，說有一個姓林的打電話給我，留了一個電話號碼，要我打電話回去，我發現竟是林明默。這是很出意外的事情。我當時就打了一個電話給她。她在電話裡說，她找了我一天都找不到，找多賽雷也找不到，她有要緊的事情要同我們商量，她約我在半島酒店吃晚飯，如果找得到多賽雷，也希望能約他一起去。

但多賽雷沒有在家，我忽然想到他可能去帕亭西教授那裡，因此打了電話去問問，出我意外，來接電話的正是羅素蕾。我與羅素蕾好久沒有見面了，聽到了電話，倒感到很大的快慰。我問她近來忙些什麼。她告訴我帕亭西正在籌備一個音樂會，預備在她母親歌唱會以後一星期舉行。她現在每天忙著練唱，她說音樂會開了後，她母親要去義大利，那時候她希望我同她詳細談談。

多賽雷並不在帕亭西教授那裡，我掛上了電話後，就動身去半島酒店去會林明默。但是一路上，我一直惦念著羅素蕾，因為在電話裡，我從她聲音中聽出她仍舊是在愛我。我有奇怪的心理想看到羅素蕾。

而我是赴林明默的約會。

我到半島酒店樓上，選了一個憑窗的座位，大概等了二十分鐘，林明默進來了。她穿著一件白色的大衣，脂紅粉白，眉黑睫藍，耳葉上垂著翡翠的耳環，濃豔得像一株聖誕樹。這是我第一次看到林明默作這樣的打扮，在我印象中她似乎一直喜歡淡雅的，如此濃妝下的林明默，忽然像是另外一個人了。

我為她寬去了大衣，裡面她穿的是一件紅花的旗袍，玉琢似的手臂上戴著翠鐲，她讓我聞到了法國「夜魔」的香水。

「我找不到多賽雷。」我坐下時說：「真對不起，我連衣服都沒有換，我不知道這是這樣隆重的約會。」

「沒有什麼，我只是有件事情要同你商量。」

「什麼事？」

「你猜猜看。」林明默說：「我可以讓你猜十次，猜中了，我可以給你一個獎賞。」

我忽然想到了，我與陸眉娜打賭的事情，我注意到她畫了口紅的嘴唇，我笑著說：

「這獎賞是不是可以由我選擇呢？」

「也可以。」林明默笑得很天真，她說：「你沒有法子猜中的。」

「我想我只要猜三次就可以猜中了。」

我們點了菜，我叫了香檳。

「為什麼？」林明默問。

「為妳告訴我妳的喜事。」

「真的，你已經知道了？」

「我想我猜的沒有錯。」

「什麼？」

「你與方逸傲有了新的瞭解？」林明默搖搖頭，輕笑了一聲。
「妳，妳要離開香港？」
「不，不。」林明默說。
「難道你中了馬票？」
「你已經猜了三次。」林明默說。
「讓我再猜三次。」我說。
「我說你可以猜十次。」這時燈暗下來。音樂奏華爾滋，我說：「讓我同你跳一個舞再猜好麼？」
我雖同林明默跳過舞，但今天她的風采似乎完全不同了，她興奮，她開朗，她高昂，我從她目光與她的打扮上，發現這是我認識她以來最高興的一天，也可以說是她真正已經擺脫了對方逸傲的情感而昂然獨立了。
當我擁林明默在懷裡跳舞的時候，我感覺到一種驕傲與一種空虛，我說：
「妳願不願意猜猜試試，我如果猜中了向妳要求一個什麼樣的獎賞？」
「我不想對你有什麼猜度。」林明默說：「我想你總不會要我已經沒有了的東西。」
「如果我說要妳的愛情——」我說。
「你還以為我是有愛情的人嗎？」
「那我就不猜了，因為除了這個，你並沒有我想要的東西。」

「我有最高貴的友情。」
「可惜開始我已經沒有想到來做你的朋友的。」
「這怎麼講呢？」
「因為我已經愛了你，再不能回到友誼的情感了。」
音樂停了的時候，我們回到座位。我說：
「你喜歡跳舞嗎？」
「我喜歡，但要有很多人的場合。」
「這就是說不喜歡單獨同我跳舞了。」
「如果只是我們倆，是不是找一個清靜的地方談比較好些？」
「也許是的。」我說。我忽然想到陸眉娜，我同陸眉娜在花園飯店跳舞時的感覺，有一種「現在」的和諧，可以不想到彼此的存在。可是同林明默共舞，則意識到她一直在我的旁邊，是我爭取的目標，是我追求的目標，也是進攻的目標。
「現在你可以打一個電話給多賽雷嗎？」林明默說：「他也許回家了。」
「是不是必須有他，你才能公佈你想說的事情呢？」
「那倒不一定，」林明默說：「但是，你既然還在猜，還是等他來了，再讓我公佈吧。」
我打了電話給多賽雷。電話沒有人接。看表已經十一點，想來傭人們都已經睡著了，而多賽雷還沒有回去吧。

我回到座位，我說：

「電話都沒有人接，看來今天是找不到多賽雷了。」

「那麼你還想猜嗎？」

「我還想猜一次。」我說：「不過先要讓我吃點東西。」

我吃了一道菜以後，又請林明默跳了一個舞。在這個時間中，我一直在猜想林明默可能發生的事情，但都不像，於是，在重回到座位時，我說：

「我猜妳已經有機會去澳洲或者美國了。」

「不對。」林明默笑著說：「你無法猜中的，還是我告訴你吧。讓我們先乾這杯酒。」

我同她乾了杯。她於是很莊嚴地說：

「薩第美娜太太的律師已經公佈了她的遺囑，她把深水灣的別墅遺贈給我了。」

這消息實在太出我意外，我一時不知說什麼好。

「你覺得突兀嗎？」林明默說：「她雖然對我很好，我也很喜歡她，但並不是十分接近，現在她不把這別墅給她女兒而遺贈給我，這的確太出我意外了。」

「我想，也許——也許她知道他們並不稀罕這別墅，而妳才是一個真正愛這個別墅的人。」

「也許是的，」林明默說：「因為我對她說過，我非常喜歡她的別墅。」

「這倒真是我猜不著的一個消息。」我說。

「其實我雖然喜歡這別墅，但送給我也是一個問題。我一個人，而要這麼大的房子有什麼用。」

「把它賣去呢？」

「她說明不許我賣去，我自然也想儘量為她保留著。」

「那麼妳打算怎麼辦呢？」

「我正不知道怎麼辦好，我所以要請你與多賽雷來商量呢？」

「那麼我勸妳租給別人。」

「誰租這樣大的房子，地址又是這麼遠。」

「那麼分租出去呢？」

「我正是這樣想，我想搬回去住，把房子分租出去，用租金來打理收拾這個別墅同花園。」

「那麼妳就被那房子綁住了。」我說：「妳一定無法再脫離它，你可能變成第二個薩第美娜太太。」

「你想得太遠了。」她說：「我只是要把那個別墅再發揮一個燦爛的光亮罷了。因為這或者正是薩第美娜太太所夢想的。」

「這或者正是薩第美娜太太把別墅遺贈給你的理由了，如果給她的女兒，事實上是必會賣給別人的。」

「我如果搬進去，你是不是也肯搬回來呢？」林明默忽然說。
「妳要我搬回去嗎？」
「自然，不過我是要你付房錢的。」
「只要在我負擔能力的範圍以內。」
「那麼下星期一搬去好嗎？」
「你呢？」
「我就是定下星期一搬去。」我沒有說什麼。
「怎麼樣？」
「妳知道我會聽從妳的。」
「那麼我先謝謝。」
我送林明默回家的時候已經是一點半。當我一個人回到家裡的時候已是近三時。那天晚上我想到了許多問題。我幾乎整晚沒有入睡，我知道我仍舊愛著林明默，否則我實在沒有理由要這樣不加考慮地就答應她搬到深水灣去的。
林明默於第二天早晨就同多賽雷通電話，多賽雷馬上就來找我。他也覺得這是一件出他意外的事情，但認為這確是薩第美娜太太最聰明的一個決定。當時我就問多賽雷：
「你是不是認為她應該把它分租出去呢？」

「我也想不出更好的辦法，」多賽雷說：「不過，如果要分租出去，也總要請一個會經理的人來管理。」

「你有沒有同林明默談到過呢？」

「她也覺得我的話很對，但是她很有信心由她自己來管理，只是她希望我們幫她慢慢物色一個會打理的助手。」

當時，我因為要向蘭姆太太退租，順便同她談起。她說她以前有一個管家的，叫做惠好。是一個五十餘歲的女人。如果要用她，她可以介紹給我們的。當時多賽雷就打電話給林明默，決定先叫她去試一個月，也叫她星期一搬去。

林明默，就是這樣，好像是帶了我與惠好去接受了薩第美娜太太的別墅。

四十二

這個別墅，除了花園的花木很新鮮以外，一切都已古舊。林明默仍舊沿用了原來的幾個僕人，但她把薩第美娜太太一切陳舊的東西都清理出來。她甚至把許多舊式的家具都換去，客廳飯廳的地板也重新換過；她還把全部的建築粉刷油漆。這筆費用為數不少，她變賣了一些首飾來完成這些工作。

她好像對這一切進行非常有興趣，她幾乎全神貫注在這興趣上面。惠好確實是她很好的幫手，而我和多賽雷也成了她的顧問，我發覺林明默對於這別墅的修改，正如藝術家對於藝術的創造一樣，她看到這些工作照她的理想一一實現，感到非常快慰。

就在林明默陶醉在這些工作時，尤美達與旁都的《青年時代的薩第美娜太太》的電影已經開鏡了。

聖林電影公司對這部影片很重視，所以開鏡那天有一個很大的酒會。我在那面碰見許多人，但是陸眉娜不在，聽說她從日本又去了歐洲，要下個月才回來。也因為陸眉娜不在，蘇雅特別受人注意——他們已經決定請她來演少年時代的薩第美娜太太。

我在那裡也碰見了羅素蕾，她為我正式介紹她的後母羅李鶯使。李鶯使的音樂會就快開了，她很客氣地約我一定去聽，她說請柬幾天內就會寄來，她還告訴我她於開音樂會後就要去義大利。我當時就說：

「你應該把羅素蕾帶去，她在那裡也可以學唱。」

「我自己還不知道怎麼樣，」她說：「我想先去半年，如果預備住下去，我再叫她去，否則我也就回來了。」

「我倒覺得妳應該帶她去，妳回來了，她還可以在那邊求學。」我說。

「她在這裡讀中學。快畢業了，中斷了太可惜，我想她等中學畢業後再去，也許比較好些。」

李鶯使的話自然很有道理，我沒有再說什麼。

羅素蕾為我介紹了她母親後，她自己就走開了。我後來到處找她，都沒有再見到她。我不知道她是故意避開我還是怎的。這使我心裡很納悶。

我搬回深水灣後，曾經同帕亭西教授通過電話，我以為在聖林電影公司的酒會裡可以碰見他的，但是他沒有來，據多賽雷說他有點傷風。

所以我於第二天去拜訪他。

帕亭西教授的傷風並不很厲害，所以他還是正常的教課。我們已經好久沒有見面了，所以有許多話可以談。他對學生們都非常關心。我們談到他在籌備的音樂會，他說，羅素蕾、蘇雅都有一個獨唱的節目，他對於蘇雅的投身電影，覺得很可惜，但他覺得她去演電影自然比在音樂上努力容易發展。

帕亭西是個對於音樂教育有特別興趣的人，他在香港教聲樂已有二十幾年的歷史，好些有成就的歌唱家與教師都是他的學生。他生活很有規律，他覺得只有生活在學生群中才不會感到寂寞與空虛。他的年齡已使他對一切都覺得很平淡，唯一新奇的就是學生們的長大與進步，而多數的學生的進步是很突然的，而且每個人都不同。他忽然談到羅素蕾，他說她最近的歌唱真是有奇怪的進步，一方面或者正是生理上發育關係，另一方面，她好像在歌唱中找到了一種安慰。他說她本來是一個非常聰明的孩子。只是興趣廣泛，又不很用功，所以不很出色，但是最近完全不同。他說他正想下一次為她單獨開一個歌唱會。

在我與帕亭西交往與閒談的機會中，他的樸質平易的人格與安詳愉快的心情給我很大的影響。但如今談到羅素蕾的變化，不知怎的，反使我的內心緊張與興奮起來，我竟說不出的高興與安慰。我一時很想在帕亭西那裡碰見她，但帕亭西告訴我她今天不會來。我告辭出來後，又想打電話找她，但不知怎麼，我有點膽怯。於是在那天晚上我寫了一封信給她，我似乎有許多話要寫，但當我寫了我在帕亭西那裡聽到她歌唱的進步，覺得說不出的高興，希望她好好努力，專心去學音樂一類的話以後，再也寫不出什麼，因此這封信我還是沒有寄去。

我不知道為什麼我那時候怕去約羅素蕾見見面，也怕打電話給她。也許我下意識的知道，見了她我會無法不告訴她我是在想她愛她了。

我對她不願意有這些表示，正因我相信我是在愛林明默的，實際上我當時的情感是非常亂，愛情這東西在我這樣受過創傷的人心中已經很不固定，羅素蕾與林明默某種相同的地方似乎是我下意識的一個影子，而我急需慰藉的空虛的內心已使我無法分辨幻象與實感。高貴的愛情與罪惡的慾念的來源往往只是一個。

於是，一件想不到的事情發生了。

那是當林明默的房子大部分裝修完工的時候，她帶我去參觀那些房間。圖書室變動得不多，只是粉刷了一下，換裝一些燈光。音樂室則完全變動了，她裝上了完全新式ＨＩＦＩ。林明默說她要慢慢把那些舊唱片錄到音帶裡，燈光改裝得特別講究，可以控制成各種顏色，以配合音樂的氣氛。她還帶我看一些她全部新修的客房。

她要我選用一間，再把現在我所住的房間讓出來粉刷。她告訴我她要登報把它租出去，惠好已經為她介紹了一個廚子，她要把這個別墅變成一個華貴的公寓。接著她要我為她想一個公寓的名字。

林明默這些日子一直專心改裝這所別墅，她的興趣很高，她一面陪我參觀，一面談她的計畫。最後，我發現她帶我走進那間「偶然室」。這是一個小小的密室，牆上原來是裝裱著已顯黴舊的黃底棕花的錦緞，現在已換上了新型的銀色鏤花的牆紙，不過牆上仍掛著用紅木鏡框被裝的沈周的山水同篆字的「偶然室」的橫幅。原來的沙發也已經換了新型的較小的一套，配上銀色藍紋組成的靠墊。前面的玻璃小幾上放著一個藍花的瓷瓶，裡面新插著潔白的劍蘭。

林明默這時候忽然拉開一個單人沙發坐下了。她拿著一支菸含在嘴裡，我當時就為她點火，一面我自己點上一支菸。她說：「這裡坐一會兒吧。」

我坐下，房間裡沒有一絲聲音。

她吐出一口煙，我也吐出一口煙，煙霧在空氣中散動，我望著我的煙霧與她的煙霧纏在一起。彼此沉默了好一會，於是，林明默不知怎麼地輕輕地微喟一聲。

就在這一瞬間，我忽然中了魔似的跪倒在她的面前，我說：

「明默，我可以求你做我的妻子嗎？」

她兩手抱著我的頭髮，忽然啜泣起來，她吻著我的前額。於是，我與她擁抱在一起了。

「你愛我嗎？」我說。

「我要學著來愛你。」她說。

四十三

許多事情真不是人所能瞭解的，「偶然室」裡求婚的事情真像是神鬼的安排。從那裡出來後，我馬上發覺林明默是並不愛我的，而我內心也浮起了羅素蕾的影子。我與羅素蕾雖沒有任何的約束。但我們曾約定一年後看我們的情感，而我們在這許多日子不來往後，我們的內心還是互相依戀著，也足見我們的情感應是一致的，現在我竟向林明默求婚了，而是一個絕對未曾愛我的女子，這奇怪的綜錯是一件無法解釋的事情。

我在晚上為這件事情失眠，我望著窗口的那顆代表我渴念林明默的星辰，覺得它已經代表了羅素蕾，我非常慚愧。

第二天，我一早起身，去找多賽雷。我把我與林明默定情的事情告訴他，他非常為我高興。但是我說：

「她可並沒有愛我。」

「你是不是愛她呢？」他問。

「我不想愛一個不愛我的人。」我說：「而我發現林明默只是一種神祕的幻覺。」

「這怎麼講呢？」

「那是第一個印象，」我說：「在寧靜的音樂室裡，在莊嚴的音樂中，在肅穆的燈光下，我墜入在愛河裡。」

「你現在發現這是錯覺嗎？」

「不是，不是，」我說：「我只是想我應當靜靜地期待時間來決定我們的感情，看她是不是會愛我才對。」

「這不是很容易嗎？」多賽雷笑了，他說：「你們也只是訂情，或者算是訂婚，等她對你有些愛情時再結婚。」

多賽雷的話給了我一個很大的啟示。

我沒有等林明默起身就出去。我買了一隻鑽戒。回到家裡，我把戒指送給林明默。我說：「妳願意接受我的這個禮物嗎？」

「自然，」她說：「我已經接受你的求婚了。」

「但是妳並不愛我。」

「我要學習來愛你。」她說著，吻了我的面頰。

「好的，」我說：「等妳學會了愛我時我們再結婚。」

「現在我是你的未婚妻了。」

我擁吻她，沒有說什麼，我馬上發現她並沒有熱烈地接受我對她的親吻。我悄悄地釋放了她的身軀，不露痕跡地說：

「雖是如此，但不等到妳真已愛我，我是不想跟妳結婚的。」

「謝謝你，」林明默忽然從她的眼睛裡閃出我以前所不認識的灼人的光亮，輕輕地說：「只要我心裡邊有愛情，我一定全部都給你。」

「假如妳認為昨天的事情只是一種玩笑，我們也不必一定要認真。」我說。

「你沒有想到這是我的主動嗎？」

「怎麼？」

「是我帶你進這個『偶然室』的。」她說著笑了起來，「我第一次帶你去，看看你沒有反應，我以為『偶然室』已經沒有這個傳統的魔力了。」

「傳統的魔力？」

「你不知道？」

「我聽薩第美娜太太談起過。」我說：「她說一個女孩子進這間房子，不會對帶她進去的男子拒絕求婚。」

林明默笑了，她說：

「我所知道的剛剛相反。傳說裡是說這間房子有一種神祕的魔力，只要帶一個男子進那間房子，那個男子就會對你求婚的。」

「那我應該特別感謝妳帶我到『偶然室』去，」我說：「我總以為像這種傳說的魔力該發生在偶然進去的男女身上，如果是有意進去，那就不會有效的。」

「可是事實上大家都是存心去創造的。」

「那麼妳是存心要做我的妻子了。」

「自然。」

「可是妳並不愛我的。」

「我要學習著來愛你。」

……

我們的話到這裡為止，我心中這時突然浮起了一種淡淡的哀愁。我發覺林明默變了，她已經不是我所愛的林明默，她的高貴孤潔寧靜莊嚴的素質似乎都已不再存在，或者她本來就是這樣的一個女子，只是在我的感覺上起了變化。

從那一天開始。我就無法自解地想念羅素蕾，但是我心中深深地覺得一種奇怪的內疚。我怎麼竟不能等一年的時間來決定自己的情感。我希望我可以忘去她，也希望她忘去我。我不想再去見她。

現在那代表林明默的星辰，變成了代表羅素蕾，但是我對它的感覺同以前完全不同了。我說覺得羅素蕾太年輕，她有她的燦爛的前程，同我相愛，在她是一種幻覺，在我，或者竟因為她有點像林明默，而我把她代替了愛不到的林明默。為怕鑄造成這個錯誤，所以離開了她，現在則因為離開她，則反而接近起來。我不知道羅素蕾現在有什麼感想，是不是還記得我們一年後的約會？這些一時都在我的腦中出現，而我竟沒有一個人可以傾訴與討論。我不知道我與林明默定情的事情有誰已經知道，但是我怕傳到羅素蕾的耳邊。我希望可以找一個合適的機會親自告訴她。

這樣過了三四天，我與羅素蕾終於不得不見面了，那是她的後母李鶯使的歌唱會。

林明默那天有點不舒服，我只與多賽雷同去，也幸虧如此，我可以避免尷尬的局面。

音樂會是在大學的禮堂舉行的。羅素蕾那天擔任招待，她穿一件灰色的旗袍，白色的毛線衣，她燙起頭髮，戴一副珠子的耳環。我一眼就發現她已經長大了，她看見我忽然臉紅起來。我看她手裡捧著說明書，我發現她指甲也已修過，塗上了粉紅色的甲油，我向她買了說明書，她帶我們到裡面座位上，低聲地說：

「我一會兒就來。」

她走開去大概十五分鐘工夫，那時音樂會已經開始；羅素蕾忽然在我旁邊座位上出現，我的心奇怪地跳起來。從那時開始，我一直意識到羅素蕾，我聽不見臺上的歌唱，我也沒有注意周圍的熟識的人士。我心裡想到與林明默訂婚的事情，有一種非常想同羅素蕾解釋的欲念，於是不知什麼時候開始，羅素蕾的手忽然在我的手掌裡了，她的手是纖小狹長的，我以前曾經為她在溪水裡洗濯，我好像從未感到什麼，但這一瞬間，我從她手中的溫度，忽然感覺得一種奇怪的感應。我感覺到她的脈搏，它似乎正壓著我的心跳；我感覺到她的手掌分泌的汗膩，同我的手心的熱度感染著。我們沒有說一句話，沒有彼此看一眼，但是我們知道了對方的情感。於是，我聽到臺上李鶯使似乎在唱亞衣達AIDA與塵世告別的一曲，我的熱淚奪眶而出，我收回手，找我的手帕來揩我的淚眼，台下的掌聲齊鳴，廳中的燈光也亮了。

音樂會已經結束了，幕下去又上來，聽眾站起來鼓掌，我這才偷看了羅素蕾一眼，我看到她的眼眶中也含著淚水。

接著，我發現帕亭西教授同他一些學生們，我也看到了蘇雅與尤美達。我與多賽雷走過去與他們招呼，羅素蕾就不見了。

尤美達告訴我陸眉娜就要回來了，我請她屆時打電話給我，一同去機場接她去。

《青年時代的薩第美娜太太》雖是早已開鏡，但正式攝製，則必須等陸眉娜回來。旁都所以要提早開鏡，目的還是催促陸眉娜早回。陸眉娜本來還想在歐洲多耽一些時候，學點舞蹈，看到聖林電影公司寄給她的開鏡時的照片與宣傳品，所以就提早回來了。這自然是旁都的勝利。

我與多賽雷送尤美達與蘇雅上車後，就回家了。

多賽雷在車上忽然說：

「你似乎應該把你同林明默訂情的事告訴羅素蕾才對。」

「是的，」我說：「但是我還是沒有找到合適的機會。」

「你不應該再去接受羅素蕾的愛情。」

「但是我已經盡我的力量不同她會面了。」我說：「今天是無法避免的事情。」

「也許是的。」他說：「不過我發現她在愛你。」

「你說我應該怎麼辦呢？」我說：「自從我發現這事情以後，我們就不再單獨見面了。」

「這很好，我相信你會想到別人的幸福。」以後我們沒有再說什麼。

回到深水灣，我無法馬上入睡，我又到多賽雷房裡去，我說：

「我還是無法入睡，我可以同你談談嗎？」

「自然可以，我知道你心裡很苦。」

「我們已經是很好的朋友，我不願意你以為我是一個濫用感情的人。」

「我不會這樣想的。」多賽雷微笑著說：「不過你似乎不知道你所愛的是什麼。」

「你是不是覺得羅素蕾有點像？」

「我知道。」他說。

「我起初還以為因為她像林明默，所以我才喜歡她的。」我愀然說：「她母親也以為我愛不到林明默，所以以她作為替身。」

「現在你發現你愛的是羅素蕾了？」

「我自己都不知道，」我說：「也許我愛的只是某種成分，這成分比方說是甲，那麼林明默與羅素蕾都有這個甲的成分，所以我對於她們兩個人都有了愛情的想像了。」

「這正是JUNG所說的ANIMA，她認為每個男人心中都有一個ANIMA，他只是憑這個ANIMA在愛女人的。」多賽雷說。

「對了，我也看過一點JUNG的書，但我竟沒有用他的理論來分析自己。」我說：「那麼照他的說法，這是不是可以說是真正愛情呢？」

「他認為沒有一個愛情會令人不失望。」他說：「因為這都是ANIMA的作用。」

「不過，我最近發現我所愛的那個成分，好像在林明默身上的慢慢淡起來，在羅素蕾身上的慢慢濃起來了。」

「那麼你打算怎麼樣呢？」

「我想找個機會同林明默去談一談。」

「你想同林明默取消婚約，去愛羅素蕾嗎？」

「我沒有這個意思。」我說。

「羅素蕾的年紀還輕，最近聽說歌唱很進步，是非常有前途的孩子，你愛她應該多為她的前途著想才對。」

「自然。」

我們的談話到此為止，我知道多賽雷不能幫助我什麼，但我不願意他誤會我是個濫用感情的人。

時間已經不早了，我告辭出來，我在窗口凝望著那顆代表羅素蕾的星辰很久，我懷著奇怪的感覺才上床。

四十四

當林明默把她別墅的修理裝置完竣時，已經耶誕節了。她本想把這間別墅叫什麼公寓，後來多賽雷說公寓不好，還不如就叫別墅，當時我就題了一個「深林別墅」的名字。我們於是就在路口立了一個木牌，明默本想有一架霓虹燈的招牌，我說太俗氣，所以就在花園的短牆上嵌了一塊石刻，上面裝了一盞燈。

林明默已經把整個三層樓裝修成分租的房間，並且外面也有人知道，來接洽到這裡度週末了。她預料到暑期裡一定會很忙。惠好幫她管理雜務，她們還預備請一個上好的廚子。

當林明默帶我與多賽雷到各處參觀的時候，我與多賽雷對於她這種經營上的才幹覺得很詫異。我總以為她是一個內向的愛好音樂的女孩子，想不到她有這份商業管理的天才的。

她還為她自己佈置了一間辦公室，好像正式要做旅館似的。我們進去的時候，我發現桌上正放著一疊請帖。她說，她打算在耶誕節前夕舉行一個園遊舞會，她將請許多朋友，讓這個別墅重新發揮燦爛的光輝。

就在日子一天一天地過去，耶誕節快到的時候，尤美達忽然打電話給我，陸眉娜定於十八日到港，問我高興不高興到機場去接她。

「我自然要去接她。」我說。

「那麼你下午兩點到公司來，同我們一齊去好了。」

我自從重新搬到深水灣以後，因為出入不便，也買了一輛車子，所以到十八日那天我就駕車過海去。

到了聖林公司，知道飛機要到四點一刻才到，我在那裡耽了好一會，我自然碰見了旁都，後來方逸傲也來了，我知道旁都拉方逸傲投資聖林公司，他已經是聖林公司的董事。我同方逸傲雖然見過幾面，但不很熟，這是第一次真正的聚談。我發現他只是道地的紈絝公子，雖是浮淺但很靈敏活潑，打扮又時髦，應該是很得女孩子喜歡的男人。我當時問到他的太太，尤美達接口說：

「般若華晚上答應一起來吃晚飯。」

原來他們為陸眉娜接風，晚上電影公司有一個宴會。尤美達當時又說：

「她也打電話約林明默，她因為忙於籌備聖誕前夜的晚會，所以不能夠來。」

我忽然想到林明默的晚會是否也請了方逸傲夫婦，我就說：

「林明默的晚會，好像請了很多人。」

「一定是一個很熱鬧的場合，」尤美達說著，忽然問方逸傲說：「你預備去嗎？」

「自然我要去，她也請了我與般若華。」

方逸傲說得很自然，好像他並沒記得他負林明默的事情。旁都非常高興和我談《青年時代的薩第美娜太太》的電影，他相信陸眉娜一定可以演得很出色。

在去飛機場時，蘇雅坐在我車裡，我同她談到羅素蕾。她說羅素蕾現在似乎變了，以前她很愛說話，現在很沉靜，以前她不很用功，現在她非常用功。她說羅素蕾的母親去義大利，羅素蕾本來想把房子出租，自己住到女青年會去，現在則打算保留那房子，只打算分租兩間出去。蘇雅還說，羅素蕾同她談到過我，說是如果我可以搬到那裡去住，倒是一個很理想的房客。

「她們的房子在哪裡？」

「在九龍那邊。」蘇雅說。

我聽了這些話，心裡也快活，也難過。我相信羅素蕾仍舊是在愛我，我非常後悔我那天在「偶然室」裡向林明默求婚。當時我沒有談什麼，但是蘇雅忽然說：

「羅素蕾現在越來越像林明默了。」

「怎麼？」

「她總是喜歡一個人，不願意熱鬧，也不願意同人來往。」

這使我想到了當時林明默等待方逸傲的情形，難道我又使羅素蕾這樣傷心嗎？但是，我同她的關係與方逸傲林明默間的關係又是多麼不同呢！

不知怎麼，一瞬間我非常想念羅素蕾，我忽然想到如果真是可以住到羅素蕾的家裡，或許真是非常幸福的事情。

到了飛機場，我發現有許多新聞記者與影迷們都在等候陸眉娜。聖林影片公司動員了很多人在歡迎，他們也為了陸眉娜請了一個九歲的童星向她獻花，這些當然也是為陸眉娜以及為

《青年時代的薩第美娜太太》影片的一種宣傳。

陸眉娜從機場出來。她的光彩四射，這使我想到一個女人的美麗竟可以有這樣的不同，有的女人往往是耀目如明星，有的則僅在空谷中發射芬芳，有的如發亮的廣告彩燈，有的則好像鋼琴邊的幽寂燭光。而人在發紅的時候同暗晦的時候也可有很大的不同，陸眉娜正在走紅，她的一種自信的笑容，就不是別人所能夠有的。她穿著香港尚未見到過的時裝，閃著我們久別的眼光，同我們每個人招呼。她同我拉手時說：

「謝謝你也來歡迎我。」

「這只是偶然的安排罷了。」我說。

她對尤美達非常親熱，但對旁都好像很平常。當旁都為她介紹方逸傲時，她又很冷淡地同方逸傲拉拉手，就回頭同別人交談起來。但我發現方逸傲已經被陸眉娜的美麗所眩惑了。我覺得方逸傲只是一個好色之徒，他喜歡任何有姿色的女人，但並不是有愛情的人。我很為林明默可惜。也為般若華可惜，在我的前面是熱帶紅花一般的陸眉娜，方逸傲好像蛾撲燈火一般地很想接近她，我覺得他的態度實在很可厭憎。

陸眉娜由旁都護送著回家去了。我因為晚上要參加聖林公司的宴會，回家再出來不方便，所以與蘇雅及尤美達去看了一場五點半的電影。一路上我都忘不了對於方逸傲的反感，因此想到林明默所愛的竟是這樣的一個男子，就覺得林明默實在也只是我的一個幻覺，我有一種奇怪的心理後悔我對林明默的求愛。

聖林公司宴會在龍舫酒家，那天有三桌客人。我們去的時候還很早，以後旁都與陸眉娜、方逸傲與般若華陸續出現了。般若華那天穿一襲淡紫色衣裙，有水仙一般的風姿，我被安排坐在她的旁邊，因此同她有較多的談話。她談到她可惜不識中文，沒有法子讀我的《青年時代的薩第美娜太太》，不過她期待電影早一點出來。我於是問她陸眉娜是不是合適演她年輕時代的母親，她笑笑說，電影自然不必真正像她的母親。我說，當初我們倒希望她會有興趣去演這個角色，她說她對於演戲沒有興趣，也沒有天才。方逸傲在般若華面前並沒有很放肆地去接近陸眉娜，但我看得出他很羨慕旁都。座中有新聞界的人士與攝影記者，陸眉娜忙於同他們應酬。

在音樂響起來的時候，我請般若華去跳舞，我說：

「聽說妳住不慣香港，想回英國去，是嗎？」

「是的，我好像是屬於那裡的。」

「那麼妳的先生呢？」

「他是中國人，自然很能適應這裡的環境。」

「你們的興趣，好像並不相同。」

「結婚原是一種彼此誤解。」她笑著說。

「你們沒有孩子。」

「幸虧沒有。」她說。

我從她的說話裡，自然看到他們夫妻間情感的黯淡。我忽然想到林明默，我覺得她沒有同方逸傲結婚，倒反而是可慶幸的事。

方逸傲在同陸眉娜跳舞，我想他是毫不放鬆地在追求陸眉娜了。也因為我對方逸傲有一種特別的反感，我非常同情般若華，我說：

「你們結婚得太早，不過早婚失敗比晚婚失敗幸運。妳正有豐富的生命去創造光明的前途。」

「謝謝你。」般若華露出幽冷的微笑說。

回到餐桌後，不知怎麼，我同她談到林明默，她說：

「她真幸運，可以有你這樣癡情的人愛她——我是聽人說的。」

這使我吃了一驚，因為我的癡情實際上也正是一種幻覺，我現在不正是在後悔與林明默訂情嗎？我說：

「般若華，男人的愛情也許都是不可靠的。」

「你是說可靠的愛情應該是專一而永久的嗎？」

「我是一個不懂得愛情的男人。」我說：「我為愛吃了不少苦，我也怕愛我的人痛苦，如果人間的愛情有這許多苦，那麼還是沒有愛情的生活比較好些。」

「這當然是對的，可是人比動物需要更多的東西，這也是做人苦惱的地方。」

旁都來邀般若華共舞，打斷了我們的談話。我望著般若華美麗的影子，心中有許多感觸。

我請蘇雅跳舞，蘇雅問我今晚是不是仍回深水灣去。

「我每天都回去的。」我說。

「我同你一起去好嗎？」她笑笑說。

「你？」

「我同林明默通電話，」她說：「深林別墅已裝修好了，要我去玩去！」

「妳明天沒有戲？」

「我想也許要過了年才有戲了。」她很愉快似的說。

「那麼妳可以去住幾天。」

「林明默是叫我去過年的。」

「那好極了。我們四個人倒可以好好敘幾天。」

「多賽雷過了年，就要去印度；他也希望我可以到那面大家敘敘。」

「你是不是應該理一點衣服什麼的。」

「我已清理好了，走的時候到我宿舍彎彎，我一拿就可以走了。」

「那我們早一點先走了吧，我們可以在林明默、多賽雷就寢以前趕到。」

回到座位以後，就在許多人鬧酒跳舞的時候，我們同尤美達說了一聲，就偷偷地先走了，我看時間正是十點三刻。

四十五

深林別墅的裝修雖已完成了，但零碎的佈置、購辦等事情仍是很多，尤其是要舉行耶誕節園遊舞會，林明默整天就為這些事忙碌，蘇雅也很高興地在幫她忙。我與多賽雷也幫著做些粗笨的工作，這正像小孩子在沙灘上造房子一樣，看到一件一件事情的實現，覺得非常可喜。林明默指揮著電燈匠、水匠、花匠，跑上跑下地流著汗露著健康的笑容，說東說西，給我一個與以前非常不同的感覺。她好像已經完全換了一個人。但在白天過了以後，當她洗了澡換了衣服，同我與多賽雷、蘇雅坐在餐桌上的當兒，她又恢復了寧靜莊嚴的姿態。我們好像活在一個與世隔絕的角落裡。

我們四個人在深林別墅裡有三天沒有出來。我與林明默也只有友誼的交往，這倒使我的情緒比較自然，我們好像已經忘去了我們定情的事情。

但是我在晚上一個人入睡前，想到我們錯誤的訂婚事情，我就非常想念羅素蕾。我很想同蘇雅談談，希望她可以對羅素蕾替我作一個解釋，但是我從蘇雅的語氣中，發現她似乎不知道我與羅素蕾愛情的關係。蘇雅是林明默的知己，也是羅素蕾的朋友，如果她知道我和這兩個人的關係，她一定會非常關心的。我希望她不會誤會我的許多矛盾的心理與行為。

二十二日晚上，蘇雅忽然告訴我第二天要去送羅素蕾的母親李鶯使出國，李鶯使本想打算過了耶誕節去歐洲的，現在不知道怎麼忽然提早了。

二十三日早晨，我還沒有起身，蘇雅就出去了。下午她打電話來，說因為羅素蕾需要她作伴，她今天不回深林別墅了，她將同羅素蕾以及帕亭西教授一起來參加耶誕節晚會。當時我忙著幫助林明默籌備耶誕節晚會，沒有想到別的，不料許多想不到的事情竟會因此而發生了。

林明默在聖誕前夕，晚會中請的客人很廣泛，但竟有十分之六是政府供職的與商界的洋人，這因為她一直在洋人機構裡做事，而這次她想把她的房子分租出去，晚會正是有廣告的意味。自然這樣的房子是只能租給洋人的。

這群商業上與政府機構裡的洋人，我多數不認識，所以只是禮貌上應酬一下。帕亭西教授同一群學生都來參加，聖林電影公司旁都、尤美達等來了十幾個人。花園中有株被裝置成燦爛的聖誕樹，林明默用藍色的燈光照著棉絮與銀花，顯得特別幽美，來賓都有禮物送給她，她一一都堆在這株樹下。

林明默今天打扮得出我意料的華麗，她穿一襲純白色的禮服，露著昂然的頸項。她的耳垂上閃著小小的鑽飾，在鬢間似明似滅的閃著光芒。我注意她的手上戴著的正是我贈給她的鑽戒，她明朗活潑地對來賓招呼談笑。

陸眉娜那天打扮得很素淡，她穿一件淡藍色的晚服，臂上戴著那只我看見過的刻著松鼠與葡萄的象牙手鐲。

方逸傲與般若華較晚才到，林明默很大方地招呼一下就走開了。我當時為他們介紹了一些客人，很自然地我與多賽雷一時竟變成招待員。

晚餐是自助餐，繽紛地堆在餐廳長桌上，那是由一家鳳凰餐室包辦，侍者都是那邊派來的，但園中架著炭火。林明默自備了豐富的野烤。她已經在餐廳角上設有酒吧，她請了一個專人在那裡侍酒。

就在吃飯的時候，般若華很自然地混在一群洋人的圈子裡，方逸傲則反而跑到聖林公司的群集中。

餐後，我才知道林明默還請了五個人的樂隊。客廳裡在新裝的耶誕節紙彩、燈籠與氣球下大家跳起舞來。開始大家還彬彬有禮，後來酒酣聲雜，大家就放懷歡笑起來。我與羅素蕾跳了好幾支舞，我一直想把我與林明默的事情向她有所說明，但竟不知道如何措詞。她打扮得雖是非常樸素自然，但已經完全不是以前的淘氣的女孩子。她養長了頭髮，從後邊披下來，顯得她的臉型瘦長了許多。她臉上依然沒有化妝，但嘴角上輕施口紅。她穿一件淡黃色極普通的西裝，但似乎非常合身。我同她跳舞時說：

「妳高了不少！」

「我沒有穿高跟鞋。」她說著，露出帶羞的笑容。

「妳母親走了，聽說妳一個人住著那房子。」我說。

「我本來想把那房子租出去，自己住到青年會去，但家裡有許多東西，沒有地方放。所以我想還是分租一間出去好。」

「這自然是一個辦法，不過妳暑期中學畢業後，我想一定會出國的。」

「我們不是還有一個約會嗎？」她很敏感地說。

這問題一時幾乎把我弄糊塗了，但是我馬上想到我們的約會是後山溪流邊所約的明年的事。

「啊！妳真的還記得我們的約會？」

「我怎麼會忘記。」她說。

「可是妳讀完這一學年，恐怕沒有到我們約會的日期就要出國了。」

「我沒有想出國。」

「但是妳母親會叫妳去的。」我說：「而妳也應該專心去學音樂。聽說妳現在唱得很有進步。」

「是的，我現在越來越喜歡唱歌，因為每當心裡有煩悶時，唱起歌來，就什麼都忘去了。」

「要是唱歌有這樣的妙用，那我真後悔沒有學唱歌了。」

「你也有煩惱？」她問得很突兀。

我們的談話已使我忘了跳舞。我帶她到了廳外。園中非常清靜，聖誕樹發著銀藍色的幽光，天空上滿布了星辰，我們默默走了好一會，最後我帶她到聖誕樹後面的一株樹下，我一面走一面說：

「剛才妳問我可也有煩惱，其實人生都是煩惱，一個人越大煩惱越多。倒是像妳這樣，應當儘量忘去煩惱，享受人生。妳現在已經找到了唱歌，你就專心地去學歌唱，把一切都忘了吧！」

「忘了什麼？」

我自然是要她忘了我，但是我一時竟怕提到我們的問題，我忽然說：

「譬如寫詩，現在不寫詩了吧？」

「我寫詩，為什麼不寫？也許這不叫做詩。」她說：「我常常把別人的歌詞改寫了再唱。」

「這對妳唱歌也許是好的。」

就在這時候，蘇雅出來找羅素蕾，說大家要請她表演唱歌。

「唱歌，為什麼要我？」

「大家都在表演。現在正有一個英國人要用四川話講笑話。」

當時我們就隨著蘇雅走回廳中。

廳中，真的有些有趣的表演，一個接著一個，蘇雅與羅素蕾以及另外幾個帕亭西的學生也都唱了一支歌。

到了十二點，大家大叫「聖誕快樂」，空中飛揚著氣球與紙彩，叫囂吆喝，鬧成一片。

於是，當鬧聲稍息之時，一個會講中國話的英國律師，叫做桑頓的，他忽然站出來說有事情要宣佈。

這真是出我意料之外的，他宣佈的是：

「趁我們這許多朋友聚在一起歡度最快樂的耶誕節時候，我很高興向大家宣佈一件令人興奮快活的消息，我們美麗的女主人林明默與鄭乃頓先生訂婚。鄭乃頓先生就是這所房子以前的主人薩第美娜太太傳記的作者。這本《青年時代的薩第美娜太太》，已經在攝製電影，想來大家都已經知道的了。現在讓我們大家祝他們快樂。」

這時候就有人把林明默與我推到舞池中心，大家圍著我們歡呼起來，接著便有許多人過來向我們道喜。

就在那時候，忽然有人在廳右驚呼起來，許多人陸續奔過去。我馬上意識到羅素蕾，我的心狂跳起來，我從人叢中擠進去。我看見羅素蕾已經被扶到沙發上，蘇雅告訴我羅素蕾突然昏倒，帕亭西正在用白蘭地讓羅素蕾喝。我同蘇雅說：

「我同妳送她回家吧。」

「你怎麼可以，我替你送她好了。」

我一看是多賽雷。

「我不要你們送。」羅素蕾說，她雖是說「你們」，但是她看的是我。我怕當場會露出了什麼痕跡，所以不堅持送她，我拜託蘇雅住在羅素蕾家裡，我說我明天去看她們。

多賽雷與蘇雅陪著羅素蕾去後，雖然大家仍叫著繼續跳舞，但是我可再沒有什麼心情。場中沒有人知道羅素蕾昏暈是我的關係，也許只有多賽雷一個人會猜到，而我又很確切地相信，那是我與林明默訂婚消息給她的刺激。如果當我們在花園裡時我可以預先對她解釋，如果當時蘇雅不出來叫我們，如果我可以預先阻止她來參加這個晚會……

我當時神情不寧，對於周圍的一切已經沒有一點感覺，我到酒吧前要了酒，我喝了不知道幾杯，我借醉提早告退。

望著窗外那顆代表羅素蕾的星辰，我躺在床上，迷茫地想到許多來因去果，我一直無法入睡。

四十六

第二天一早，我到多賽雷房間去，我不知道他昨天是什麼時候回來的，他正在睡覺，我吵醒了他，問他羅素蕾的情形。

「你知道，這是你闖的禍。」他說：「這許多日子來，你為什麼沒有告訴她你與林明默定情的事情？」

「真是，一切都像是無法解釋的，不瞞你說，我始終沒有把我們訂情的事情認真過，我只覺得這是神祕的『偶然室』的魔力。其次我一再告訴過明默，在她沒有愛我前，我們不考慮結婚。」

「但是你沒有理由不為羅素蕾想到，你知道她是真的在愛你。」

「她太年輕，愛情本是一種幻覺，像她這樣的年齡，戀愛的夢還在童話的階段，這樣的愛情馬上會被現實打破的。我一直想叫她忘記了我，但當同她在一起時，我又說不出了。事實上，自從我與明默定情以來，我發現這完全是一種錯誤，我一天一天感覺到我愛的是羅素蕾，現在你說我該怎麼樣。我想同明默說明，取消我們的婚約，不過我現在要先去看看羅素蕾。她昨天怎麼樣？」

「她一句話都不說，回到家裡，蘇雅就讓她睡覺了。」

「你什麼時候回來的？」

「我後來陪蘇雅坐了好一會兒，蘇雅似乎不知道你與羅素蕾的友情。現在她知道了，她說她對你太失望了。」

「我現在就去找她們。真對不起，一早吵醒你。」

我說著就匆匆地出來。

羅素蕾家我沒有去過，但是我知道她的地址，那是近九龍城的新維村。我駕著車子，從深水灣到那邊，竟花了一個多鐘頭的時間。

我找到了她的家，我按鈴。

開門的是蘇雅，她像是通宵沒有睡覺一樣。她非常冷淡地說：

「啊，是你。」但是她沒有讓我進去。

「羅素蕾怎麼樣？」

「她很好。」她說。

「你不讓我進去嗎？」

「她不想見你。」

「可是我有話同她說。」

「還說什麼？你對不起林明默，也對不起羅素蕾。」

「但是……」

「你饒了她吧！她不願意見你，你就不要再打擾她了。」

「假如我想同妳談談呢？」

「那麼隔天我來看你好了。」蘇雅非常冷酷，像一個很世故的人似的說：「再見。」一面她就退進門內，把門關上了。

我當時非常灰心，我到了外面，到一家咖啡店裡叫了一杯咖啡，我又打電話到羅素蕾家裡，接電話的又是蘇雅。我說：

「蘇雅，你叫羅素蕾聽電話好不好？」

「她不想同你講話。」

「可是你也應該告訴她一聲。」

「好吧。」蘇雅說著，放下電話，隔了一會兒，一個女傭的聲音出現：

「先生，請你以後不要再打電話來了。」她說著就生硬地擱斷了電話。

我當時真不知道該怎麼樣。喝了咖啡，一個人只好駕車過海，但是我竟不想馬上回家；我開往筲箕灣繞著全島瞎溜，心裡想著我應該怎麼樣處理這件事情。

現在我是清清楚楚地看到我愛的是羅素蕾了。林明默在某一方面也許有點像羅素蕾吧，但是當她接受了別墅的遺產後，所表現的幹練精明事業家的氣質，那決不是我所愛的性格。一個人的靈魂有好幾個面向，一方面可以使我顛倒，另一方面也可以使我厭憎。我覺得我現在無論怎麼樣，都應該先把我的真實的情形感想告訴林明默，我要老實告訴她我要愛的是羅素蕾，或者要她向羅素蕾為我解說，使羅素蕾重新來瞭解我。

這樣想著，我就加速了車子，駛回家去，但是快到深林別墅時，我又躊躇起來。

那時太陽已經上升，山色極其美麗。我當時把車子停在路邊，從一條小徑走下坡去，周圍非常靜寂，偶有出巢的飛鳥啾咽鳴啼，路草上閃著露水。我走著，轉了兩個彎，我看見了海，於是我也注意到天空，海水碧藍寧靜，遠遠可以看到已經出海的漁船，天空高朗清明，遠遠近近幾朵白雲，正像海上的海船。我迎著陽光往下走去，於是我看到了附近一塊很大的岩石，我爬上這岩石坐了一會，我發現這岩石是高懸在海上的，下面不是沙灘，而是旋轉的水流。我忽然想到這是一個自殺的好地方。

如果我現在往下縱身，這海水大概會有點波動，兩分鐘後，我就會在這漩渦裡消逝。天空仍會是這樣明朗，海水仍會是這樣寧靜，世界仍是一樣行進。我是一個偶然的過客，在此滯留，沒有計畫，沒有目的，由一個電話，認識了陌生的一個男人，也認識了一個陌生的女人，他們的糾紛正是大海的小漩渦，我像是小漩渦裡的泡沫，旋轉，我又碰到了另外一個漩渦，一個老的一個少的……沒有我，她們的生活也許有不同，但還是一樣地過去……現在，我如果縱身而下，也只是多了一個漩渦或者少一個漩渦而已，人生究竟是為什麼呢？我的偶然在香港滯留，也正如一個孩子出生，偶爾在這世上滯留一樣，一個人匆匆幾十年，還不是在大漩渦中產生幾個小漩渦而已。我拾起一塊石頭，投向海裡。石塊到了海裡，海水的波動大概未出五尺的範圍。而幾秒鐘後一切都平靜如常，全世界除了我一個人外，再沒有人知道兩秒鐘前有一塊石頭投海吧。我現在如果同這塊石頭一樣地投海，在海裡牽涉的波動與那塊石頭大概不會兩樣。在社會上的波浪，也正如海裡的波動一樣，三五個人驚訝一下，三五天以後，就什麼都如常了。因為我是一個偶然的人，也是一個不速之客，也可以說是一個多餘的漩渦。那麼我何苦多在這痛苦的漩渦裡煎熬呢？這樣想著，我忽然覺得一心是空，我站起來，我想就此縱身下去了。

但正當我站起來的時候。我身後忽然發出窸窣的聲音，我回身一看，是一條大蛇，有五六尺長。我吃了一驚，急想躲身。它大概也對我也有點害怕，吐著分叉的舌尖，很快地從我的右邊遊去，蜿蜒曲折，像是舞蹈的動作。

我看見它遠去後，才發現到我原想縱身跳海的，這一瞬間我忽然覺得我的心裡有點好笑。我沒有再向海水投視一眼，急急回身，順著小徑走去。我跳進車子，就回到了深林別墅。

經過了一夜失眠，清晨趕了許多路，這時候我感到十分疲倦。我想到林明默昨夜一定忙到天明，這時候也許在床上，我下意識似乎有點怕見她，在我自殺念頭前想同她談判的話，一時竟不知道如何措詞。我匆匆地走到我的臥房，我發現房門上掛著一封信。

信裡面有一件錦盒的禮物，信是這樣寫的：

昨夜我宣佈我們訂婚的消息，對你也許覺得很突兀的。我想對你說明的，是我在發現我已經確實地愛你後，我才決定向親友們宣佈的。這裡是一只我家傳的指環，作為耶誕節的禮物，也作為我把一切奉獻你的象徵。

默　聖誕晨

指環是白金鑲製的一顆粗大的藍寶石，我想應該是屬於她祖父的。白金的環節很粗厚寬闊，上面刻著四個篆字「富貴壽考」。

我把信讀了好幾遍，又把玩了一會指環，一時我真不知道該怎麼對自己解說。要是這份愛在我對她神魂顛倒的時候賞賜給我，我是多麼幸運呢！現在則已經是太晚了。我覺得我愛的竟不是她。時間真是一件無法解說的魔障，它改變了一切色澤與光彩，人間沒有永久的愛情，沒有純粹的愛情，沒有不變的愛情。人間的愛情一定要在諧和的天時地利人和中存在。其中有因素與機緣，一錯一折之中，就完全不是我們理想的內容。我是不是馬上要向林明默表示我愛的不是她？或者說我愛她的機念已經消逝呢？如果她在我初入她情網時愛我，我也許會終身對她膜拜，但是現在什麼都不同了。經過了昨夜宣佈婚約，經過了羅素蕾的昏暈，經過了我無法見到羅素蕾，經過了我動了自殺的念頭，明默！我對你的愛慕已經是沒有了。我無從相信也無從捉摸，究竟是什麼力量，驅使我對明默有如此強大而瘋狂的情愛，而又是什麼力量使這些情愛消失呢？其中的變化究竟是漸變還是突變，我一再回憶，我竟無法探索。普通男女的相好與厭倦，往往是有了結合以後的變化，而我則僅僅是直覺的蛻變，這是一個奇怪的經驗，也成一個奇怪的謎。

當時我疲倦的心情又興奮起來，我覺得這已是再不能隱藏的事情，反正遲早終須對林明默直說，自然是越快越好。可是當我起身要找林明默時，我忽然想到我這樣直率的表示，對明默的自尊心一定有太大的打擊，為措詞婉轉，避免當面發生困難，還不如寫封信給她比較好些。我又覺得如果我要對她作取消婚約的表示，自然我也不必再住在這裡。因此我不如索性於寫好了長信以後，留在桌上，同時就悄悄地離開這裡，或者是一個較好的辦法。

這樣想著，我當時就開始動筆寫信，但是我寫了好幾個開頭，都覺得不好，我發覺我當時的心境太亂，精神又乏，我決定先好好睡一覺，到晚上起來再寫。

我當時就吞服了兩粒安眠藥，拿了一本枯燥的書，開始沉沉入睡。

我一睡已是晚間，我聽到有人敲門，才糊裡糊塗地醒來。我發覺天色已經暗了下來，我開亮了燈。

「誰呀？」

「小姐請你吃飯了。」

「吃飯？」

「她在二樓小客廳裡等你，你快點起來吧。」

我答應著，就起身穿衣。我洗了臉，漱了口，隨隨便便梳了下頭髮，連領帶都沒有打就出來了。

二樓小客廳是在音樂室的隔壁，這是林明默所佈置的一間房間，我還是在她佈置還未完之時去看過，當時我什麼都沒有想到，就隨隨便便地進去。

這一進去，可真是吃我一驚，原來這房間已是一間精緻無比的地方。

電燈已經熄了，桌上亮著兩支高大的米色的蠟燭，雪白的臺布上放著棕色瓷花瓶，裡面是紅色黃色的劍蘭。黃瓷的杯碟，象牙的筷子已經安排在桌上。惠好正捧著冰著的香檳酒出來，她看我一眼，忽然說：

「小姐在換衣服，就出來了。」

「多賽雷先生呢？」我問。

「他出去應酬了，聽說印度有朋友來。」

我仔細觀察周圍的佈置，地上是棕色扣花的地毯，壁爐架裡紅著電爐。

牆上被著粗布紋的米色牆紙，上面鑲著棕色的畫線，在酒櫃的旁邊掛著一幅長條，是任行叔寫的，大概是李長吉的詩：「金家香弄千輪鳴，揚雄秋室無俗聲。」

酒櫃是奶油色的，上面放著的各色酒瓶，對面是一套金黃色的小沙發，前面放著一個銅盤，上面放著福建雕漆煙盒與一架塔型的打火機。我順手打開了煙盒，拿了一支煙，試用這個新型的打火機點火。我吸著香煙走向酒櫃，於是，我在酒櫃的鏡子裡看到自己。我發覺我沒有修面，沒有好好修理頭髮，也沒有打領帶。

我當時就抽空出來，回自己的房間裡重新修面換衣。當我再回去的時候，林明默已經站在爐前等我了。

她穿一件杏色的西式晚禮服，但項間掛著一串很觸目的珊瑚項鍊，耳垂上垂著紅寶石的耳環，她穿一雙金色的高跟鞋在電爐的光照中閃光，她是美麗的。我站在門口看了好一會兒。

「啊！你睡醒了。」林明默看我站在門口看她，就慢慢地過來拉我的手說。我看到她手上戴著我送她的鑽戒，腕上戴著珊瑚的手鐲。我說：

「我不知道妳今天……」

「今天讓我們好好地靜靜地過一個耶誕節。」她說著關上了門。

我真的已經把今天的耶誕節忘掉了。

「這房間佈置得太好了。」

「你喜歡嗎？」

我點點頭。

「我們先喝點酒吧。」她說著走向酒櫃：「馬帝尼好嗎？」

「很好，謝謝妳。」

「你收到我的禮物了？」她一面倒酒一面問。

「是的，我正要謝謝妳，但是……」

「我也沒有謝謝你的禮物。」她說，我知道她是指我昨夜放在她的聖誕樹下的禮物。那是一對象牙的手鐲，上面刻著李白的清平調。我是因為陸眉娜手腕的象牙手鐲好玩，所以去訪尋的。

她把酒遞給我，說：

「祝我們……」

她似乎等我說下去，但是我舉起杯子碰碰她手上的杯子說：

「我祝妳永遠美麗。」

我乾了我的杯。

「謝謝你。」林明默喝了酒說。一時間我們靜默了很久。我想對她說明什麼，但無從說起。隔了好一會，惠好進來了。她已經把菜端上來。

「要我開酒嗎？」惠好說，指的當然是桌上的香檳。

「我來開。」我說著就過去。我開了酒，我為明默和我各倒一杯酒。

明默拿著酒同我對飲，她說：

「祝我們永遠——」

「永遠快樂。」我說著就坐下來。

在飯桌上，我幾次都想提到我必須提到的事，但竟無法說出來，於是我就有「還是夜裡寫信來告訴她吧」的想法。明默也似乎想說什麼，但也一直沒有說出來，我們只是偶然一句兩句的談到昨天晚會的一些人物同一些無關緊要的關於房間佈置一類的話。整個吃飯時間竟是非常靜穆地過去了。

飯後，我們就坐在沙發上喝茶抽菸，林明默忽然說：

「你不要忘記，我現在已經是你的未婚妻了。」

「但是，明默，妳現在真正地發現在愛我了？」

「自然，你應該相信我的，是不？」

「但是昨天的場合，妳宣佈我們的婚約或者只是為對方逸傲一種表示。在這種心理之下，你的內心所愛的也許還是他。我不過是妳，或者是想努力去愛的人，而妳內心恐怕仍是無法移改的。」

「我不是不會反省的人，我愛你也許是很早的事，只是我不相信我還會有愛情就是。」

「我一直看重愛情，但我現在發現，人間並沒有不變的愛情，沒有無條件的愛情，人間的愛情是靠天時地利人和來配製的。當天時地利人和變了，愛情是隨時都會變的。妳不知道我是多麼為妳瘋狂顛倒，為妳痛苦愛罪，但是現在我忽然對於我自己的愛情都懷疑起來了。」

「你的意思是……」

「因此，我希望我們彼此都應該有另處一個考驗，」我說：「如果我們可以分離一年，譬如讓我搬出去住，到明年耶誕節，妳看彼此仍覺得是這樣的相愛，這樣需要對方，那麼我們就結婚，否則我們還是不要冒險好。」我冷靜地說著。

這自然是出乎林明默意料的話，但我發覺我這樣的措詞是比原來所想的都好，既不會傷害她的自尊心，也不唐突，並且根本不用提到羅素蕾。

「如果你認為這樣做是對的……不過……」

「明默，請妳原諒我！」我說著忽然鼻子一酸，眼淚竟奪眶而出。我拍拍明默的手背，又說：「一切妳不能瞭解的，請妳寬恕我！」我吻了她的手背，我竟哭了出來。我說：「請妳原諒我，明默。」

我霍然起來，奪門而出。我跑到門外，我跳上我的車子，我沒有目的地從深水灣駛出來。我一直駛到灣仔，在一家小酒吧喝了一會兒酒，於是我就到中環找了一家旅館投宿。我洗了一個澡，睡在床上，回想剛才我與林明默談話的一幕，心裡覺得比未談話以前輕鬆了許多。

第二天早晨，我打電話到蘭姆公寓，問有沒有房間。蘭姆太太聽說我想搬去，她表示非常歡迎，說隨時都可以搬去，我當時就約定了當天下午。

我回到深林別墅，理好我的行李，我去看看林明默，她一見了我就說：

「你昨天沒有回來？」

「我住在旅館裡。」我說：「我想了一晚，覺得我暫時還是搬出去住，離開妳一些時候再說。」

「隨便你，但是你千萬相信我，我會一直愛著你，而除你以外，不會再愛任何人的。」

「謝謝妳，明默。我現在自己都不知道自己了。」

離開明默後，我去看多賽雷，我去告訴他我與明默談話的種種以及我的搬回蘭姆公寓去的決定。我說，羅素蕾不願見我，我希望她真能忘我。我也希望自己能忘去一切。

多賽雷說他的印度朋友來此，已經為他安排了去印度學佛，他將依隨一個法師在喜馬拉雅山麓一個寺院去住幾年。他說他已經決定過了年就動身了。他說他很早就有這種意願，他上次去印度，曾經參觀過那個寺院，也會見過那位法師。他到寺院將過非常簡樸的生活，如果我願意去，他到了那面可設法為我進行。多賽雷的話非常打動了我的心，我想如果我可以皈依佛教，擺脫這塵世的煩惱，也許倒是我最好的出路。我問他是不是有出家的打算，他說宗教的生活最不應該勉強，如果他住在那裡，覺得淡泊寧靜安詳滿足，他也許就永遠住下去，否則他也不勉強自己。我與多賽雷談了很久。

後來我們與林明默一起吃中飯，飯後我向林明默告別，林明默說：

「你不願同我吻別嗎？」

我望著她的眼睛，我看她棕色的眼中閃著逼人的光芒，我避開她的視線，我兩臂圍著了她的身軀，我吻了她在顫動的嘴唇，我奇怪地流下了淚水，我說：

「明默，一切妳所不解的，請妳寬恕。」

我於下午四點鐘搬進了蘭姆公寓。

四十七

搬進了蘭姆公寓，我就想到了帕亭西，我怎麼竟忘記到帕亭西那裡去找羅素蕾？如果找不到羅素蕾，我至少也可以從帕亭西那裡知道她一點消息。

我於第二天到帕亭西那裡，但是他已經出去了。原來帕亭西將於一月十二日開音樂會，這是一個他自己的作品演奏會，現在他借了九龍的一個教會的會所，每天都在那裡排練。

帕亭西將舉行音樂會我早就聽說了，但總以為是明年的事情，現在一算才想到不過是十幾天的工夫。我當時心裡很高興，我相信我最晚在音樂會中總可以見到羅素蕾，我聽說她是有獨唱的節目的。

我留了一個條子給帕亭西教授，我告訴他我又搬到了蘭姆公寓。帕亭西二十七日早上打了電話給我，約我於一月三日晚上去吃便飯，並且要我通知多賽雷。我知道三號以前他一定很忙，所以沒有再去看他。

二十九日我打電話給尤美達，告訴她我又搬到了蘭姆公寓，尤美達要我去領版稅，我的《舞蹈家的拐杖》與《青年時代的薩第美娜太太》都銷得不錯。她要我請她吃飯，她說她還有許多話想同我談談。當時我就拜託她為我領版稅，我們約定於七點半在漆咸道海閣飯店吃飯，我想不出尤美達有什麼話要同我談談，或者竟是關於羅素蕾的事情了，尤美達是聰明理智的一類人，或者她從蘇雅地方聽到些什麼，想給我一點勸告也說不定的。

尤美達於七點五十分到海閣飯店。她穿一件紅條大方塊的運動短呢大衣，圍一條鮮紅的圍巾，風致翩翩。等她走近了，我看到耳垂上垂著很大的紅色的耳環，顯得她左頰的黑痣非常神祕。我站起來迎她，忽然我覺得，一個人同女人來往，最好的距離就是我與尤美達這樣的關係了。我們有很要好的友誼，但不涉於無聊的戀愛，我們的距離正是可以互相欣賞互相規勸互相幫助的距離，或者正是有愉快的交際而沒有情感的糾紛的關係。

我為尤美達寬下大衣，我看到她穿一件純黑色毛質的旗袍，但配著一副紅色的紐子，從領襟下來一共是七粒，同她的耳環非常統一。

「啊！妳好漂亮。」我說。

「謝謝你。」她說著，微笑地坐下來。我們點好菜後，她於是從手袋裡拿出一個信封給我，上面寫著稅版的數字，她要我簽了收據。

於是她拿出一支菸，我為她點了火。她吐出了一口煙說：

「你怎麼又搬到蘭姆公寓了？」

「那裡比較自由點，是不？」

「你已經與林明默訂了婚，為什麼不早一點結婚？」

「我覺得我實在太配不起她了。那天她宣佈了我們的婚約以後，我發現我在她生命裡出現太不是時候了。」

「你覺得她是專為向方逸傲挑戰嗎？」

「我不敢那麼說，不過我實在覺得她對方逸傲的愛情太莊嚴與高貴，所以我……」

「我想像得到的。」尤美達笑著說：「但是方逸傲是沒有愛情的人，他只有狂熱。你知道我想同你談的事情麼？」

「是有關方逸傲嗎？」

「是的，他在追求陸眉娜。」

「這個，我早就看出來了。」

「不過最近鬧得太嚴重了，般若華已經與方逸傲分開，大概一兩天內就要去英國了。」

「怎麼？陸眉娜也在愛上方逸傲？」

「陸眉娜是一種喜歡有許多男人為她顛倒的女人。她願意有許多朋友，但並不想從一而終；至少現在不想歸宿，她就怕我哥哥佔有她，所以多有一個衛星也就使她多有點光采。」

「那麼怎麼樣？」

「我哥哥好像太認真。他也許並不是對於愛情認真。你知道他是一個很任性的人，他的好勝心太強，這三個人也許都是在玩弄自己的感情，可是，弄假成真，我真怕會出什麼事。」尤美達說。

「但是你哥哥與方逸傲不是很好的朋友嗎？」

「正因為是好朋友，出起事來會更可怕。」

「那麼應該怎麼樣呢？」

「我想請你去勸勸陸眉娜。」

「我去勸陸眉娜？」

「你是一個同誰都沒有特別關係的人，比較好說話。」

「為什麼你自己不勸勸旁都？」

「我自然天天在勸他，但是他在愛陸眉娜。在愛情裡他實在無法自拔。」

「你要我去勸她結婚嗎？」

「如果無法結婚，就索性拒絕旁都的愛情也好。」

侍者端菜上來，打斷了我們談話。喝了湯，我說：

「我也好久沒有見陸眉娜了。怎麼，戲已經拍了多少了？」

「正在趕佈景。」她說：「恐怕要等過了年才會緊張起來。」

「那麼我明天就去看陸眉娜去。」

我與尤美達以後就談別的事情，我心裡一時倒也忘去了我自己的煩惱。我發覺尤美達與旁都雖是兄妹，但性格竟毫不相同。我們毫不拘束地談東談西。飯後又坐了很久，到了十點鐘，我才送尤美達回去。

同尤美達在一起過了一個晚上，我心情非常愉快安詳。我發覺男女間的距離實在是很神祕的事情。以前我與羅素蕾在一起，我也有愉快安詳的感覺，但自從發生了愛情，就隨著有了痛苦。同林明默不必說了，幾乎一見面就墜入情網，所以一直沒有自然愉快的關係。倒是我與陸眉娜相遇相識都非常神祕羅曼蒂克，而且一開始就知道旁都對她熱愛，所以我們也有愉快有趣的自然關係。

第二天我打電話給陸眉娜，約定下午三點鐘去看她。

我已經好久沒有去陸眉娜的家，她的客廳已經重新佈置，牆壁裱了新的藍底小紅花圖案的壁紙，鋼琴已換了方向，琴上的一張照相換了一張新的，是一張在花叢前穿著和服的陸眉娜，想是她在日本的時候照的，花瓶也換上了一隻日本的新瓷，滿插著紅色的劍蘭。

我在客廳裡逗留了五分鐘的工夫，陸眉娜從裡面出來，她穿一件深灰色的旗袍，披一件紅色的毛線衣，腳上穿一雙紅呢的便鞋，她笑著說：

「怎麼你一個人，你的未婚妻呢？」

「未婚妻？啊！明默在家裡。」

「你什麼時候請我們吃喜酒。」

「我想我應該先吃妳的喜酒。」

「我，我連訂婚都沒有訂婚。」

「訂婚，」我說：「你相信訂婚？」

「我倒是正要問你，你是不相信一切可以預定的人，你以為人生不過是偶然的綜錯，一切的預期都是不可靠，為什麼你們不索性結婚而要訂婚呢？」

「訂婚正是為可以不結婚的準備。」我說。

「那麼結婚也就是離婚的準備了。」她說：「啊！我約你三點鐘來，因為五點鐘有事情，你到底有什麼事情指教？」

「我聽說最近方逸傲與旁都弄得不大好，完全是因為妳的關係。」

「你聽他們胡說。」

「胡說嗎？可是我知道般若華已經同方逸傲鬧翻，她要一個人回英國去。」

「那難道也是我一個人的原因嗎？」

「外面人都是那麼說。」

「可是，在英國的朋友們都知道他們的感情一直沒有好過，般若華一直有一個比利時的男朋友，是一個音樂家，因為已經有太太，無法同她結合，現在據說已經離婚了，所以般若華一直想去歐洲。」

「真的？這個我倒不知道。」

「夫妻間的事情，外面人是很難曉得的。」她說。

「我想這是方逸傲給妳的解釋，我不知道他與林明默的關係，給妳怎麼解釋的。」

「我不要他解釋什麼，我也並不愛他。」她笑著說。

「不過你使旁都太不安了。」

「旁都，他的佔有欲太強，我實在怕他。我所以用方逸傲抵消他的一種狂熱。」

「可是如果他真的愛妳，他也許會遷怒方逸傲的。」

「你不要相信他們，他們兩個人都是沒有愛情的人。他們有點錢，兩個人又自以為很漂亮，對女人取一種征服的態度，骨子裡是好勝心與虛榮心，談不到什麼愛情的。」

「你不打算同他們認真嗎？」

「認真，你是說嫁人嗎？」陸眉娜笑了：「至少現在談不到。」

陸眉娜那麼一說，倒使我覺得尤美達的憂慮是多餘的事情了，我沒有說什麼，陸眉娜忽然說：

「你一定是旁都叫你來的，他對你怎麼說？」

「我沒有碰見旁都，是尤美達找我，她為她哥哥很焦慮。」

「那還不是旁都叫她說的。」

「她以為你如果不愛旁都，就索性坦白告訴他，或者離開遠點。」我說。

「她還以為我在糾纏她的哥哥嗎？」

「那倒不是這個意思。她大概是受旁都的托，要探聽你是不是真的愛方逸傲。」

「方逸傲，我自然覺得不錯，他好像比旁都瞭解女人的心理。」陸眉娜笑著說。

陸眉娜很輕鬆地說她與方逸傲與旁都的關係，我也就覺得尤美達的想法過分緊張，不過我當時還半開玩笑似的說：

「如果我愛上了一個女人，而那個女人對我的愛情開玩笑，那我真會恨她的。」

「恨她又怎麼樣？」

「也許我會殺她。」我說：「所以妳們這種漂亮的女人應該小心一點，對於一個愛妳的男人，如果妳不愛他，就應當誠懇地對他說明，不應該太對人開玩笑。」

「你真是這樣認真嗎？」

「我想誰都是這樣，一個人在愛情中都是認真的。」我說：「你知道以前中央大學裡一件慘案嗎？有一個傻頭傻腦的學生，愛上了一個漂亮的女同學，他寫了許多情書給她，但一直沒有機會同她交際。不知怎麼，有一次，女的把他當笑話般把這些情書都公開了，於是大家都訕笑那個男的，說他癩蛤蟆想吃天鵝肉。這使那個男生很難堪。他於是找了一支手槍。他問人家手槍打在什麼地方最容易死，人家告訴他是腦子。他又問人家打在什麼地方最痛苦，人家說是肝臟。於是他就找了一個機會，等女的走過一個狹弄時，第一槍就打那女的肝臟，第二槍就打在自己的頭上。」

「這是真事情嗎？」

「自然是真的。」我說。

「所以一個女人寧肯同壞的男人來往，可千萬不要同笨的男人來往。」

「那麼妳是不喜歡對妳癡情的男子了？」

「我總覺得真正的愛情是為對方的幸福著想的，你說的故事裡的那個男人如果真愛那個女的，就不該殺人，是不？」

「不過愛情這東西是無法衡量的，愛與恨往往是很接近的兩樣東西。」

「也許是這樣，總之什麼事不要看得太認真，人生在世，沒有多少青春，大家多享受這些才是真的。」

「可是像妳這樣聰明的人，並不多。」我說。

我知道她五點鐘有事，所以談了一會兒別的就告辭了。晚上我打了一個電話給尤美達，我告訴她陸眉娜的態度，不要把這件事情看得太嚴重了。

四十八

一月三日晚上，我與多賽雷在帕亭西教授家裡吃飯，我才知道多賽雷本來五號就去印度，現在因為帕亭西教授的音樂會，所以改期到十五日才去。

那天，多賽雷談了許多宗教問題，他說他到印度如果能夠愉快安詳地研究佛經，他也就出家了。我很羨慕他這種心境。當時我很想往帕亭西教授那裡打聽羅素蕾的事情，但因為多賽雷知道我與羅素蕾的關係，我不便多問，我只是就帕亭西音樂會，問問蘇雅與羅素蕾擔任的節目。

帕亭西非常誇讚羅素蕾，他說她近來非常用功，她的歌唱進步得出奇，這次音樂會有她的獨唱。以後帕亭西想為她籌備一個獨唱會，他說她的歌唱比她的後母更有希望，將來可能會有了不得的成就的。我當時聽了很高興，我想如果我給羅素蕾的刺激使她在音樂上邁進，那也許反而是一個可安慰的事情，上天要完成一個人的成就，往往就是要借手於人的，我或者只是上天所安排的促使羅素蕾努力的一種因素而已。如果羅素蕾在音樂方面有偉大的成就，那麼我為她犧牲有什麼不值得呢？就讓她把我當作無聊的男人也好。

從帕亭西的家裡出來，我的心情很平安愉快。我想到我應該同帕亭西商量，怎麼樣在帕亭西音樂會後，在羅素蕾中學會考後，鼓勵她去義大利同她母親一起才對。等她到了義大利專心音樂後，那時我如果與林明默結婚，也就可以無愧於心了。

我雖然是這樣想，但當我躺在床上，望見窗外那顆代表羅素蕾的星辰，我對羅素蕾有著奇怪的懷念。我很想寫一封信給她，但竟不知道該怎麼樣措詞才好。我寫寫撕撕有很多次，最後還是決定不寫了。

在以後的幾天中我的心緒起伏變化無常，我時而覺得想看看羅素蕾，時而覺得這樣斷了很好，時而覺得我促使她在音樂方面邁進是很可安慰的事情，時而覺得我被她誤會與冤枉，總需要讓我洗白解釋才好。

日子就在這樣痛苦中過著。

我定於七號為多賽雷餞行，我請了蘇雅、林明默、帕亭西、陸眉娜、尤美達與旁都作陪。那是在月仙樓，一家上海菜館。我想多賽雷去印度，很難吃到好的中國菜了。蘇雅對我的鄙視似乎未改變，但是因為是為多賽雷餞行。所以並沒有拒絕參加。席間我們有很多快活的談笑，我觀察陸眉娜與旁都的情形，也覺得尤美達的憂慮是多餘的。旁都愛陸眉娜雖是露在面上，但並不像癡傻無以自主。旁都是一種漂亮活潑的人，想來他對於愛情也決不是死硬不化的。

林明默那天打扮得非常樸素，起初似乎對我有點不自然，慢慢就完全同大家一樣。我不知道她是否真的對我有了愛情，但我可真的不知道為什麼以前我對她有過如此的傾倒。人似乎可分兩類：一種是出世的，一種是入世的；或者說一種是理想的，一種是現實的。我初次所認識的林明默似乎是屬於前者，她使我墜入情網，自從她承繼了薩第美娜太太的別墅，能幹地經營起來，使我發現我的認識完全是錯了，我的愛也就開始變了。我覺得我認識她的時候，正是她在愛情煩惱之中，她給我的印象是緘默、高傲、憂鬱，現在她變成了一個爽朗、幹練、愉快的女人。我不相信我們的婚約是她愉快的因素，但我發現了她對我即使有愛情，也不是當初癡心地愛方逸傲的愛情。我們曾經要有一年的考驗，但這個月裡，我已經看清楚了這些事實。

月仙樓吃飯是我為多賽雷餞行，這也引起在座的人們都要為他餞行了，蘇雅首先要請客，後來林明默叫蘇雅與她合請。

旁都、尤美達、陸眉娜也合請一次，所以接連兩天變成都是我們原座的人在一起吃飯。這幾次吃飯都沒有方逸傲，陸眉娜與旁都自然成了一對。我們的聚會因此總是很愉快，不過這幾次使我越來越發現我不愛林明默，也使我越來越想念羅素蕾。

每當夜來失眠，望著窗外代表羅素蕾的那顆星辰，我對她有說不出的渴念。我覺得我至少需要對她有一個解釋的機會，使她對我的誤會有所諒解。我在幾次與蘇雅見面時，總想請她讓我會見羅素蕾一次，但在這些同桌的友人面前，很難有機會與蘇雅談話。有一次散席以後，我故意走在蘇雅的旁邊，我只是輕描淡寫地問一聲：

「羅素蕾可好？」

「她很用功，很好，很快樂，你可千萬不要打擾她了。」蘇雅認真而莊嚴地回答我，使我再不能說下去了。但就在這種相思與苦難中，我終於寫了封信給羅素蕾：

素蕾：

妳不願意再見我了，我決不怪妳，我知道我有不可饒恕的罪惡，我對不起妳，也對不起林明默，但是我決沒有兩面欺騙或玩弄。不過如果根據愛與良心來讓我說一句話，我現在要實實在在告訴妳，我愛的是妳。當我以為愛林明默時，我始終把妳當作小朋友，當我第一次發現愛妳時，我還以為是自己的幻覺，我馬上壓制自己。現在當林明默與我訂婚以後，我確確實實發現我愛的是妳。我現在已經搬出深林別墅，重新搬回蘭姆公寓。現在我想到上一次住在蘭姆公寓，時時同妳在一起過著毫無邪念的日子，我的心幾乎無法安寧。當愛來的時候，我竟不敢認它，當它走的時候，我如此留戀它。我可以說是最懦弱的最愚蠢的最低能的人了。我決不敢求妳可憐我或者寬恕我，求妳再同我能重修舊好。我只希望妳相信妳愛過的人並不是一個無信無義的下流的人，他不管在何處何時都將懷念妳、珍貴妳，而且將永遠為妳祈禱與祝福。我與明默雖還沒有取消婚約，這應是無可避免的事。我不願意傷她的自尊心，而我知道當我愛她的時候，我是多麼想在她身邊做一個奴僕呢！但是這一切都已經消逝去了，我蹉跎了一切寶貴的機緣，時間掩沒了一切夢想與希望。做一個愚笨無知像我這樣的人是多麼可憐呢！妳就原諒我的愚笨與無知吧！

聽到了帕亭西稱讚妳在聲樂方面的造詣與成就，我有說不出的高興，我希望妳在暑期中會去義大利。妳母親在那邊，她也可以照拂妳，妳在那邊一定會展開新的前途，看到新的成就。那時候，妳回顧這愚蠢的我是多麼渺小的人，是多麼不值得妳為他生氣，為他痛苦呢！

這封信所想說的只是一句話，我愛的是妳，而且將永遠愛妳。在這廣大的地域中，在遙遠的時間中，我永遠為妳的幸福光明與成就祈禱……

寫好了信，我考慮了兩三天才把它寄出。

音樂會是在聖德拉瑟女校的禮堂舉行的。那天我送了兩個花籃去，一給羅素蕾，一給蘇雅。但當時我忽然想，如果我同林明默一起去聽音樂會，對羅素蕾可能太刺激，所以我決定不去參加，免得發生什麼事情。可是到了晚上，我心裡竟一直掛念不安，我就決定去看看。到了會場，我站在禮堂的外面花園裡，花園裡很黑，從窗口可以看到禮堂的裡面，除了我以外，還有幾個學生也站著在聽。

廳內的人已經擠滿了，起初但聞人聲嘈雜，但接著就靜了下來，於是一件可怕的事情就發生了。

有人忽然走到臺上，報告羅素蕾因為嗓子有病，不能演唱，節目中的獨唱一項，只好取消，因報告的人是用麥克風報告，所以我聽得很清楚。

我不知道為什麼，當時我馬上想到這是我那封信的關係，至少是有間接的關係的。我的心非常不安，我沒有等音樂會開始，我就一個人跑了出來。我跳上車子，到尖沙咀一家酒吧裡喝一杯酒。於是打電話到羅素蕾家裡，接電話是傭人，她說羅素蕾出去了，蘇雅也出去了。當時心裡不知怎麼才好，我在酒吧裡坐到十一點半才回家。我想我回到蘭姆公寓應該是十二點多，羅素蕾與蘇雅總該回家，我可以再打一個電話去問問。回到家裡，抽了一支菸，我開始打電話，接電話的是蘇雅。她說：

「啊！是你，你為什麼要寫信給她呢？」

「蘇雅，怎麼一會事啊？」

「你不知道她今天沒有唱歌嗎？」蘇雅責備似的說。

「到底怎麼一會事？」

「你的信刺激她，她讀信後，一直在哭，突然失去了嗓子。」

「真的，那麼怎麼辦？」我焦急地說：「我可以同她說句話嗎？」

「你如果真的有點愛她，或者愛過她，請你不要再打擾她吧！」蘇雅很負氣地說。

「但是……」

「你應該多少瞭解她一點，她已經不是小孩子，再不會相信普通男子的甜言蜜語了。」

「我只想同她見一次面。」

「她不會想見你了。」蘇雅堅決地說。

「能不能讓我在電話裡同她說一句話？只要一句話。」

「她不會願意的，而且不瞞你說，她不在家裡。」

「不在家裡？她一個人這麼晚還沒有回來？」我開始有點著急。
「你放心。」蘇雅非常冷靜地說：「她現在住在醫院裡。」
「醫院裡？她病了？是什麼醫院？」
「你又何必想知道呢？」蘇雅諷刺似的說：「我還是那一句話，你如果有一點點愛她，就饒了她吧，你已經把她害夠了。」
「謝謝你，蘇雅。」我說：「再見。」
在電話裡的蘇雅真是我想不到的一個蘇雅。她冷靜老練以及對我的輕視。使我感到一種說不出的難過，想到她在Little Foot唱歌的情形，那真像是在夢裡見到的一樣了。
放下電話後，我一個人睡在床上，一直失眠。我正正反反地想了許多，最後我覺得也許蘇雅的話是對的。勉強的解釋有什麼用呢？只要羅素蕾會有幸福成功的前途，對我的誤會有什麼關係呢？我只是一個偶然的過客。
這樣一想，我的心就坦然，望著那窗外的星星，我只是為了羅素蕾的嗓子的恢復與她前途的幸福祈禱了。

四十九

我以後再沒有想到去找羅素蕾，唯一關心的是她的嗓子。我偷偷地向帕亭西打聽，知道她已經漸漸恢復，我心裡非常高興。

我也沒有與蘇雅見面。一直到三天後的一個下午，多賽雷動身去印度的時候，我在飛機場送他，碰見蘇雅。多賽雷是我可以談談的真正朋友，他的遠行不免有點使我傷感。但是蘇雅那天可哭得厲害。我知道多賽雷是最初發現提攜蘇雅的人，但像蘇雅這樣冷澀的個性，怎麼會一時如此熱情呢？女人真是一個不易瞭解的動物。

多賽雷走後，我伴蘇雅出來，她說公司裡有戲，所以我就送她回聖林公司。在車上，我問她：

「妳愛他嗎？」

她點點頭，說：

「他只是照顧我，幫助我，沒有當我是一個女人。」她仍在啜泣。

「妳沒有向他表示？」

「他說他不想結婚，所以勸我不要愛他。」蘇雅說著一面揩揩眼淚，又唏噓起來。

「他是一個了不得的人。」

「沒有男人可以同他相比，我想我不會再愛任何別人了。」

「這是什麼話呢，蘇雅？你還年輕，剛剛踏進電影事業，將來會有多少人來崇拜你，愛你，怎麼講這樣的話呢！」

「你看著好了。」

當時我沒有再說下去。

到了聖林公司，我就順便去看看旁都。

旁都不在，尤美達倒剛好在那面。她一見我，非常高興地說：

「我這兩天正想打電話給你，你來得好極了。你忙什麼？在寫什麼東西嗎？」

「什麼都沒有寫，只是像有點活得不耐煩吧！」我坐下來說。

「怎麼那天帕亭西音樂會你也沒有去。」

「我有點不舒服。」我說。

「你從哪裡來啊？」

「我在飛機場送多賽雷，碰見蘇雅，所以就送她回來，她說今天有戲。」

「這幾天《青年時代的薩第美娜太太》拍戲可緊張，每天到通宵。」

「陸眉娜在嗎？」

「聽說她晚上才有戲，這些時候可緊張。」尤美達微笑著，她的左頰上黑痣非常動人，用一種頑皮的表情說。

我知道她的話是雙關的，所以就問：

「方逸傲？」

「他這幾天，天天在這裡陪陸眉娜到通宵。」

「那般若華呢？」

「她已經於前兩天去倫敦了。」

「到底怎麼回事？」

「還不是鬧三角戀愛。」她說。

「那麼旁都呢？」

「旁都現在常常就同他們在一起。」尤美達說：「他們每天下午見面，晚上總是一起吃晚飯，一起來片廠。」

「旁都難道每天也通宵嗎？」

「他因為白天有事，所以耽一會兒就回去了，可是方逸傲一直陪著陸眉娜。」

「我看還是有錢的公子哥兒們沒有事，把戀愛當作遊戲。」我說。

「這倒不該這麼說，看來方逸傲與旁都很認真，只是陸眉娜，她似乎只是希望有愛她的男子為她顛倒罷了。」

我們在辦公室裡坐了好一會兒，才到片廠去看蘇雅拍戲。我知道蘇雅心裡仍在為多賽雷難過，但是我想不出什麼話可以安慰她。她的戲要連到晚上，所以我同尤美達就出來。回到辦公室，我問她晚上是否有事，我想請她吃晚飯跳舞。她問我想帶她到哪裡，我說沒有一定的地方，問她喜歡到哪裡，她也說沒有什麼特別喜歡的。當時大家提議了幾個地方都決不定，最後我們用拈鬮的方法，拈到了一家我沒有去過的巴西飯店。當時我們打電話定了座，尤美達說要回家換衣服，約我九點鐘去接她。

當時我看表是六點多鐘，所以我也就想回家一趟。

我回到蘭姆公寓，換了衣服，去接尤美達。

尤美達已換上了灰底銀花的旗袍，她戴一副泰國的銀絲細編的耳環，頭髮平直地披在頭上，顯出非常素潔莊嚴，襯托她左頰上的黑痣與白齊纖小的前齒，非常美麗。

巴西飯店在尖沙咀，原來是地方不大、佈置精雅的一個場所。整個的大廳大概只能容下二十桌的位置，我們坐在靠街的窗戶邊，我可以摸到紫色的窗簾。菜是法國菜。我們點了菜後就去跳舞。樂隊是三個人，很簡單，舞池就在廳的中央。我一到舞池，馬上就發現那面坐著的是羅素蕾了。我偷偷地望過去，雖然燈光很暗，我仍能看到坐在她對面的男子是一個年紀很輕但蓄著胡髭養著長髮的男人。我當時心裡有很大的激蕩我不知道是否應該同她招呼。但是我一直沒有同尤美達說，跳完舞就回到桌上，我偷偷地注意羅素蕾的情況。羅素蕾真的已經是成人了，她燙著時髦的頭髮，濃妝豔抹，穿一件鮮豔的西裝，她是美麗的，但打扮得並不高雅。男的穿一身黑條子的西裝，正在抽菸。

我忽然想到這樣與羅素蕾相遇真是太巧了。巴西飯店我從來沒有到過，一個人是決不會來的，如果約別人也決不會來這種地方。現在約的是尤美達，她也許曾與旁都來過，更巧的是我們來前毫無計畫，而只是憑拈鬮決定的，那時我們把想到的七個地方都做了紙團，而偏偏抽到巴西飯店。而現在在巴西飯店裡竟碰到了我日夜思念的羅素蕾。這究竟是偶然的巧合還是必然的命定？

接著我看到了羅素蕾他們跳舞了。我看出羅素蕾並不快樂，她一直望著空虛，好像在想什麼，幾次在我面前走過去，但是似乎並沒有看見我。於是尤美達發現她了。

「咦，這不是羅素蕾嗎？」

「啊，是她嗎？」我假裝剛剛看見，我說：「妳也同她很熟嗎？」

「她是蘇雅的朋友，自然也是我的朋友，你不也同她熟嗎？」

「我在帕亭西那裡認識的。不過她好像……長大了。」

「啊，那男子不是魯地嗎？這傢伙，她怎麼同他在一起？」

「怎麼？你認識他？」

「我同他很熟，一度他常到電影公司來。」尤美達忽然笑了，帶著諷刺的聲音。

「有什麼不對？」

「他想進電影公司拍戲。」尤美達說：「聽說他會點爵士音樂，可是又不會演戲。」

「他家呢？」

「他父親倒是一個有錢的商人，在印尼，叫他在這裡讀書，他不讀書，也不做事，他父親叫他回去也不回去，錢花光了，一度聽說同一個舞女同居，拿舞女的津貼過日子。」

「真的你認識他？那麼你應該勸勸羅素蕾不要上他的當才好。」我說，心裡有說不出的不安。

「我們叫他們過來坐在一起好嗎？」

「好嗎？你去招呼吧！你同那個男的熟。」我說。

「等下一個音樂，我們跳舞過去，一起去招呼他們。」她說。

當時菜已經上來，我們吃了小食，就在音樂聲中下去跳舞。跳到對面，尤美達招呼羅素蕾。

「羅素蕾，你們在這裡，啊！魯地。」

「素蕾，妳好嗎？」我說。

「我替你們介紹，」尤美達說：「這是鄭先生。這是魯地。」我與魯地拉拉手。

「我們坐在一起吧！」尤美達說。

羅素蕾一時有點躊躇，我說：

「妳不喜歡同我們坐一起嗎？」

「也好。」

魯地當時沒有意見，我們就叫侍者把他們的晚餐搬到我們桌上去。

坐定以後，我發現魯地倒也不令人討厭。他很文靜地同尤美達談他的生活，他說他現在在保險公司做經紀人，他空閒時在學唱。

我就在他們談話的時候請羅素蕾跳舞，我的心突然跳躍起來，羅素蕾整整衣裳站起來。在舞池中，我說：

「妳嗓子好了？」

「沒有什麼。」她沒有看我。

「妳收到我的信了？」我說。

她點點頭。

「妳沒有回我信。」

「沒有什麼可說的。」她沉吟一會說。

「素蕾，讓我們哪一天好好談一次好嗎？」

「沒有什麼可談的。」

「妳變了？」

「誰都要變的。」她說著：「我們回座好嗎？」

「你一定讓我有機會可以談一次，只要一次，一次，隨便在什麼地方。」我有點強制她似的繼續跳舞，要她給我一個正面的答覆。

她沒有回答，我又說：

「只要一次，素蕾，我求妳。就算這是我們兩個人最後一次的單獨見面也好。」

「那麼，就在我們的『老地方』吧，後天下午四點鐘。」

「真的？妳不要騙我。」

「我沒有騙過你。」

我帶她從舞池回座，我們以後就很少說話。我靜靜地觀察這個年輕的魯地，我覺得他真的在愛羅素蕾，這倒不是他對羅素蕾的恭順，而是從他的眼神中，他似乎在羅素蕾身上發現了一個特殊的天地。可是素蕾並沒有把他放在眼裡，她一直向尤美達談話，而且時時談到蘇雅。

慢慢地我原來緊張的情緒平靜下來，我看羅素蕾也自然了許多，我們開始有談笑與跳舞。

當尤美達與羅素蕾去洗手間時，我與魯地有較深的交談。我說：

「聽尤美達說你對爵士音樂很有研究。」

「啊，談不到研究，只是從小愛好，玩玩就熟了，不過現在我重新想去學鋼琴。」

「你年紀輕，自然什麼都學得上。」

「我小的時候學過幾年，以後亂玩爵士音樂，什麼都亂了，現在我要好好上學去。」

「那好極了。」

我很想探聽他和羅素蕾交往的久暫，但因為尤美達、羅素蕾回來了，我沒有機會再談。

我們於十一點三刻從巴西飯店出來，一輪明月迎著我們。我的心境有空前的開朗。但當我望著魯地送羅素蕾回去時，心裡浮起一種說不出的滋味。

我與尤美達坐進車子，我說：

「妳有沒有勸羅素蕾不要同魯地來往？」

「我怎能說這話？不過羅素蕾告訴我她認識他只一兩個星期。」

尤美達忽然又說：「魯地可已經被羅素蕾征服了，你看得出嗎？他同女孩子在一起，總是活潑高興，從來沒有像今天這樣癡傻的。」

「妳真有眼光。」我說。我可又起一種妒忌的薄霧。

送尤美達回家後，我獨自回家，我又興奮，又焦慮，又害怕，我很怕羅素蕾會愛上魯地，但是我期待後天的約會，我希望羅素蕾不會失約。

五十

我已經好久沒有到後山的所謂「老地方」去了，那天我一個人駕車到那面，從小徑上走過去，心裡有很多感觸。

我望著浩瀚的天空，想到我流浪的生涯，以及一切奇怪的遭遇。我覺得冥冥之中，真像是命運在擺佈了一切。許多想不到的機緣是偶然的，但是何嘗不是必然的呢？前天要是不去巴西飯店，可能就一生再見不到羅素蕾了。而去巴西飯店是多麼偶然的事情呢？但也正可說是有神靈在作必然的佈置。

我站在樹邊等了好一會兒，想到羅素蕾要是失約不來又怎麼樣呢？她可能昨天在舞池中為擺脫我的要求，而故意虛諾了一下，而實際上是不想再會我的，可是當我想到她說的那句「我沒有騙過你」的話時，我相信她是一定會來的。

當時我看了錶，原來還只是三點三刻，我就樂觀地抽起第一支煙到溪邊散步。

因為前幾天落過雨，溪水很大，我可以看到我動盪的人影，我忽然想到當初羅素蕾讀給我聽的那首詩：

掠樹而過的飛鳥

帶我的幻想
到我從未涉足的土地。
使我再無心在這裡，
做平庸的歌手，
讚美我家庭的美麗。

一時我真覺得她應該跟她的後母到義大利去，她年輕聰明，現在特別又為帕亭西所讚揚，她應該在音樂方面有所發展。如果同我結合，那麼我能夠幫助她什麼呢？我在經濟上在生活上都無法幫助她發展她的天賦，她變成了我的妻子後會有什麼特殊的幸福呢？

一個人在大自然之中，望著浩闊的天空與山前的陽光，似乎較容易產生高潔的善念。我一直沒有想到除了我向她解釋與林明默訂婚的事情外，還該向她說些什麼，如今我則覺得我只要她瞭解我對她的愛，我希望她能到未涉足的天地去發展，而不該束縛她在平庸的家庭裡的。

就在我這樣想的時候，溪流出現了一個影子，我一回頭，發現站在我面前的正是羅素蕾。

羅素蕾穿一件嫩黃的毛衣，棕色的長褲，戴了一副白色的不分指的絨手套，手套背上綴著紅花，她臉上沒有化妝，頭髮沒有修飾，自然地披著。

「啊，羅素蕾，你果然來了。」

「你以為我一定會來嗎？」

「我先想你或者會不來，但我想到你的那句『我沒有騙過你』的話，我就相信你會來的。」

「你自信心倒很強。」

「不，我信的是你。」

「現在我來了，你有什麼話對我說呢？」

「我想同你說的話太多，也許一輩子都說不完。」我說：「我們就在這草地上坐下來談談吧！」

草地是在山蔭下，沒有曬到太陽，所以地下還有點潮濕。我把大衣鋪在地上，我們就坐了下來。我先告訴她，薩第美娜太太別墅中那間神祕的「偶然室」的故事，然後再告訴她我事後的後悔。我又說到自林明默承繼了那所別墅後，我就發現我愛的決不是她。她在聖誕晚會中宣佈我們婚約也只是對方逸傲的一種報復，我最後說：

「妳也許不知道我已經搬到蘭姆公寓。」

「那麼你們的婚約？」

「我們約定一年後再說。我也許以前愛過她，但她當時並不愛我，甚至在『偶然室』中，我向她求婚時，她也說並不愛我。可是當她宣佈婚約時，說是忽然愛我了，但是我覺得我已經發現愛的不是她了，我愛的是妳。」

「我也不怪你同林明默訂婚，但是你還記得當初我們約在一年後在這裡見面嗎？而一年未到，你又沒有事前告訴我，所以我看不起你。」

「妳看不起我完全是對的，素蕾，我本來是一個早就碎了心的人，沒有資格愛妳，也沒有資格愛林明默的，但是現在我與林明默是決無結合的可能，我約妳來也只是想對妳說明這些，告訴妳我愛的是妳。我並不想佔有妳，我知道妳現在在音樂方面進步很多，帕亭西教授和同學們對妳的天賦都抱著很大的期望，妳是屬於音樂的，妳會去義大利，暑假後妳應該到那裡去，妳還記得妳當初寫給我看的那首詩嗎？

掠樹而過的飛鳥
帶我的幻想
到我從未涉足的土地。
使我再無心在這裡，
做平庸的歌手，
讚美我家庭的美麗。

妳還不急於找對象，在人生的路程上可以看到不少愛情的花朵，不要看第一朵花就採摘，因為妳會發現有更合適的。」

羅素蕾聽我一直講下來，沉吟了許久，忽然說：

「你不知道我今年一定要結婚的。」

「為什麼，妳對結婚抱著什麼幻想？」我不禁笑起來。

「不瞞你說，因為所有的算命看相的都說我最晚必須在今年結婚，否則我就很難活下去。」

「胡說，」我說：「妳在洋學校念書，相信這些？」

「你知道我母親同我外祖母都很迷信，但奇怪的每個算命看相的都這麼說，所以母親在臨死時要父親同我答應她一件事，就是在我十八歲以前結婚。」

「那麼你父親呢？他難道也迷信？」

「他是一個很好奇的人，他因為聽母親這樣嚴重的提示，就把我的星宿與八字請世界有名的命相家去看，花了不少錢，結果都說得一樣，說是不結婚得與人同居才行，否則很難長壽，有的甚至說怕要死於非命。所以我父親也覺得很奇怪，說這種事情，不問沒有關係，既然問了，又都這麼說，還是遵行好。而且又是答應了我母親的事，就為對母親守信，我也要在今年結婚的。所以在他臨死時，又把這事囑咐我後母。」

「這奇怪了，難道真有這種事情嗎？」我忽然想到我在羅素蕾來時所想的問題，究竟是人生偶然的機緣，還是必然的命定？照羅素蕾的說法，那麼竟是命運擺佈了兩條路由她選擇了。我有點惶惑不解，不知怎麼，這時候我忽然想到薩第美娜太太帶我去看的那個吉普賽人的巫女的棺材，我說：「要是真是這樣奇怪，我倒可以帶你去看看一個水晶的棺材，在裡面我們可以看到自己的過去與未來。」

「真的，在什麼地方？」

「我也不知道在什麼地方，不過總是在這個島上，繞著這島的公路，轉進斜路，一個奇怪的村落裡。」

「你去過嗎？」

「我去過，不瞞你說，那是薩第美娜太太帶我去的，當時在黑夜裡，她的車子開了許多時候，我想這也許是故意在多繞圈子，可以使我不知道地方，她是不希望我自己再去的。」

「那麼她為什麼要帶你去？」

「去看她的過去，因為我無法想像她年輕時候的美麗，所以她特別要給我看看，可以使我對她的傳記有點想像。」

「那麼你看到她的過去了？」羅素蕾好奇地問。

「是的，在巫女的水晶棺材裡，那真是一個絕色的美女。」

「可是她後來……我看過她一兩次的。」羅素蕾說。

「從她老年的樣子，真想不到她過去是如此的美麗。」我說。

「真有這事嗎？你快帶我去看看，讓我看看我老了變成什麼樣子。也許……也許……我可以看到我嫁給誰。」羅素蕾興奮地說。

「但是我不知道地方，我明天開著車子跑跑試試看。老實說，我沿途實在毫無印象，我只記得車子跑了很多很多時間，沿途什麼也沒有看見，好像一忽兒在海邊，一忽兒在山側。那時我對香港的印象很淺，現在想起來，如果繞滿了整個的香港，也不需要這許多時間的。我想一定當時是薩第美娜太太故弄玄虛，多繞許多路來騙我的。」我說：「我明天去試試找找看，找到了帶妳去。」

「那麼現在去好了，我們一起去，也許很快找到也說不定。」羅素蕾忽然又說：「我也是開車來的，我已有了牌照，母親走了，她的車子交給了我，我們一起去。」

「明天去吧！」我說：「現在太晚了，我也還想同妳談談。」

「那麼明天我同你一起去，我下午早一點來看你。」

我一直怕今天是最後一次見羅素蕾，現在為找那個吉普賽的水晶棺材，明天她要與我同去，我自然高興萬分。當時我就沒有考慮別的。

現在我發現羅素蕾已經沒有來的時候這樣嚴肅，我就隨便同她談了些別的。她忽然告訴我蘇雅已經接到了多賽雷一張卡片，說他到了那裡很好。我說我還沒有接到他的信，如果他真的預備在那面出家，我也真想跟他去那裡了。

我的話很使羅素蕾詫異，問我何時有這種想法。我說到香港後，發覺真正有快樂與自足的只有兩個人，一個是帕亭西，他在藝術教育上工作；一個是多賽雷，他對宗教發生興趣，兩個人心神都有所寄託，所以少有我們這些人的煩惱。我一直很羨慕他們兩個人。我本來是偶然來此地的，現在我更覺得我在這裡是一個多餘的客人，所以也許多賽雷的歸宿也正是可當我的歸宿。

羅素蕾於是談到蘇雅，蘇雅自多賽雷走後，一直不快活。我說她應該勸勸蘇雅，並且約她出來玩玩，日子多了自然會忘記多賽雷的。

「可是蘇雅是個癡心的孩子。」羅素蕾忽然說。

「她真的這樣愛多賽雷？」我說：「多賽雷自然是最初發現她提攜她的人，但感恩不見得就是愛情。」

「可是蘇雅真的愛他，她愛他很久了，只是從來沒對有對多賽雷表示，一直到這次他動身以前。」羅素蕾認真地說著，她忽然問我：

「你是不是可以寫信勸多賽雷不要出家。」

我說寫封信勸他自然很容易，但恐怕很難見效，除非他發覺他在那裡並不能安詳愉快地去潛心修行。如果這樣，那麼不寫信給他，他自己都會回來的。我於是問羅素蕾，是不是有別的男人或者是同學中有人在喜歡蘇雅，羅素蕾說許多人都在喜歡蘇雅，但蘇雅不喜歡同人來往。羅素蕾最後忽然感慨著說：

「蘇雅真是癡心，誰能佔有她這份愛情，真是太幸福了。」

「我想在愛的人誰都是這樣癡心的，只是被愛的人不瞭解罷了。」我說：「哪一天，妳約蘇雅一起出來，我們去吃飯跳跳舞好嗎？」

「我想她不肯出來的。」

「老實說，我很想同她談談，她對我有很多誤會，以為我……她覺得我太欺侮妳了。所以我希望有機會向她解釋解釋，事實上，我與多賽雷是很好的朋友，我希望蘇雅也當我是個可信託的朋友。」我說：「哪一天妳約她出來，比方再約一個人，譬如魯地。」

「魯地？」羅素蕾忽然笑了，她說：「她可不喜歡魯地，她還勸我不要太接近魯地呢！」

「那麼妳喜歡魯地嗎？」

「我不討厭他。你知道他在愛我嗎？」

「我看得出來的。尤美達說他好像不太正經，像一個『阿飛』。她也覺得妳不應該去同這種人接近。」

「那麼你呢？你也覺得我不該同魯地在一起麼？」

「我，我的意見自然不是可靠的，因為任何人同妳在一起，我都覺得是不該的，我只覺得你該同我在一起。」

「但是他愛著我。他以前的確是一個花花公子，父親給他錢，他不念書，不做事，他都把它花光了，最後還同一個舞女同居，用舞女的錢，那時他弄得很痛苦，等父親接濟的錢到的時候才還清。」

「妳都知道？」

「他自己告訴我的，他說他自從見了我以後，就想改邪歸正，他本來整天玩爵士音樂，現在他聽我的話，一本正經認認真真在學鋼琴。他是很有音樂天才的。」

「這樣說起來，我可真是有點妒忌了。」

「不過你可以放心，我愛的可是你，不是他。」

「素蕾，妳愛的真是我？」

素蕾點點頭，淚水從她美麗的眼睛中落下來，我抱住了她。她是一朵純潔高貴的花朵，我連吻她都沒有資格的。

五十一

整整三個下午，我與羅素蕾駕車去找薩第美娜太太帶我去看過那個吉普賽的水晶棺材的地方，可是都沒有找到。

這三天之中，羅素蕾與我的情緒已經恢復了正常。事實上當羅素蕾知道我已經搬到蘭姆公寓，她也已經相信我告訴她的都是真話了。

但是我不敢對她有任何親昵的舉動，我極力想保持我們初往還時的那種自然的距離。因為再沒有比這樣的友情更美麗了。

於是，第三天她忽然給我看魯地給她的一封情書，信裡除魯地對她表示愛情外，還說到他已經寫信給家裡要求他父親給他一筆錢，可以讓他伴羅素蕾一同到義大利去，使她可以好好努力於歌唱，而他將絕對好好去學作曲與鋼琴……

這封信給我一個奇怪刺激，看了一半就覺得我是在戰爭中，魯地已經成了我非打倒不可的情敵了。

我不知道為什麼我以前在草地上天空下的「老地方」所產生曠達善良的心情都不見了，這時候所想的情感是一種妒忌與一種敵愾。

為什麼羅素蕾要把這封信給我看呢？是不是因為她的女性的本能要引起我對她傾折呢？

那天到了六點半的時候，羅素蕾要回去，因為她很早就答應了魯地晚上一起吃晚飯，她已經幾天沒有見魯地了。

我表面上自然很大方地送羅素蕾到輪渡，可是我內心起了說不出的不安。回到蘭姆公寓，我陷於奇怪的矛盾與痛苦之中。我想到陸眉娜、旁都與方逸傲的三角戀愛，也許也就是這樣刺激成的。

如果照我在大自然下「老地方」所想的，羅素蕾如果真的愛魯地，也許遠會比愛我幸福。我應該有一種偉大的精神去促成他們相愛，共同去發展自己的抱負。他們是年輕人，正如剛出發的旅行者，應該興致勃勃，覺得有無數的前程可以摸索。我則已經像是歸來的旅客，什麼都已經看過，意態闌珊，只想求一個安身立命的歸宿，這正如我當初改羅素蕾的詩所說的：

掠樹梢而過的飛鳥，
帶我的幻想
飛到我生長的土地；
頓使我想重返故里，
做平庸的歌手，
讚美我家庭的美麗。

但是我當時竟沒有這種偉大的胸懷，我所想的是情場裡的戰士的想法，我要的是勝利。我忽然想到我為什麼不能設法籌款陪羅素蕾去義大利呢？我有可收的《舞蹈家的拐杖》與《青年時代的薩第美娜太太》兩本書的版稅，我從電影攝製權收到的錢也還有一些積蓄，我還可以請尤美達幫忙，為她另外寫些電影劇本，或者可請她預支劇本費給我。到義大利我也可以為這裡寫稿，也可以在那裡做工作，洗衣洗碗，有什麼不可以做呢？

這樣想著，我覺得我已經找到了出路，我必須儘早地擊敗我的情敵，佔有我所愛的人。

我不知道這是一個正念還是邪念，總之，這是這樣一個心理的準備配合了一個情境，於是意想不到的事情發生了。我無法分別這究竟是偶然機緣，還是必然的演化。

第二天是星期六，羅素蕾很早來，我們駕車再去找我們想找的那個水晶棺材的地方。

我們已經找了三天，三天中找過的地方自然可以忽略一點，今天則專注意前幾天所忽略的地方。我們繞了兩個全島的圈子，於是我發現右面坡下的一個村落，前面正是一個海灣，我當時就停車下來。

「要是真是這個地方，那才冤了，前幾天我們不知跑過多少次。」羅素蕾說。

「也不一定對。」我說：「姑且走下去試試。」

順著下坡的山徑，我走在前面。兩旁的不整齊的灌木使我開始有一點信心。走著走著，我發現了那個似曾相識的村落，我不覺興奮地叫起來，我說：

「對了，對了，我們找到了。」

我摸索過去的記憶，轉了兩個彎，於是我看到了那所灰黃色的房子，我說：

「不錯，不錯，一點不錯。」

我過去敲門，門是木板的，但很厚實，敲了好幾聲，才有人應門。不錯，應門是那個少女，正是我上次看到過的少女，她有很甜美的臉龐，堆著天真的傻笑。我說：

「妳還認識我嗎？」

「你？」

「我來過這裡的，妳不記得了，同一個老太太。」

「唔，唔，薩第美娜太太。」她笑著說。

我想進去，但是她一直半開著門，站在門口。我只好說：

「我想看看那位老太太，再看一次上次來看的水晶棺材，那個東西。」我用不流利的方言摻和著手勢同她說。

「你們來得太早了。」

「一定要晚上來嗎？」

「是的。」她忽然笑著問我：

「你幾歲了？」

「三十六歲了。」

「她呢？」

「十八歲。」

「請等一等。」

她關上門，進去好一會兒，才出來，手裡拿著一張條子，上面寫著〔1:30A.M.〕。我接過條子，又給羅素蕾看。那個女孩子看我們在躊躇，她說：

「你們晚上一定來嗎？」

「一定來。」羅素蕾搶著說。

那位少女就退身進去，關上了門。

「她怎麼一定要夜裡才做生意。你上次也是這時嗎？」

「我上次是早晨五點鐘。」

我們說著走出來，我們一面記認著路，一面想到回頭要買兩個手電筒才對。

到了公路上，上了車子，我們計畫著如何去消磨這幾點鐘的時間。我們想到先去買手電筒，再去看七點半的電影，以後到夜總會去吃晚飯跳舞，到十二點一刻的時候，再來這裡。

我們的計畫很順利地進行，一點鐘的時候，我們已經返回原處，我與羅素蕾各人拿著手電筒從小路走去。

我們沒有遇到什麼困難就找到了那所房子，仍舊是白天的那位少女帶我們進去，她揭開了一個上面有奇怪圖案的幕幔圍著圓型房頂的房間。那房間是黝暗的，只有兩支燭光亮在壁角上，我馬上發現有光亮從那沒有天花板的尖型房頂的井窗外透進來。

那位少女帶我們進來後就出去了。這房子裡什麼家具都沒有，只有一個圓臺在房間的中間，前面有階梯可以上去，臺上四周圍著欄杆。我們就等在臺下的欄杆旁。

三分鐘後，一個紅色的影子出現了，那是一個中等身材的女人披一件博大的紅色披肩。她過來同我招呼，從紅色的披肩中伸出瘦削的手對我行合十禮，我看到手指戴著三四隻寶石的指環。於是她掛著微笑走過來。她從袖內拿出一張鉛印印好的紙給我看，上面印著是中、英、日、法、德文的價目表，我湊近燭光來看，就中文所寫的：

一世因果港幣一千元
半生命運港幣六百元
世事關節港幣四百元
如需詳解加倍計算

我沒有想到她訂的價目是那麼高，所以並沒有考慮到應帶多少錢。我一面把價目表給羅素蕾看，一面計算我袋裡的錢，我出來的時候帶有四百幾十元，吃飯跳舞用去幾十元，大概只剩四百元，我就問羅素蕾所帶的錢，幸虧她手袋也帶有兩百多元，所以我就湊足了六百元給她，為羅素蕾問半世命運。原來我也存心看看自己的命運，現在則似乎只好不提了。

主人收了錢，叫我們把手上的東西放在房間角落裡的小几上，就讓我們到了圓臺上，然後她滅了牆壁上的兩支燭光，隨跟上來。她坐在正面寬大的椅上，莊嚴地穿好衣服，從紅披肩後拉起帽子，蓋在頭上，兩手合十，閉起眼睛，忽然她低聲地用英文說：

「請你聚精會神地想你想知道的事。」

於是，她舉起雙手，口中念念有詞地把手放在圓臺上的那具黑絲絨套著的水晶棺材，她輕輕地掀起黑絲絨的套子。一具閃著幽光的水晶棺材就出現了，她低聲說：

「現在不要動，請全心全意注視著它。」

接著她閉目默禱了約兩分鐘，輕輕地拿我的手放在水晶棺材的右端的兩角，又將羅素蕾的手放在左端的兩角，現在女主人又開始念念有詞了，聲音像是非常痛苦。

就在這痛苦的聲音中，我看到了棺材裡起了微微的波動，接著是小小的泡沫動著，正像鍋裡快沸滾的水。

以後，這位女主人就沉默了，房裡的空氣是死寂的。我很清楚地看到屋頂窗口的光射在水晶棺材上，可是水晶棺材裡的泡沫越來越多，慢慢已經不是泡沫了，像是一顆顆明珠在流動，不一會兒，珠子幻成紅色藍色綠色紫色黃色各種不同的顏色。

而它們的流動也越來越快，繽紛燦爛之中，我開始有點眼花繚亂。接著，這些珠球開始一顆顆破裂，流出各色的煙霧，濃濃淡淡地在那裡運行。

就這樣，就在這些五彩的煙霧後面，遠遠地推近一粒小小的明珠，這明珠慢慢大起來，最後變成了一個人影。從模糊而清晰，羅素蕾就在裡面出現了。

羅素蕾在裡面穿的是白綢的衣服，在五彩的煙霧中飄蕩，她愉快地面帶笑容，像是跳舞似的有各種迎拒的動作。大概有十分鐘的工夫，羅素蕾忽然兩手掩面，於是仰首微笑，突然她的白綢的衣衫裂開，一縷藍色的煙霧繞著她的身子，她的下身似乎浮腫起來，於是這些煙霧一時都變成乳白色，像波浪似的在她的身上淹潑，她的人影就在這乳白色的波浪裡消逝了。

水晶棺材戛然透露原形。

女主人歎了一口氣，我們也在幻覺中清醒過來。我放下手，發覺羅素蕾還愣在那裡。我用手去握她的兩手，帶她從圓臺上走下來。

我記得當我看薩第美娜太太的命運時，她由年老而年輕，我站在那裡很久，現在則僅僅短短的時刻，而我竟看不到羅素蕾的老年，我心裡忽然有一種驚悸。羅素蕾迷迷糊糊地有所不解，她向女主人問了一句什麼，女主人微笑不答。我暗示羅素雷慢慢再說，我看女主人扶著欄杆緩慢地走下圓臺。

我到了角落裡的幾上拿著我們的雜物，我把羅素蕾的手袋交給羅素蕾，我拿著手電筒，亮了一會兒，為我們女主人照前面的路。我以為她總要對我說什麼，但她一句話都沒有說，只送我們到了幕外。外面闃無一人，僅是方桌上放著一盞油燈。當時女主人拍了兩下手掌，剛才的少女就從外面進來。於是女主人對我們道聲再會，做過合十禮就退入了幕後。

這時候我聽到了外面在下雨。

「下雨？」我說著看看表，三點鐘還不到。
「可不是，雨很大。」那個少女說。
「我們能在這裡等一會兒嗎？等雨停了再走。」
「自然可以。」女孩子一面笑著，一面從方桌下拉出兩個木凳。羅素蕾好像很累。她就近的坐下來。我則躊躇一下，到門外探探雨勢。雨很大，又似乎一時很難停下來。那位少女忽然說：
「要麼，索性等天亮走吧，到我的房間休息一會兒。」
「你的房間？」
「我常常把我的房間租給來看命相的客人的。」
「那好極了，多少錢？」
「隨便。」她說：「你先來看看。」
她掌燈先走，我跟在後面。我想看了再去同羅素蕾商量，但羅素蕾自動地跑著進來。我就說：
「她要我們明天再走。」
羅素蕾不答。
原來那房間倒是很寬敞乾淨，放著兩張木床，一張方桌，兩把舊的軟椅，一把舊式沙發。沙發上放著疊得很整齊的一塊大毛巾。當時我已經很疲倦，我覺得這沙發非常誘人，我說：

「羅素蕾，我們就在這裡待一晚吧，天亮了再走。」

「好吧！」羅素蕾很直爽地說。

我忽然想到既然這裡看命運必須在晚上，這房間或者正是為來賓設的。我當時問少女要多少錢，她又說：

「隨便你。」一面把手上的燈放在桌上。

我檢點袋裡還有五十塊錢，就數了四十塊錢給她，這正是城裡普通旅館的價錢，她說聲謝謝就出去了。

羅素蕾在沙發坐下，很失望地說：

「看不到什麼吧！」

「完全江湖。」我當時故意對所看的持輕視的態度說：「真是上當，有點敲竹槓，而且要她解釋還要六百塊錢。」

「可惜我沒有帶錢，不然倒要試試她看。」羅素蕾說。

「她就是利用你這種心理。」我說。

這時候，那位少女拿進一個熱水瓶，一把茶壺來了。她拿桌上的杯子為我們倒茶。我說：

「自己來好了，你早點去睡吧。」

少女出去後，我關上了門。

等我坐到沙發上時，羅素蕾忽然投到我懷裡哭起來。

「怎麼啦？」

「你不覺得我是很短命嗎？」

「胡說，這種江湖，別信她的。而且我們主要問的是妳婚姻，她可一點也說不出什麼，是不？」我嘴裡這麼說，心裡可也正為剛才的幻象不舒服，為什麼我在薩第美娜太太的幻象中，可以看到她的少年，而在羅素蕾的幻象中，看不到她老年？

「愛我吧，同我結婚，帶我到歐洲去。」

「我同妳在一起，永遠在一起。」我們抱在一起，一時我的淚水如泉一般湧出來，我說。

「不要離開我。」羅素蕾也啜泣著說。

「永遠不離開妳。」我說。但是羅素蕾忽然推開了我，非常莊嚴地說：

「如果我真的短命死了呢？」

「我為妳殉情，我一定追隨妳。」我說。

我說這句話是真心的，我想她從我的眼光中看到我這份真誠，她就投入我的懷抱裡了。

我滅了桌上的燈。

無限無限美麗的想像在我們肉身的觸覺與靈魂的感覺中展開。

五十二

蒼天竟把人間的愛情創造得如此奇妙！

現在一切必須很快地進行了。我於第二天的夜裡，就去找林明默，我非常坦白誠實的告訴她我愛羅素蕾，我打算與羅素蕾很快地結婚，婚後伴她到義大利去。

林明默聽了我的話，靜默好一會，才黯然地說：

「這是對的，對的。」

「明默，我希望妳會瞭解……」

「也許我不是真的愛你，也許，我愛你與愛方逸傲的不同，總之，你離開我是在我意料之中。方逸傲離開了我則是出我意料的。」

「妳知道我後來的感覺竟完全同以前不一樣。」

「這也是我的報應。」她忽然有淚珠在面頰上浮起，用手帕抹去後說：「我太不重視你，而我在耶誕節晚會宣佈我們的婚約，實際上還是對方逸傲的報復，雖然我那時已經是愛你了。」

「我想妳心底還是在愛他的。」

「也許，愛情是有報復的，我想對他報復就是對他一種重視。」

「明默，妳能對我瞭解與原諒，我太感激妳了。」我說：「妳是一個了不得的女性，但是能夠配妳的人並不多。一個全才的女子往往在戀愛上不會幸福，但是在婚姻上會有幸福的。」

「我自然不會勉強你，但是有一點必須要你幫忙的。」她忽然臉上露出枯澀的微笑，然後很明確地說：「我是一個女人，我有我的自尊心，我們訂婚不久，你馬上同我取消婚約，同羅素蕾結婚，對我打擊太大了。所以我希望你們不要提這件事。我也不妨礙你們現在的往還。但是你們不要提訂婚或者結婚，等你們到義大利後，你們再結婚。這樣對於我，也正像方逸傲與般若華結婚一樣，外面聽起來就不會太突兀了。」

林明默這番話自然值得我尊重的，我當時覺得這對我們的計畫並無任何的阻礙，我相信羅素蕾也一定不會不接受的，我當時很直爽的答應了她。

林明默這時候站起來，她把手上的鑽戒脫下，交還給我說：

「無論如何，我還該謝謝你。」

「應該謝謝妳的是我。」我說。

話已經說完，空氣很沉重，我也找不出輕鬆的話可以掩飾這份生澀。我看她站著不再坐下來，我就起身告辭，她送我走了幾步，忽然說：

「我把房子都租出去了。」

「啊，啊，這倒很好。」

「如果你去義大利需要錢，我可以幫助你一點。」

「明默，妳真好。」我回頭看她一眼，我說：「我需要的時候，一定來求妳。」

我跨出房門，她就說一聲再會，把房門關上了。

我匆匆從園中出來，門外有一個穿白衣的男傭等在門口，我才發現園中的花木草地都非常整齊清潔，一切似乎都井井有條。到了門外，我回頭一望，我發現那所灰暗的洋房也已經煥然刷新了。

林明默真是一個能幹的女性，承繼了這別墅，她發揮了她的管理與行政的興趣與能力，我一點沒有後悔離開這深林別墅。

我走出鐵門，白衣的男傭把門關上，我當時有很特別的感觸走向我的車子去。但是後面忽然又叫我了。我一回頭，另外一個白衣的男傭人追上來，他手裡拿著一封信，沒有說一句話，把信交給我就回去了。

我一看，就知道是多賽雷寄來的，他還不知道我已經搬出去住了。我當時沒有拆看，納入衣袋中就跳上車，很快地就離開那裡。

我很愉快地把與林明默談話的結果告訴羅素蕾，羅素蕾非常高興，她要我把那個給林明默的指環給她，我說我要買另外一個新的給她。我於第二天就陪她去買了一個，她也把她父親的一只以前出席世界建築工程師會議的一個紀念指環給我。我們就在這樣的機緣中定情。一切風雨都已經過去了，現在只候她到了暑假，我湊多一點錢一起去義大利。我也開始學義大利文。我還學燒中國菜，我想在萬不得已時我可以去做廚子。

在這樣快樂的前瞻中，我們把一切都忘記了，水晶棺材的幻象所給我們的陰暗也早已忘去，羅素蕾已經把一切都告訴蘇雅，說蘇雅對我也有諒解，只是她現在很為林明默難過。羅素蕾還寫信告訴魯地，說她以後無法再同他交往，叫他不要找她。我說她不妨同他交往，或者在他請她吃飯時，當面告訴他也好。他仍舊可以做你我的朋友。但是羅素蕾不想那麼做，她就把信寄出去了。以後魯地不斷地來信來電話，她從來沒有對他表示有一點愛意，所以只是魯地的單戀而已。不過我勸羅素蕾還是同他見面，好好勸慰他，鼓勵他，不要損害他的自尊心，希望當他是一個朋友才好。羅素蕾聽我的話，曾同魯地出去一次，但是回來後，很不高興，說魯地竟強迫要同她接吻。就這樣，她以後就不再與魯地來往，而魯地還是有電話與信來打擾她，而且有幾次在門口等她。

羅素蕾覺得我住在蘭姆公寓不如搬到她那裡去，自從她母親出國後，始終有一間房子空著。我也覺得她一個人住在那裡有點不放心，而我也正計畫節省一點錢到歐洲去，所以也就於月底搬了進去。以後我們有一段生活在天堂裡一般愉快的日子，唯一的擾亂就是魯地的電話與他偶爾的蹤伺。

一個人在幸福中生活，很難瞭解別人的痛苦，一個人在富有中生活，也很難瞭解別人的貧窮。魯地那時已不像是我所見的魯地，有幾次我碰見他，都見他喝醉酒同幾個不正當的青年大聲地唱著流行曲或叫囂著，有時也似乎窺伺在門口，看見我與羅素蕾出去時，又鬼鬼祟祟地躲開了。而常常半夜打電話來，總是帶著醉態，有時大聲說一句：「我愛妳，羅素蕾。」就掛上了，有時候一個人喃喃自語，如：「妳放心，我一定會把妳救出來的……王子要從魔窟裡來救公主，殺死一切妖魔，恢復國土……」

羅素蕾現在越來越討厭他，我有時倒有點可憐魯地，但總覺得惹他不如不理他，但好在他也不敢當面來打擾，所以也就置之不理。電話響時，一聽是他聲音，就不答話，聽他胡說些什麼，有時罵他一句就掛斷。

於是，有一次，尤美達忽然來看我們，她說魯地去找她，魯地對她說他愛羅素蕾。他從羅素蕾身上發現了生命的意義，現在因羅素蕾的棄絕而日趨墮落，希望羅素蕾可以救他。

羅素蕾說，她只同魯地出去過幾次，從來沒有表示過愛他，想不到竟出了這樣的怪事。她後來也因為同情他，曾接受我的勸告同魯地出去一次，對他盡友誼的勸告，但魯地竟強迫想吻她，所以她無法再同他來往了。

尤美達本來並不喜歡魯地，但這次似乎對他有點同情。我自然也覺得魯地這種心理很可憐，所以勸羅素蕾寫信給他好好地再勸告他與鼓勵他一次。

但是羅素蕾覺得寫信給他，反而更惹麻煩，甚至反會使魯地不能死心。她不願意這樣做。

我們商量很久，決定由尤美達，約魯地吃茶，羅素蕾也一起參加，兩個人對他作了一次誠懇的勸告。

這個安排原是很好，但是魯地在茶座上竟一句話都不說，也並不傾聽她們誠意的勸告，只是愣愣地盯著羅素蕾，這弄得尤美達與羅素蕾無法下場，最後只好說有事要走了。魯地伴她們出來，忽然竟拉住了羅素蕾，不讓她走，說要單獨同她談談話，羅素蕾駭得叫出來，就匆匆逃開，拉著尤美達就上車了。

以後羅素蕾就沒有再敢同魯地見面，但是魯地還是偶爾有電話，用醉了的聲音，狂笑大嚷，輕薄地說愛羅素蕾，有時竟說要自殺，又說要殺羅素蕾。

我覺得對這樣一個人，唯一的辦法還是不理他。起初我怕羅素蕾出門或回家時，魯地會來強迫她或什麼，所以羅素蕾出門時，我總是送她上車，後來看魯地並沒有什麼勇氣來找羅素蕾，所以也就放心。

日子就在這樣的生活中打發過去了。

也許一個人在幸福中也不容易想到朋友，林明默轉來的多賽雷給我的信，我也一直沒有回他。多賽雷告訴我他已經住進喜馬拉雅山下加拉茹第寺內，他覺得心身非常舒暢愉快。他說他不必到三年後再定出家與否，他隨時都準備削髮為僧。他於是談到蘇雅，他說他除了想幫助她以外一點沒有別的念頭，可是那個小妮子竟會愛上了他。他一直沒有同她講，以為日子多了，當蘇雅進了電影圈後，就會忘掉他，想不到她竟是如此癡心，他說他是決不會再回俗了。對蘇雅，無論如何要我開導她，幫助她，為她介紹好的男朋友，使她有光明美麗的前程。

蘇雅是羅素蕾的朋友，自從我住進羅素蕾的家裡以後，她也常常來玩，我自然把多賽雷的信給她看過，勸導她過快活的人生。但是蘇雅竟日趨憂鬱，人也瘦了下來。以後她一直在聖林電影公司，很少出來，羅素蕾打電話請她，她也似沒有興趣再來。

因此，我寫了一封信給多賽雷，報告他蘇雅的情形，我不免有點責備他，我說修道如果只為個人自私的打算，那不如行俠；如果修道是度世的善心，那麼你如何可以不管一個真正愛你的少女，她在為你消瘦，為你憂鬱，為你憔悴。佛以慈悲為懷，為虎豹的飢餓而捨身，你是何人，竟以薄情為無情，以冷酷為超脫……

我寫好信，就寄了出去，以後一直沒有收到多賽雷的回信。我想到或者他直接有信給蘇雅，或者他覺得我這種世俗之情不值一提，所以也就不再去想它了。

日子一天天地過去，我的生活非常美滿。我除了學義大利文外，還學燒菜，我天天燒各種各樣的菜蔬給羅素蕾嘗。我們也自然想請朋友一同來試我的手藝，自然也約過尤美達，但她來了一次後，也總說沒有空，後來才知道她同一位姓何的醫生在戀愛。我就要她給我們介紹，帶他一同來玩。於是他們就成了我們的常客。

《青年時代的薩第美娜太太》的電影大半都已經快攝製完了，但是旁都與方逸傲與陸眉娜的三角戀愛還在進行，只是尤美達的出版公司事忙，又忙於戀愛，所以很少見他們。

尤美達知道我需要錢去義大利，她叫我寫另外一本劇本，她還答應同旁都去談，每年讓我寫六部戲。所以我們的前途似乎都可樂觀。

這樣過了三個月。有一天晚上，尤美達約何醫生到我們那裡來吃飯，他們竟把蘇雅帶來了。

「蘇雅，我真以為妳不想理我們了。」我見蘇雅，真是驚喜交集。

蘇雅忽然變成豐腴、白皙，滿面春風，精神煥發，我真是吃了一驚，我想她一定有了知心的男朋友了。

「蘇雅，妳……妳變成這樣美麗了。」我說。

「蘇雅，真的妳氣色太好了。」羅素蕾說。

「還不是天主保佑！」蘇雅很平靜地說。

「你有好朋友了？」我說。

蘇雅臉上露出了平靜的微笑，她忽然問我：

「你有沒有同多賽雷通信？」

「我好久沒有同他通信了，上封信他也沒有回我。」我說。

「他有信給我，就是在接到你的信以後寫的，你要不要看看他的信？」

蘇雅說著從皮包裡拿出多賽雷的信，這封信是這樣寫的：

蘇雅：

接到鄭的來信，知道妳在為我憂鬱，為我消瘦，我心裡非常不安。我的生活第一步就是摒棄一切的凡思俗慮，如果妳是快樂平安的，我就可以不再擔心，我可以專心修行，如果妳在憂鬱痛苦，那我心中永有負擔。現在我在這裡決定為你作四十九天的祈禱與自譴。如果在以後三個月中妳找到了新的寄託與安慰，我會意識到上天是叫我繼續去修行。如果三個月之中，你還是把妳的快樂幸福與健康寄託我的身上，那麼我就放棄修行而回俗了。我要同妳成家生男育女，可是妳必須答應我，配合我的祈禱，在這三個月中，妳一定在事業中在興趣中在朋友中找妳的快樂。如果可以在這三個月中，碰到一個值得妳愛而會專心地愛你的青年，這又是多麼好呢！你千萬在三個月後老老實實地把你的感覺告訴我，看我的禱告是否有效，看我是不是應該在這裡待下去……

我讀完了信，心裡浮起一種奇怪的疑問。我問：

「那麼是他的祈禱生效了？」

「也許是的。」

「妳有了男朋友？」

「我今天拍完了你的戲，我打算去東京。」

「結婚？」我說：「蜜月旅行？」

「我要進那裡一個修道院。」

「修道院？」羅素蕾說。

「天主教的修道院？」我詫異地問。

蘇雅點點頭，臉上閃著愉快的勝利的笑容。在座的人都愕然，不知說什麼好。尤美達最後禁不住走近蘇雅說：

「蘇雅，妳真有這個打算嗎？」

「我已經決定了。」蘇雅說著眼睛閃出肯定的光芒。

羅素蕾當時坐到蘇雅的旁邊說：

「為什麼要這樣決定呢？蘇雅，妳的事業剛剛開始，妳剛剛完成第一部片子，妳剛剛紅起來，妳有很遠大的前程，妳可以走的路很多。」

「但有什麼路比我把整個的我奉獻給天主更光榮呢？」蘇雅說。

「蘇雅，只要妳的信仰是真的，妳的感覺是自然的，是愉快的，不是勉強地克制或做作，我不反對妳走妳所愛的路。站在世俗的立場，我們喜歡妳常同我們在一起，但是我們並沒有能力給妳快樂。」

「妳的決定已經寫信告訴多賽雷了嗎？」羅素蕾好奇地問。

「自然。」

「他贊成妳這樣做嗎？」

「他覺得很高興，因為他知道這是我自找的快樂的途徑。」

「只有妳自己覺得這樣對於妳的心身是好的，那麼就一定是對的。」我說：「不要再談這個問題了。蘇雅既然已經決定，我們大家就計畫今天為她舉行一次歡聚會。」

我的話大家覺得很對，當時何醫生就說他有一艘遊艇可以利用，因為那天天氣很好，我們就決定吃了飯，帶著唱片到海上去玩。

何醫生的遊艇不大，但足夠我們五六個人暢懷地玩。我們開到僻靜的海灣上，談笑跳舞，吃各種水果談談天，看半滿的月亮在雲層中駛遊。我們要求羅素蕾為我們唱歌，羅素蕾的嗓子早已恢復，她一星期有兩次在帕亭西那面練唱，但是我竟是第一次聽她歌唱，可惜船上沒有鋼琴。蘇雅也唱了幾支歌。我發覺蘇雅的心情是愉快的，她似乎自己覺得很充實。

我們到了十一點半才啟程回岸，大家都有點倦意，羅素蕾待在甲板上，把頭枕在我膝上，就在我的手在她身上無意地撫摸之間，我忽然發現了她身軀的變化。我吃了一驚，我說：

「素蕾妳是不是……」

「我不知道，」她說：「不過我有兩個月沒有來了。」

我輕輕在她身上感覺著，既覺得高興又覺得害怕，我說：

「我們馬上結婚吧！」

「但是你答應林明默的，而且剛才蘇雅還同我談到林明默，說林明默對她說過，希望我們早點去義大利，如果金錢上有問題，林明默願意幫助我們。林明默怕你有自尊心，不願要她的錢，所以要蘇雅來勸我接受她的好意。因為在香港，我們的事情大家已經都有點知道，說開去對她的自尊心實在大有影響。」

「我總覺得妳應該讀完這學期，考了畢業試才好，不然也太可惜。」

「我現在什麼都想不了這許多，一切都請你決定吧。」羅素蕾說。

「妳沒有後悔嗎？」

「我不會後悔的，只要你愛我，同我在一起。」

「我永遠同妳在一起。」

「如果我短命死了呢？」羅素蕾忽然張大了眼睛，望著天空的星星說，她似乎想到了水晶棺材裡的幻影似的。

「素蕾，妳怎麼說這個話呢？」

「我只是要你告訴我，萬一我短命死了你怎麼樣呢？」

「我自殺，我追隨妳到地下。」我說：「我有妳過已經夠了，我比妳大許多，妳如果先死，我自殺不也已比妳活得久嗎？」

「如果你先死，我也……」我不讓她說出來，用手指按住她的嘴唇說：「你要好好活下去，快樂地活下去，勇敢地做母親，樂觀地等待另外一個像我這樣愛你的男人。」

「我要做一個偉大的母親。」羅素蕾忽然閉上眼睛，眼淚從睫毛中流出來。

我吻乾了她的眼淚。

「快到岸了。」尤美達忽然叫著說。

我回頭一望，看到岸上耀目的燈光。

何醫生吸著煙斗去整理雜物。蘇雅獨自地凝視著天空，她的側影有一種我以前從未發現的美麗。

羅素蕾站起，我也起身去整理衣物。

大家沒有說什麼，艇機發出軋軋的聲音，我們等它向岸邊靠去。

五十三

如果有人說下一秒鐘是世界的末日，我們是無法相信的，因為這世界延續太久了，不會在一秒鐘裡起大變化。可是平順的世事會起變化，它的降臨在感受者有時竟如世界末日一樣的可驚。

那天上岸後，羅素蕾邀蘇雅回她的家裡投宿，我伴她們回家已經十二點多了。我們沒有馬上就寢。我等她們兩位進臥室後，還收拾一會地方，又到浴室去盥洗，然後到我房內去，就在我寬衣時，電話響了。

電話在客廳裡，這麼晚，我還以為又是魯地來麻煩，沒有馬上去接，我脫了襪子穿上拖鞋以後才出去。

是尤美達。

「旁都他們車子出事了。」尤美達的聲音變得很奇怪。

「怎麼樣？」

「在瑪麗醫院，我已經叫何醫生接我一起去看她們，你也一起去吧，我們在尖沙咀碼頭碰面，一起過海。」

「好，好，我馬上就動身。」

我把這可怕的消息告訴羅素蕾與蘇雅，她們也走出來。

「是不是陸眉娜也在一起呀？」蘇雅問。

「我沒有問，我想一定是的。」我說。

「不知道嚴重不嚴重？」

「尤美達什麼也沒有說，只叫我一起去瑪麗醫院。」我一面說著，一面回房裡重新穿衣服。

「我也同你去。」蘇雅說。

「妳不要去了，這麼晚。」我說：「妳去也沒有用，我回來，就什麼都知道了。明天早晨去看他們好了。」

我勸阻了蘇雅，就獨自匆匆出發。

我趕到尖沙咀時，何醫生與尤美達已經先在，我們一同搭輪渡過海。尤美達告訴我，她一回家，傭人就告訴她瑪麗醫院有電話來，說旁都汽車出事，她就打電話去問，現在她只知道出事地址是去淺水灣的路上，時間是十一時左右，車子裡有三個人，這自然是旁都、陸眉娜與方逸傲了。

我們猜想那天正是《青年時代的薩第美娜太太》的電影完工，他們也許作慶功的宴遊，或者是喝多了酒。

「不知是誰駕車的？」

「這倒不知道。」尤美達說。

過海之後，趕到瑪麗醫院。我們才知道方逸傲到醫院後，不到一分鐘就去世了，陸眉娜尚在昏迷中，不能接見訪病的人，旁都已清醒，也不許接見外人，只准尤美達進去五分鐘。我與何醫生等在外面。五分鐘後，尤美達從裡面出來，臉上掛著淚珠，我急於想知道旁都的情形，她囁嚅著說：

「還好，說是斷了幾根肋骨，傷了左臂，可是陸眉娜很嚴重。」

我們三個人從瑪麗醫院出來，心裡都非常沉重。尤美達忽然說：

「是旁都的車子！」我知道她的意思是駕車的是旁都。

「是不是多喝了酒？」

「不是，不是。」尤美達說：「你知道他平常不多喝酒的。」

我們黯然的到了尖沙咀，過海後我就與他們分手了。

我回到家裡，羅素蕾與蘇雅都沒有睡，我把所知道的告訴她們，她們都悽愴地流下淚來。隔了很久，蘇雅才叫出來：

「陸眉娜，要是陸眉娜……」

「怎麼，妳對她很接近嗎？」

「我們一起拍戲太久了。」

「睡吧，蘇雅。現在我們所能做的也只是為他們祈禱了。」我黯然說：「明天也許我們可以看看他們。」

我勸她們回房後，我也就回房就寢，自然我一時無法入睡，我的感慨萬端；我忽然發覺愛情與死亡是非常接近的。

三天以後，我看到了旁都，他也已經動過手術，上了石膏。據醫生報告，肋骨大概可以慢慢復原，只是左臂可能不容易完全恢復正常。

旁都自然已經知道方逸傲的喪生與陸眉娜的重傷，但他什麼也不願意談，他只是蹙著眉，緘默地躺在床上。

我見他不願說什麼，也不敢多提，只說一切只好說是命運，勸他好好靜養而已。

我與蘇雅於七天後，才看到了陸眉娜。她的危險期已經過去了。她經過了多次的輸血與手術，她現在已經平靜地躺在床上。據說她的左腿已經從膝蓋上一寸地位切去，身上也縫了多處，但是她的臉是潔淨開朗可愛，她的大眼睛依舊發著直燒男人心扉的光芒，雖然面色有點蒼白，她露出平靜的苦笑同我們談話，她有奇怪的年輕而美麗的齒列。

她問起旁都，我回答很好；她又問起方逸傲，我也說很好，這是醫生要我瞞著她，要她不要關心別人，只要自己好好休養。

於是她有晶瑩的淚珠從她眼眶上流出來，忽然皺皺眉頭說：

「你不曾想到這是《舞蹈家的拐杖》暗示了旁都嗎？」

《舞蹈家的拐杖》，我，真是忘了，我說：

「妳是說是我的小說……」

「我是說旁都是學你小說裡的男主角來毀我腿的。」

她的話使我吃了一驚，如果這是真的，那不是我的小說害了他們了嗎？是我的小說毀了陸眉娜嗎？

我沉吟了一會，說：

「小說只是小說，像出事的車禍，誰能知道誰存誰亡，而又如何能預謀斷了妳的腿而不使妳喪生呢？要是妳還沒有度過危險期，有誰能保證妳可以生存呢？」

陸眉娜不再說什麼。

蘇雅在旁邊忽然說：

「也許旁都覺得太痛苦，所以想索性大家同歸於盡好了。」

「為什麼你們都想他是有意出事呢？而不是一件意外的事情呢？」我說：「而且這是有法律責任的。」

「當時究竟是怎麼出事的呢？」蘇雅忽然問。

「旁都駕車，我坐在中間，逸傲坐在我的右邊，好像逸傲說一句什麼，旁都笑了一聲，一下子就撞上了什麼，以後我就什麼都不知道了。」

「聽說這車子就從山坡上翻下來，又是敞篷，你們三個人都不在一起。車子當然是粉碎了。」我說。

「這只能說是天主安排的了。」蘇雅感慨地說。

護士進來，叫我們不要久待，我們就告辭出來了。我沒有什麼話可以安慰陸眉娜，我說：

「陸眉娜，人生只是偶然的機緣編織成的，妳應該達觀地去看世事。」

「謝謝你，但是我現在只能相信命運了。如果不是你的小說唆使旁都有意翻車，那麼它就是我們命運的一種預言，每個人似乎都照你的預言在進行。」

「我有什麼資格預言什麼，」我說：「一切只是偶然的巧合而已。」護士又催我們出去。我說：

「請妳千萬不要多想，靜靜地休養，一切等健康恢復了再說。我們隔天再來看妳。」

陸眉娜的話使我感觸了很久，從醫生那裡出來，我想著她說我的小說是一種預言的話，忽然聯想到水晶棺材所見到的幻象，心裡感到一種說不出的害怕，如果我的小說可以成為預言，這幻象的預言又是多麼可能呢！

蘇雅要去教堂，我送她到教堂才過海。回到家裡，羅素蕾不在家，我一個人躺在沙發上看報，但是我讀不進什麼，我心裡一直想著陸眉娜的「預言」的那句話，如果預言是可靠的，那麼一切的偶然不都是命定的嗎？我想到我偶然來香港，偶然接到旁都的電話，偶然的認識了陸眉娜，偶然認識薩第美娜太太，於是偶然的機會中產生了這許多的悲喜劇。

我這樣想著想著，我忽然想到了一個我忘卻了的事情，那是為薩第美娜太太帶我去看巫女的水晶棺材時，曾經要我應允將來決不帶任何人去的，當時她叫我發誓，我把手放在她的手上說：「如果我違背了我的諾言，我不得善終。」

而我現在竟違背了這個誓言，我帶了羅素蕾去看了水晶棺材。

我並不是一個迷信的人，但不知怎麼，從那天起，我竟時常想到這些奇怪的際遇與可怕的因果。雖然我沒有向任何人甚至羅素蕾談起過。

旁都與陸眉娜的健康在恢復中。羅素蕾的有孕已經證實，我們已決定儘快到歐洲去。我進行辦出國的手續，我急於離開這充滿神祕的魔幻的世界。可是就在我們已經訂了機票以後的幾天中，有一天，羅素蕾在外面，傭人出去買菜了，我一個人在清理雜物，忽然門鈴響了，我走去開門，門外是魯地，他面帶醉意，手握著手槍，直闖進來。

我退到沙發邊，可是他關上門就開槍了。我左手按著創痛，右手支著沙發背倒在地下，我說：

「如果你是為愛羅素蕾，我原諒你。你把槍放在這裡，算我自殺好了。」

但是魯地沒有理我，他又對我開了一槍，我就什麼都不知道了。

尾聲

當我用宇宙的光芒，在雲端寫完了我的生命的淺狹與污穢，寫完了我卑屑生命裡的愛與我寂寞靈魂的斑痕時，我感到自己像是一朵透明的白雲。

於是我發覺有一種溫暖的光芒照在我的身上，我聽見了那感傷的慈悲的莊嚴的聲音說：

「可憐的孩子，那麼你相信人生不過是偶爾的機緣了。」

「但是不知道這些機緣是不是都是前生定的？」

「前定的與偶然的有什麼關係呢？你已經過了你的一生。」

「那麼以後呢？」

「以後，你就在這天空裡消失了。」

「那就什麼都沒有了。」

「你難道對人世還有戀念？」

「我至少還有愛留在人世，羅素蕾同我的孩子究竟怎麼樣了呢？」

「可憐的羅素蕾已經投海自殺了，她同肚裡的孩子都為你殉情了。」

「那麼那巫女的水晶棺材的預言都說中了。」

「孩子，慢慢你會知道，羅素蕾的死並不在水晶棺材預言的後面。」

「那麼，一切都在一個平面上發生的嗎？」

「時間只是人間的幻覺。如果把人世的歷史看作天國的地圖，那麼必然與偶然不都是一樣麼？」

「那麼我們活了一生算是什麼呢？」

「難道還不有趣？」

「是的，是的。」我說。

「你還有什麼疑問麼？」

「那些沒有死的人呢？旁都、陸眉娜、尤美達，何醫生、蘇雅、多賽雷，真是有這些人嗎？」

「自然，旁都與陸眉娜結婚了，尤美達與何醫生結婚了。蘇雅在東京的修道院裡，多賽雷在喜馬拉雅山的寺院裡，一切不是安排得很好嗎？」

「那麼魯地？」

「在監獄裡。」

「林明默呢？」

「她一個人，她把深林別墅經營得非常高貴與燦爛，她已經是香港社交界的紅人。」

「那麼這人間實在也夠平庸與單調了。」

「這所以人生不需要太長壽了。」

這個慈悲莊嚴的聲音遠遠地飛逝時，隨著而來的是一陣低沉的笑聲。我發覺我已十分稀薄，我已失去了一切，慢慢地感到我已不再存在，我的存在只是遺留在雲層中的我用宇宙光芒所寫的淡淡的發亮的紋痕。

「時與光」重版後記

徐訏

這篇小說，最初的構想，該說是四十年前的事了。寫寫停停也有不少次，後來幾乎原稿都遺失了。到了香港後，有人寄我。我改寫一過，當時也曾發表了一部分。最後重寫，是在一九六四年九月一日下午三時半脫稿的。現在重版，我又修訂好些地方。過去的作品都是我生命的記錄，不管我還喜歡與否，總是我現在寫不出的東西；所謂敝帚自珍的意思，大概也就在這裡。

一九七九、四、八、晨一時

徐訏文集・小說卷06　PG1504

時與光

作　　者	徐　訏
主　　編	蔡登山
責任編輯	盧羿珊
圖文排版	周政緯
封面設計	王嵩賀

出版策劃	釀出版
製作發行	秀威資訊科技股份有限公司 114 台北市內湖區瑞光路76巷65號1樓 電話：+886-2-2796-3638　傳真：+886-2-2796-1377 服務信箱：service@showwe.com.tw http://www.showwe.com.tw
郵政劃撥	19563868　戶名：秀威資訊科技股份有限公司
展售門市	國家書店【松江門市】 104 台北市中山區松江路209號1樓 電話：+886-2-2518-0207　傳真：+886-2-2518-0778
網路訂購	秀威網路書店：http://www.bodbooks.com.tw 國家網路書店：http://www.govbooks.com.tw
法律顧問	毛國樑　律師
總 經 銷	聯合發行股份有限公司 231新北市新店區寶橋路235巷6弄6號4F 電話：+886-2-2917-8022　傳真：+886-2-2915-6275

出版日期	2016年4月　BOD一版
定　　價	530元

國家圖書館出版品預行編目

時與光 / 徐訏著. -- 一版. -- 臺北市：釀出版,
2016.04
冊；　公分. -- (徐訏文集)
BOD版
ISBN 978-986-445-070-1(平裝)

857.7　　104022374

讀者回函卡

感謝您購買本書，為提升服務品質，請填妥以下資料，將讀者回函卡直接寄回或傳真本公司，收到您的寶貴意見後，我們會收藏記錄及檢討，謝謝！
如您需要了解本公司最新出版書目、購書優惠或企劃活動，歡迎您上網查詢或下載相關資料：http:// www.showwe.com.tw

您購買的書名：______________________________

出生日期：________年________月________日

學歷：□高中（含）以下　□大專　□研究所（含）以上

職業：□製造業　□金融業　□資訊業　□軍警　□傳播業　□自由業

□服務業　□公務員　□教職　□學生　□家管　□其它____

購書地點：□網路書店　□實體書店　□書展　□郵購　□贈閱　□其他

您從何得知本書的消息？

□網路書店　□實體書店　□網路搜尋　□電子報　□書訊　□雜誌

□傳播媒體　□親友推薦　□網站推薦　□部落格　□其他________

您對本書的評價：（請填代號　1.非常滿意　2.滿意　3.尚可　4.再改進）

封面設計____　版面編排____　內容____　文／譯筆____　價格____

讀完書後您覺得：

□很有收穫　□有收穫　□收穫不多　□沒收穫

對我們的建議：______________________________

____

____

____

請貼
郵票

11466
台北市內湖區瑞光路 76 巷 65 號 1 樓
秀威資訊科技股份有限公司 收
BOD 數位出版事業部

（請沿線對折寄回，謝謝！）

姓　　名：________________ 年齡：________ 性別：□女　□男

郵遞區號：□□□□□

地　　址：____

聯絡電話：(日) ____________________ (夜) ____________________

E-mail：____